青年文摘 QINGNIAN WENZHAI
90后文学系列

春暖花开

主编：方 达

中国青年出版社

程园园

周冰洋

1990年出生。9岁开始发表作文，先后在《青年文学》《中国中学生报》《全国优秀作文选》等报刊发表作品近百篇。曾获得创新作文全国首届中学生“校园青春小说”大赛二等奖。现求学于南京。

李 婷

90后女生，湖南益阳人，现就读于益阳市某中学，已在《美文》《作文评点报》等报刊发表作品多篇，曾多次在全国性征文竞赛中获奖。

理伙君

王君心

1994年出生，初中女生。小学五年级开始写作，2007年至今已陆续在《福州日报》《少年文艺》《少年文艺・写作版》等报刊发表作品20多篇。喜欢阅读，喜欢书法，喜欢交友。

易子伊

1990年出生于长沙，射手座女生，狂爱足球，湖南人，毕业于长沙长郡中学，2008年以优异的成绩被北京大学录取。读小学起开始发表文章，出版有散文集《青芜》。曾有文章入选多种作文和文学选本。

苏笑嫣

1990年出生的天蝎座女生，中国小作家协会会员。现为北京市某中学学生。作品多发表于《诗刊》《中国校园文学》《中华文学选刊・少年写作》《全国优秀作文选》等刊。曾获首届中华校园诗歌节三等奖。

王梦莹

江苏南京人，生于90年代初的水瓶座女生，具有大部分80后的特征，13岁开始动笔胡思乱想，拿过大大小小的作文奖。爱读书，愿意用心写字。

王黎冰

15岁，笔名冰枫縠，四川省绵阳某中学初中学生，中国小作家协会会员。性格活泼，系《小学生优秀作文》《小学生新作文》《小读者》等报刊小记者；先后在《美文》《小作家》《中学生》等全国60多家报刊发表习作，并于各类全国作文大赛中多次获奖。

陆　叶

1992年8月出生，长沙市某中学学生。酷爱写作，初中以来已创作中短篇小说、散文几十万字，在报刊发表作品若干。

卓　尔

1993年出生，爱好写作、画画、听音乐、看漫画、独自

张子建

幻想。已在《青年文学》《文学少年》《东方少年》《诗刊》等报刊发表多篇作品。有中篇童话入选“小布老虎故事丛书”。2006年出版童话集《花开的声音》。

涅　蝶

原名胡佳敏，1991年出生，现在福州某中学就读。习惯愤怒到争辩到妥协再到盲从的生活方式，别扭而消极地固执着、头疼着、生活着、写作着。

张牧笛

1991年出生，天津某中学高中生，天津作协会员。12岁开始写作，已在《儿童文学》《少年文艺》《美文》《中学生》《东方少年》等报刊发表作品60万字，在全国性征文比赛中获奖40多次。2005年，获“全国十佳中学生小作家”和“全国十佳文学少年”称号。出版有《夏日·终年》等书。

理伙君

刘禹婷

四川泸州人，1991年出生，第十届全国新概念作文大赛一等奖获得者，现为高中学生。

高　璨

1995年出生。中国小作家协会、陕西省作家协会会员。现为西安某大学附中初中学生。8岁开始发表习作，至今已在《诗刊》《文艺报》《少年文艺》等30多家报刊发表作品300多篇（首）。已出版童话散文集《树叶船》，诗集《夏天躲在哪儿》，童话集《狡猾熊与笨狐狸》。

苏小次

原名裴颖皎。1991年出生于宁波，现为省重点中学高中学生。偶尔忧伤，喜温暖明媚的一切，曾获宁波市中小学生钢琴大赛二等奖。恋慕文字，有作品发表于杂志。

风萧索

原名董琳姝，1991年出生，现为中学生，沈阳人，擅长古典题材写作。

张子建

目 录

过去，那些爱与时光（我们的青春）

孤独是心灵最后的猎手（我们的童话）

纠结，散与不散（我们的情感）

穿过流动在指尖的梦境（我们的渴望）

告别在路上（我们的心灵）

宝盒里的前朝月光（我们的幻想）

过去，那些爱与时光

（我们的青春）

西街 300 米的阳光区

周冰洋

夏季的光线在这里一点一点拉扯、撕碎，然后似乎永恒地断在了这里。

西街在我家通往学校的路上，我每天都会骑着单车经过这里。

西街永远是那么繁华而抢眼。街道两旁栽种了密密的鱼尾葵，夏天的时候，强烈干燥的植物气息会铺满整条街道；而阳光，总会在这里落得满满的。西街，在我印象中是得到阳光最多的地方。

有密集的各种面孔的小店，一个紧挨一个。日式拉面馆、泰国美食、一间叫 Pinkboy 的酒吧、冷饮店以及在街头耐心等候你掏钱的游戏机厅、网吧等。

每天早晨我都会骑着单车来到西街，冲进那家仙踪林里把我亲爱的小豪子大人从藤椅上拽起来。

他睡眼惺忪地看看我，突然大叫起来：天啊，已经这么晚了吗？都可以见到你了耶，迟到了迟到了。

话真是很难听的，但我没时间同他争，两个人跨上单车飞驰而去。

我的好友小豪子，每天早上都勤奋地起个大早，然后不紧不慢地在仙踪林的奶油和冰淇淋里耗上一段时间，接着在藤椅上舒服地摇晃着自己睡上一个回笼觉。

我每天都毫不例外地在那里见到他，倒好像那家店是他家开的一样。

接下来是一天里难受的课程，再接着就是我和小豪子在西街闲逛。

西街着实培养了我和小豪子的友谊。可怜的是在整个高中我就那么两三个朋友，而西街像一条五彩斑斓的河，将我们长长的、繁杂的少年色彩都淹没进去。

高一来到湖山中学。开学的那天，我和小豪子无限惆怅地打着哈欠，按照打听好的路线去学校报到。在路上，就经过了那条布满鱼尾葵、阳光明晃晃的街道。

光线好刺眼啊。小豪子第一次来到这里时说。盛夏植物的清香滚滚而来，阳光像刚打破蛋壳的新鲜鸡蛋。那些花花绿绿的小店，都笼罩着极热烈的色彩。

我和小豪子走进一家冷饮店。开学第一天就有许多学生模样的人，一些打扮得颇像从事不良职业的女生，正放肆地将一大勺一大勺奶油送进嘴里。

我和小豪子在经过一桌女生时，他突然一本正经十分严肃地对我说：你看，女人果然在任何时候都对自己的姿色充满自信。明摆着就是“一马平川”，也敢穿紧身衣服。

我来不及捂他的嘴就已经看到一桌女生脸都拉得修长。

忽然，一个女生义愤填膺地跳起来说：这位同学实在太过分了，太过分了！她电过的一束束头发极有气势地甩着，有古希腊神话里复仇女神的英姿。

来到学校后我们才知道，这个正义的女生叫夏宛，是我们班的班长。那天小豪子郁闷了一上午，嘴里不停念叨着被动啊，太被动了。

夏宛因为那天要我们请她喝汽水而和我们熟悉起来。让我没想到的是，她也成了我为数不多的几个死党之一。

下午放学的时候，学生们会像被关押多年的囚犯重获自由那样饥渴地冲出教室。我和小豪子提着书包往外走，老远就听见夏宛在身后喊：子豪君，衡川君，等等我啊。

她手搭在我们两个的肩上，随意拍一拍说：哥们儿，逛逛西街去啊。

那，作业怎么办？

一边待着去，回去有大把时间。

她就扯上她的姐妹咪子，和我们两个在西街300米长的地方来回乱走，感觉和遛狗没什么两样。

其实我感到这样很颓废。放学后不写作业而把光阴耗在这里，不知道父母和老师知道后会是什么表情。小豪子倒饶有兴致，因为西街是著名的美女横行的地方，附近学校的各大校花此时都会出没于此。

常去的那家冷饮店叫Laperte，那上面有句法文：pourquoi hair，pourquoiqimer，至今没弄懂是什么意思，但这并不妨碍我们有一个好胃口。四个人坐在里面冰淇淋、咖啡、珍珠奶茶什么的要了一大堆，大快朵颐之后都瞪着咪子说，买单啊，愣着干啥。

为什么是我？

因为你最有钱啊！

盯着咪子，源于她的一次炫耀——那天我和小豪子聊车，说现在经济不景气，大概买车的人少了。

咪子这时插进话来，哎，我爸最近刚换了一辆车。

见我们没答理她，她又接着说，那个车标好怪哦，我不认得。就是上面尖底下开叉，像个三角的，那是什么牌子啊？

哦，小豪子说，这个我知道，那是内裤牌！这么著名的品牌，你都不认识？

我也附和说，对呀，开叉的，三角的，不是内裤牌是什么。

湖山中学是名副其实的贵族学校，谁家也不穷，只是大家都不会刻意显摆。咪子万万没想到炫耀了一次老爸的大奔，会遭到大家长时间的反感。那段日子，总有人捉弄她，找机会让她请客。咪子大大咧咧的，总是毫不犹豫地掏钱买单。日子长了，大家发现咪子是个很不错的人，才逐渐接受了她。

咪子买完单后，夏宛对与自己同班的咪子甜甜地说：谢谢小咪学姐。然后对我和小豪子说：衡川君，子豪君，再见喽，今天很开心耶。可，但是好像还有作业没写。

我的听觉神经被她别扭的表达方式折磨得痛苦不堪。语文学得挺好的一个女孩儿，怎么就说不好中国话呢。

后来才弄明白，夏宛那阵子正追着看日剧，并且疯狂地迷恋小池澈平。

她几乎天天把小池挂在嘴边。因为小池澈平，夏宛和西街结下了更深的缘分。

暑假里西街那家日式拉面店为了促销，制作了许多日本明星造型的蛋糕，还送明星海报，吃一碗面就送一张。

夏宛就坚持每天去吃一碗，但一直没等到心中偶像的海报。眼看第二天就要开学了，夏宛真是着急了，一天就往拉面店跑了四趟。结果不仅没把小池“吃回来”，还卡着喉咙说，不行了，恶心死了。记住，谁都不许在我面前提“面”这个字，明白？

是，是。我和小豪子连忙点头。可是人算不如天算，开学第一天的地理课上，老师刚好讲东南亚，又刚好这个暑假老师才去过缅甸旅游，便翻过来掉过去大讲缅甸，讲着讲着就听教室一角一声震撼的“呕”……老师还没明白发生了什么事，就见夏宛一手捂着嘴，闪电一般冲出了教室。

后来夏宛就多了个绰号——每次上地理课前，都会有人冲着她喊：缅——甸。

西街就是这么波澜不惊地流淌着美好的岁月，它像华丽的青春，一派生机勃勃。

夏宛不可救药地喜欢上高三的体育生 Step，其实像夏宛这样的女生，能坚持到高二才开始初恋，应该算是十足的晚恋了。

Step 从外形上看，还是对得起夏同学的。一米八几的细高身材，很有些玉树临风的样子。那段日子经常见到夏宛安静地坐在下午的操场边的草地上，痴迷地看着夕阳下男生娇健的投篮身影，手里还时刻准备着一瓶汽水。

我和小豪子就指责她无故抛弃了小池澈平而另寻新欢，这样做太不负责任了。夏宛就咳两声说，别乱讲，小池毕竟是空的。而且，你们不觉得 Step 更帅吗？很有龟梨和也在《野猪大改造》里的 feel 吗？

她说这段话时声音压得很低，好像地下党接头似的。那段日子，举国上下正掀起抵制日货的高潮。可怜的哈日族们只能背负着罪恶感，在私下里偷偷迷恋他们的偶像。

而且夏宛不仅爱国，还有些愤青呢。一次在教室里看电视，新闻报道小泉再次参拜靖国神社，当时就惹恼了夏宛。她当即脱下身上的 APE，可歌可泣地操起剪刀，一边剪一边喊：我让你参拜我让你参拜！剪着剪着，一眼看到小豪子在旁边偷笑，便随手扯住他，手里晃着亮闪闪的剪刀喊：我看你还敢参拜。小豪子当时就吓屁了，脸色苍白双手乱摆着说：不敢了不敢了，我再也不敢了。

夏宛这才长出一口恶气说：真爽！待平静下来再看被剪开好多口子的衣服，一下子傻眼了。忽然“哇”的一声：我怎么跟我妈说呀啊啊啊……

夏宛和 Step 热恋的事，像风一样吹到她妈妈耳朵里。她妈妈赶到学校，语重心长地同夏宛谈了一个下午，中心意思是让她把握好自己，把心思用到学习上来。等将来考上大学，自有大把的英才可供她挑选。但夏宛显然不肯接受妈妈的谆谆教诲，母女俩最后吵了起来。

夏宛后来跟我们说，不在最青春的时候轰轰烈烈谈上一段恋爱，尽情感受，而要等到上大学，这不是太可惜了吗。

小豪子和咪子在一旁击掌赞叹：好！

然而让夏宛奋不顾身的恋爱还是短命的。在一次夏宛赴 Step 的约会时，看到他身边竟依偎了两个女孩儿。Step 当时很牛地对她说，忘了告诉你，其实在我的女友中，你排第三。然后一脸痞笑地伸出左手和右手说，上帝给了我两只手，当然是让我左拥右抱喽。还有两条腿，可以一边坐一个。

夏宛也不含糊，笑眯眯地走过去，出手就甩过去一巴掌，而后一字一句地说，听着，小子，你被我飞了。

夏宛装作不在乎的样子，但我们都看出来她的失落。她常常一个人趴在桌子上，手里把玩着小池澈平的照片。一不小心照片从手里滑到地上，她头也不抬幽幽地对咪子说，拜托，帮我把我老公照片捡起来。

咪子就安慰她，想开一些吧。每个人青春时都要经历一段这样翻江倒海的情感，才能丰富成长的阅历。

对呀。夏宛一拍桌子说，这正是一段丰富的感情经历嘛。我知道了，我要把这段经历写成一本书！对，我要成为女作家，像春树一样。难道这就是所谓的疼痛青春？夏宛一边说着一边将额前的头发弄得散乱，半遮住眼睛，做出痛苦迷茫的样子。

咪子在一旁连连拍手叫好：呀，太疼了太疼了。

冬天到来的时候，传来了坏消息——夏宛的妈妈突然查出癌症，发现时已是晚期，确诊一个多月就去世了。夏宛请了假匆匆赶回家里。回家的路上，她流着泪不停地喃喃诉说，上次和妈妈吵架，我还没有向她道歉，我还没有向妈妈道歉。大家都沉默着，不知该怎样安慰她。

如果一切可以重来，我一定不会这样……夏宛抽泣着说。

然而，没有什么可以重来，永远都不会有。

送走夏宛，我独自在一个无人的地方坐了很久。想想我的高中岁月，脑子里一片苍白。“如果一切可以重来，我一定不会这样”。这句话像一道闪电，照亮我混沌的日子。我不能，做第二个追悔的人。

我悄悄离开了我的朋友，离开了西街，离开了那镏金的生活。我转去了另一个遥远陌生的学校，开始了另一种生活——一种之前我不愿过的生活，我把自己变成了被功课整得灰头土脸、趴在课桌高高的书山之间没精打采眼神涣散的样子。

3 年后的夏天，我回到家乡。那时，我已经是读完大一的大学生了。放下行李走出家门，发觉许多地方变化很大。不知不觉走到一个街口，才恍惚停下来。

一片晃眼的光亮满载着盛夏植物干燥的清香气息迎面袭来，栽满鱼尾葵的街道。

我闭上眼，暖洋洋的阳光像亲人的小动物，在身上蹭来蹭去。我知道那里流淌的是年轻的声音，串烧的香气，有一家日式拉面馆，紧挨着它的是泰国美食。

一间叫 Pinkboy 的酒吧、叫 Laperte 的冷饮店以及在街头耐心等候你掏钱的游戏机厅、网吧、动漫明星精品店……不用睁开眼睛，我都找得到它们准确的位置。

几个高中女生一边推着单车，一边指着小店的海报嚷：哇噻，赤西仁耶。

我走进仙踪林，这个时间来的顾客还不多。我拣了靠窗的藤椅，要了一杯冰沙。服务生过来好心地说：这儿太晒了吧，要不要换个地方？

是啊，阳光很好呢。我懒洋洋地在藤椅上晃着。原来，那所有的一切，还完好无损地保存在夏天里，被阳光封存着。

我甚至看到一个男孩儿睡眼惺忪地推着单车走来，一个女孩儿抱着一大堆小池澈平的照片，一边气喘吁吁地跑着一边嚷：等等我啊，看到他了吗，在哪里呢……

在哪里，他们在哪里？

我伸出手，想抓住什么，一大片强烈的阳光把我的双手照耀得透明闪亮。

明　明

李　婷

明明比我大 4 岁,也许,是我的表姐。

之所以用“也许”,是因为我很少把她当做表姐看待。4 岁的年龄差距,不大也不小,刚好够我潜意识里知道她是我姐,却从来没有尊重过她。相貌上,我们站一块儿谁也猜不着我们是姐妹;性格上,我们更是相差甚远。明明永远是她们那一群中最泼辣最靓丽的女孩子,那些炫目足以掩盖她内心的迷惘和柔情;而我,很少有人能发现我内心深处的叛逆。

也许在亲人身边更能无所顾忌吧,小时候,我们从来没有掩饰过对彼此的挖苦和嘲讽,常常为一点儿鸡毛芝麻蒜皮的小事争执得不可开交。明明未曾因为我是妹妹而让步,我也从不因为她是姐姐而低下头乖乖认错,最后总是性子宽厚的大表姐做和解才得以平息。渐渐地,我们习惯了这种争吵的状态,即使到分别了彼此仍是倔犟的眼神。可一天晚上,我却莫名其妙地梦到了明明,妈妈笑着说:“姐妹俩吵归吵,可关系还是铁啊。”我吐了吐舌头:“呸,我是梦见和她吵架呢!”

年愈长,矛盾愈升级。明明来益阳读书了,16 岁,好像什么都新鲜,什么都似懂非懂,她在阳光充沛的季节里遇到的一切足已嘲笑我这个还在戴着红领巾过六一儿童节的丑小鸭,但她没有时间再和我抬杠,她大多时间和大表姐凑在一起,说着一些我怎么也听不懂的话,时而夹杂着银铃般的笑声,时而沉默不语。我咬着大耳猴的耳朵,趴在床铺的另一端,想插进一两句关于刚刚播放的电视剧的评论,但明明的语速太快了,一句句话在她的薄薄的嘴唇边绽放如一朵朵小小的烟花,这时,我才发现明明变漂亮了,扑闪扑闪的大眼睛如同幽深绚丽的宝石一样镶嵌在眼帘里,在那一瞬间,我觉得她那么陌生,她微笑地看着我,我不好意思地把头埋到臂弯里。突然,她的手机响了,大表姐会意地笑笑:“喏,又来了。”明明很干脆地关掉了电话,一种不屑和不羁的神情就那么恰到好处地从她的眼里流露出来。

我追问那个电话是谁打的，明明滑稽地看了看大表姐，好像在征求她的意见，大表姐笑着说："还是不要说吧，小孩子知道了不好。"我怔住了，第一次发觉4岁是如此遥远的距离，明明她们坐着岁月的火车猝不及防地远行了，留下孤零零的我在原地，呆若木鸡。

另一方面，明明对我好多了，每周末到我家吃饭时总会给我带些小玩意儿，她挑选出来的东西永远是世界上最漂亮的，但挂在她脸上，那如同大表姐一样亲切的笑容，我怎么看都别扭。这时，我正捧着一本《红楼梦》茶饭不思，一面同情黛玉的寄人篱下，一面看着明明恭敬拘谨地和妈妈话家常，心中隐隐约约开始同情只身在外求学的她。我戴着她送给我的围巾在妈妈跟前直晃悠："漂亮吧，是明姐送我的哦。"我希望妈妈能更加喜欢明明。

她一边笑眯眯地问我："小妹，我们怎么不吵了呢？"一边帮着妈妈洗碗，那是她以前从不会做的事情。我吐吐舌头，决定习惯她的亲切。

没有吵闹声的安静日子可真舒坦，她开始教我玩"泡泡堂"(一种网络游戏)，她和另一个人共用一个账号，是徽章的级别。我于是拿着她的账号四处野蛮。我笑着对朋友说，我的账号级别不错吧。明明听见了，她露出了鄙夷不屑的神情，就那么一瞬，可我却记了好久好久。我再也没有用她的账号，我告诉每一个和我玩过泡泡堂的朋友——以前是我姐姐的账号，我甚至任性地扔掉了她送给我的娃娃，当然，是暗地里进行的。

我不懂，过于好胜，也是一种自卑。

明明可一点儿也没有察觉。我们的暗战，原本只是敏感的年龄所滋生出的摩擦，躲在看不见的地方等待着生长或消亡，而青春，如同巫婆手中的毒苹果，被她啃了一口又扔向远方了。

一天，妈妈让明明陪我上街买东西，她牵着我的手，穿插在熙熙攘攘的街道上。我不得不佩服她了，她竟比我还熟悉生我养我的益阳城，她和每个老板闲侃，很快弄清楚了对方住哪儿，家里几口人，怎么做起这个行当的。这招还真管用，因为摊主卖给我们的东西不是少收了钱就是多加了码，而明明没有任何得意，好像是一件习以为常的事情。她在宽广的街道上英姿飒爽，天下无敌。

意外地，我问起明明两年前的那个电话。明明笑笑，她想了一会儿，说："我叫他出来吧。"我有些惊异，果然，和我的猜测吻合。我大惊小怪地问："两年了，你们还有联系。”她没有回答，只是打开了手机，发了一个短信。

午饭是在塔克堡慵懒昏暗的灯光下度过的，那个男孩子请客。高高瘦瘦，很清秀的样子。明明指着我对他说：“喏，这是我小妹。”他笑了笑，很温暖谦和的笑容。我就这样和明明分享了她的秘密，连大表姐都不知道这件事，我在心中似乎同她亲近了一层，她说对方成绩很好的，也是在外地读书，家里不大管事；她还说她有好多东西要向他学呢。我知道，她读的是卫校，不久就要去实习了。

大表姐是个爱情至上者，认为爱情比友情坚定牢固。大表姐说她们学校里有一对儿，男孩儿考上了益阳城市学院，女孩儿落榜了，男孩儿便陪女孩儿复读了一年。

“后来呢？”我追问道。

“他们便一起考上了呗！”

“哇噻！”我叫道。

大表姐得意扬扬地拖着长长的声调：“要不怎么叫爱——情——呢。”

明明阴沉着脸插道：“别听她的，考的又不是什么好学校，而且刚进去没一年就分了。”说完咬咬嘴唇，很惶恐似的。

再见明明，是在今年过年的时候，她从实习处毕业，要到外地打工去了。她开始穿职业套装，高跟鞋，看起来比大表姐还要成熟。她的脸被晒黑了一些，轮廓却更加鲜明了。她坐在我们中间和我有一句没一句地斗嘴，仿佛又回到了无忧无虑的童年。她偷偷地告诉我她可以赚钱了，她还说要给我买新年礼物。

我听到她吐露出的天真坦率的声音，突然有种想哭的感觉。我知道她明天就要回去打工了，她只有 5 天的年假。我望着她，希望能从她脸上找出活泼好斗的影子，却只看见一张过早成熟的脸，在火锅烧出的雾气里散发出我从来没有看见过的美丽。

我说，姐，再陪我逛街吧。

她高兴地说好。

我们又像从前那样偎依在一起，走过了车水马龙的大街。新年的冷风刮在脸上有一点儿痛，我紧紧地挽住了她的胳膊肘，睁着迷蒙的双眼眺望远方的夜景。明明清澈的声音飘荡在空气里，充满了优美的余韵。她像自言自语似地说以前真不懂事，说要赚钱养活爸爸妈妈，还说要很努力很努力地工作。一句接一句，一滴接一滴，我的眼泪扑簌扑簌地滚落下来。

原来，我们之间只是一场必不可少的磨合，而我们与生活，也只是一场磨合罢了。在这场磨合中，我看到明明的棱角被磨去了，却散发出一种柔润平和的光芒，那就是大人所说的长大吗？

我不知道，我唯一能做的，只有紧紧地牵住我的姐姐。

姐姐，我们这么相爱，生活没理由不好。

亲爱的哔啦啦

王君心

1

亲爱的哔啦啦:

展信佳。

今年我就上初二了,功课也就这么陡然紧了起来。现在老师们上课连口气都不歇,笔记抄了满满一个黑板,看得我们眼睛都花了。今天下午的自习课铃声才刚响起,走廊上就响起了班主任陈月夸张的脚步声,“笃笃笃”,结果在教室门口和恰巧同时赶来的数学老师撞了个正着。几秒钟的僵持,靠窗位置的同学们都忍不住朝外探头探脑。最终还是数学老师尴尬地笑了笑,说了句:“那明天由我来。”就快步走掉了。陈月这才满意地走进教室,但她没有笑,而是一分钟也没耽搁,马上开始了冗长而无味的讲析。

开学才第一周全年段就统一进行了一场语文考试,我战战兢兢小心又小心好歹考了个第四名,但是我回家对妈妈撒了个小谎,告诉她我是全班第三名。没办法,大人们就是这样,前三名就是了不起的,该表扬,到了第四,就该好好地训一顿了。幸好妈妈什么也没发现,还给我煮了我最爱喝的海带排骨汤,看着我心安理得地吮着骨髓,欣慰地开口说道:“芮芮啊,初二的功课可千万不能落下,中考已经到门边了啊。”

这是我最不愿听到的话,我慌忙大口大口地喝汤,以掩饰我满脸的惊慌失措。哔啦啦,你应该能明白的,虽然我的成绩还好,但一听到中考还是会莫名地恐惧,这种恐惧不是最近才有的,好像在很久以前就已经成了一道沉重的枷锁,束缚着所有学生的灵魂。中考给我带来的感觉是来势汹汹而无从把握,面对它我们就好比是一只只惊弓之鸟。我想大概就是这一点让我手足无措了。

陈月笃定我们的成绩退步后在班会课上大发雷霆。她气急败坏而尖利地指出是班上的几个差生拖了后腿,导致我们班的总体成绩落到了年级第二。讲台桌上的陈月说得唾沫星子横飞四溅,好像有谁谁谁欠了她债似的,我忍不住想笑,但在出声的刹那及时将笑声改为了一个怪怪的喷嚏。陈月莫名其妙地看向我,随即目光又移开了。

在陈月继续滔滔不绝而大家则在哈欠连连的时候,离我不远的辰悄悄扔了个小纸团过来,几乎是掠着桌面但又准确无误地打中了我的脸颊,普天之下敢在陈月眼皮子底下练就这般神功的大概就只有辰了。我迟钝地摸摸脸,抬起视线正看到她冲我做了个可爱的鬼脸。我笑笑,打开纸团来:

昨天我又发现了一个超级大帅哥，在初三（2）班。怎么样，明天一起去看看吧。

P.S:刚才那个喷嚏是笑声进化的吧。

再 P.S:只要 P.S 了我就忍不住想再 P 一个(笑)。

我冲她眨了两下右眼,这是我们之间的通用暗号,意思是 OK,没问题。然后我又无力地趴在桌上用手臂枕着头,接着有一句没一句听着陈月的牢骚。

哗啦啦,我应该和你提过吧,辰是我在这个班上最好的朋友。因为她有着与众不同的清澈双眸,也因为她的单纯,她的干净。辰不像我们班上的其他同学,没有任何心眼儿，没有整天把头埋在书堆里直到变成 bookworm 或是千方百计地讨好老师。但同时又让人感觉她是个长不大的孩子,比如激动时就忍不住地大呼小叫,伤心时就毫不掩饰地哭出声来;再比如往往在人人都沉浸在学习的紧张气氛中时却依然乐此不疲地在校园里搜寻帅哥。她的爽快与自在常常让我感到羡慕,那是我无论如何都没办法办到的。不过有时又让我感到有点儿头疼,每天被她拽着四处搜寻帅哥,胳膊早已经被捏红了一大片。

辰的特长在于歌舞,这也是她的理想,她有动听的嗓音和纤瘦的身材,这让音乐老师很是青睐。但是辰的学习成绩不太好,她老咕哝着陈月看她有多么多么不顺眼。那倒是真的,陈月的目光只要一扫到成绩稍差的同学,就会变得尖利无比。

这次的信就写到这儿了。虽然课程紧了许多,但我绝对不会停止给你写信的,因为你是我最最亲爱的哗啦啦呀。只有你,我才可以放心地倾诉自己想到的所有的一切。不知道为什么,我和辰虽然非常要好,可我总觉得我们之间总是有一条薄薄的隔膜在若隐若现,我害怕总有一天,我们的友谊会被这条隔膜完全分割成两个世界。

你的辛苦的芮芮

2

亲爱的哗啦啦:

展信佳。

初二真的好辛苦啊,好想再回到小学。从前念小学的时候也有想过:幼儿园真是幸福啊,不知道当我升上了高中会不会又想回到现在呢?

虽然课程安排得满满当当,课余时间又被作业不由分说地占据了,但我和辰还是忙里偷闲,当天边的最后一抹紫红色都被黑暗吞噬,我们才从学校一旁的文具店里出来,手里是五花八门的战利品。我买了好多好多本信纸,那都是给你写信用的,你高不高兴,哗啦啦?

回去的路上我们都没有说话,默默地享受着夜晚时分的习习凉风。抬起头,今天的星星又大又晶莹,好像一伸手就能摘下;我们竖起耳朵来仿佛就可以听见耳旁它们儿歌般的呓语声。就好像是小美人鱼第一次浮出水面时遇见的迷人景象。

“要是能一直这样下去就好了。”我听见辰在身边静静地说。这正是我想说的,一个字不多,一个字不少。

“是啊。”我浅浅地应了一句。

你的快乐的芮芮

3

亲爱的哗啦啦:

展信佳。

今天我陪辰趁着课间操时间去食堂看她说的那个帅哥了,说实话,长得实在不怎么样。脸黑得可以,我在心里暗暗打趣:牙齿可真够闪亮的。可是看着辰激动地拽着我的手又跳又叫,我只得连连点头,表现得完全赞同她的思想。

“你骗我,你看起来一点儿都不兴奋。”辰突然停下来,盯着我的眼睛说。

真的好厉害,不愧是好友,这一点都发觉得到。我在心里暗自佩服着,表面上却依旧在装傻，说："没有啊，我真的认为他很帅啊！"

"那你的眼睛怎么一点儿也没有闪光呢？"辰继续问。

我被她这一问愣住了，幸好这个时候小藻走了过来，随口问了句："你们在这儿做什么？"

小藻是我和辰的同班同学，她是我们班的副班长，属于勤奋苦读型，除了学习以外的其他事情从不过问，当然是陈月的得意门生。可我和辰都不大喜欢她，因为她太过于古板了，而且有很强的嫉妒心，成绩和她相当的人向她借笔记她绝对会支支吾吾地拒绝掉。

辰说小藻就像是枯枝上的老乌鸦，浑身都有一种腐朽的味道，有什么风吹草动就会吓得扑腾，而且自己扑腾的同时还不忘挖苦别人两句。我觉得这个比喻真是恰当极了。

小藻帮我解了围，那时候我竟然还有点儿感谢她。

辰不满地瞥了她一眼，嗔怪地说："我们在看帅哥呢，书呆子就一边去吧。"

小藻瞪圆了双眼，不一会儿又面无表情地转向我，说："芮芮啊，你好歹也是个学习委员，怎么老和这种人待在一起？陈老师她很担心你，每次班委开会还不都是对你千叮咛万嘱咐：千万不要被她带坏了。"

慢慢地吐出最后一个字，小藻用眼角斜了辰一眼，得意扬扬地走开了，看起来活像一只自命不凡的孔雀——

"骨子里不还是只乌鸦嘛！" 辰骂道，正好叫出了我的心声，我不由得笑出声来。

辰注视着我，皱了皱眉，小心翼翼地问："芮芮，我真的把你带坏了吗？"

"怎么会呢，你是我最亲爱最善良的辰啊，比那只乌鸦不知好多少倍！"我信誓旦旦地说。

辰又眉开眼笑了。

亲爱的哗啦啦，我真弄不明白自己，我是那么的喜欢辰，喜欢她的洒脱，她的快活，可为什么有的时候我又有点儿想远离她呢？其实那时候听到小藻说陈月在为我担心，我的心居然真的动了一下，脑子里仿佛有个声音在说："到陈月那里去吧，去做一个真真正正的乖乖好学生。"

哗啦啦，现在我真的很讨厌自己，讨厌自己的矛盾，讨厌自己所有过分的想法。

你的无奈的芮芮

4

亲爱的哔啦啦：

展信佳。

今天是教师节，我和辰一起买了盆文竹放在讲台桌上，还压了一张漂亮的靛蓝色贺卡，上边用工整的黑体字写着：祝老师们节日快乐！还郑重地署上了我和辰的名字。

这个主意是辰想出来的，我真的很佩服辰，她小小的脑袋里究竟藏着多少古灵精怪的好法子。虽然她的成绩不好，但是成绩大概只能说是一种形式吧，而辰完全不受这种形式的限制，她随心所欲，过着她想要的生活；虽然陈月不喜欢她，但同样有欣赏她的老师，她和音乐老师就宛如姐妹一样，总能亲密无间地畅谈音乐、舞蹈以及艺术，而我们这群和陈月在一起的所谓的好学生，绝对不可能如此亲密，如此开心。

第一节课就是陈月的课，当她雄赳赳气昂昂地走进班级时，我和辰不约而同地对视了一下，会心地笑了，目光紧盯着讲台，等待着陈月注意到文竹和贺卡时欣喜的表情。

然而，我们失望了。

陈月只是用眼角的余光扫了一下那贺卡上的字，懒懒地说："已经到初二了，怎么还有同学做与学习无关的事，这其中居然还包括好的同学，我希望大家从今以后把注意力都集中到学习上来，过不了多久就是月考了，要抓紧。"

我低着头，没有迎接陈月的目光甚至是辰的目光。

班上有不少知情者都看着我和辰笑了，其中小藻笑得最为刺耳，让我隐约感觉到陈月所说的"与学习无关的事"没有这么简单。

事实验证了我的预感。

中午我一回到家，迎面而来的不是往日浓郁的饭菜香味，而是妈妈落寞的脸。

"怎么了，妈？"我有些忐忑不安地问。

"你班主任给我打了个电话。她说……她说你最近天天和那个辰待在一起，专门做些与学习无关的事，恐怕会影响到学习。"妈妈叹了口气说。

"我做了什么与学习无关的事了?！"我气愤地叫道，"我只是和辰合买了一盆文竹送给她做教师节礼物罢了！”

“你是不是还和辰一起去看一个男生什么的？”妈妈继续说道，提高了声调。

我顿时哑口无言。

哗啦啦，你应该想象得到当时的我有多么惊讶，多么愤怒。一定是小藻，是她，将那天碰到我和辰的事情告诉给了陈月，我还可以想象她一定还添油加醋地将整个事情夸张放大了一番，让陈月提高了警惕。

沉默了一段时间，我低着头走进了自己的书房，尽量轻轻地关上门，可还是发出了极大的声响。

哗啦啦，我真的很伤心，很气愤，气愤小藻的做法，气愤陈月的不公平。我不知道辰那边现在怎么样了，陈月一定也给她的家长打了电话。可我不能再想那么多了，为了不让妈妈伤心，我只好全身心投入学习中，让成绩来证明我没有对她撒谎，我依旧是她的宝贝乖女儿。

你的悲伤的芮芮

5

亲爱的哗啦啦：

展信佳。

最近真的太忙了，不好意思，我知道这听起来一定很像借口，可我真的连给你写信的时间也挤不出了。等月考结束以后一定好好补回来。可以原谅我吗，哗啦啦？

你的辛苦的芮芮

6

亲爱的哗啦啦：

展信佳。

这两个星期以来我和辰几乎没有讲一句话，碰到面也只是微微地点一下头，我们俩都投入紧张的学习中了。

哗啦啦，我很不喜欢这样，我们明明都是自己的，却要因为他人的目光、他人的眼色过着日子，这让我感到恐慌和失望，好像我们都失去了灵魂，行尸走肉般在学校里进进出出。这种感觉你一定也不喜欢吧,对不对?没有人会喜欢的,可我们只有、必须这么做。

所幸的是月考的成绩出来了,我的成绩依旧稳稳地保持在了年级前十,但是辰却退步了,落到了年级300多名左右。我有点儿为她担忧,但是成绩公布的那一天辰特地跑来祝贺我,看起来精神状态不错,这让我立刻就放松了心情。我有些吞吐地对她说:“这次我的成绩没有退,我想陈月和我妈妈不会再反对我们玩在一起了。”

辰没有说话,笑眯眯地看着我点点头。

小藻这次跌得很惨,原本一定会进年级前十的她只勉强保住了第三十九名,她的脸色很不好看。我和辰却在背地里小小地高兴了一下。

班会课上,陈月终于露出了久违的笑容。这次我们班的成绩科科都是年级第一,一定给陈月脸上添了不少光。她还特别表扬了我们几个成绩进入年级前十的同学,非常严厉地批评了辰和其他成绩退步的同学,但是对于小藻的退步却只是草草地说了句“成绩上下摆动很正常,世上可没有永远是第一的人”。那时我冲辰做了个手势,意思是“她偏心”,辰却很大度地还给我一个俏皮的鬼脸:“没关系,我不理她。”

随即,她又扔了个纸团过来,我稳稳地接住,打开来一看,上边写着:

上次带你去看的那个帅哥家里是开饭馆的,正好今天我们有好多快乐的事值得庆祝庆祝,今晚去那儿吃一顿吧。

我摇摇头,辰就是这样,不管发生了天大的事,她还是她自己,一点儿都没受到影响,只要是不开心的事她就能甩甩手,一挥,潇洒地扔到爪哇国去了。不过这也就是我喜欢的辰,于是我冲她眨了眨右眼。

今天晚上出饭店时启明星都亮起来了,我和辰两个人还歪歪扭扭地走在路上。吃饭的时候辰要了瓶啤酒,我也小心地啜了几口,一下子就面红耳赤了。不过酒真的是好东西,为什么爸爸妈妈都不让我们喝呢?稍稍喝几口就能把不快乐的事通通忘掉,我就把陈月、小藻她们抛到了脑后,脑子里只剩下了我和辰。

就好像又回到了从前,以前我们两个也是直到路上的学生都走光了,才放肆地手拉手走在路上。

最近的事情发生得太多了,我不知道这是上天注定的,还是已经聚集了许久的情绪和想法在最近才通通爆发出来?哗啦啦,你能告诉我吗?

哗啦啦,你知道吗,今天我是多么的开心。我想,只要我的成绩不退,我和辰就一定永远都是最好的朋友，以前告诉你的我和她之间的隔膜会不会就是成绩呢？

你的幸福的芮芮

7

亲爱的哗啦啦：

展信佳。

哗啦啦，现在我才知道，我和辰之间的隔膜是成绩也不是成绩，是一种我也说不明白的东西，它让我做出了错误的选择，让我永远失去了辰。

今天发生的事儿太多了，过几天再跟你讲清楚，可以吗？

你的痛苦的芮芮

8

亲爱的哗啦啦：

展信佳。

现在我终于可以面对现实了，可是我已经失去了辰。这不是游戏，我就此失去了最珍贵的友谊，再也挽回不了了。

那天早上，我和辰刚到班上，小藻就满脸笑意地迎上来，说："陈老师让你们俩去办公室找她。"

辰在小藻面前做了个干呕的动作，拉着我的手走了。

"你说，陈月找我们会有什么事呢？"去办公室的路上，辰问我。

我老觉得有什么软绵绵的东西塞住了我的心，有点儿喘不过气来。我如实地耸耸肩："谁知道呢？反正一定没有什么好事。"

辰点头表示赞同我的想法。

刚进办公室我就注意到了陈月铁青着的脸色，那是她愤怒时的标准脸色。

辰在我身旁夸张地咽了口唾沫，我们俩一步一步走到她的办公桌前时，我和辰的目光同时聚集在了陈月身前的一张纸条。就是昨天辰写给我的那张。

我的心一下子提到了嗓子眼儿。陈月是怎么得到这张纸条的？我明明就把它扔进垃圾桶了啊。这究竟是怎么回事？

我心慌慌得不敢看辰。

“这张纸条是小藻发现后交给我的。”陈月抬起铁青着的脸。

小藻！又是她！这只讨人厌的乌鸦！哗啦啦，你一定知道当时我的心情有多么愤怒，我气得咬紧了牙关。

“你知不知道自己在做些什么？”陈月大声地问，引得所有在办公室的老师都转过头来。

我抬起头，发现陈月没有看着我，双眼正直勾勾地盯着辰。

“你整天无所事事，自己不好好学习还要影响好的同学，你们昨天晚上还喝了酒，对不对?！”

昨天我看到的那个身影一定就是小藻，为什么她就是喜欢破坏别人的幸福？难道她自己就从未拥有过朋友，不能理解我们的感受吗？

辰倔犟地没有说话，拉着我的手有些微微的颤抖。

“究竟有什么企图？”陈月又提高了声调，额头上暴露的血管突突地跳动着。

随即陈月又转向我，脸上的表情因为突然由愤怒转为甜腻的笑容，变得十分古怪：“我不怪你，芮芮。我知道，你都是被她带坏的。值得庆幸的是，你的成绩还没有退，答应我，以后不要再和她在一起了。答应我。”

哗啦啦，那时候我真的不知道该怎么做，我被吓坏了。

我转过头去，看到辰用恳求的目光注视着我的眼睛，我知道她在说：“求求你，求求你芮芮，告诉陈月，你不是被我带坏的，你和我之间是绝对单纯的友谊。”

可是我也不知道当时我究竟是怎么了，我居然在想，如果现在我没有答应陈月的话，陈月就会放弃我，我就会从一个优等生沦为一个差生……可我还要中考，还要高考，我的未来我要自己把握，如果就此放弃了，那我不就等于放弃了我所有的梦想？最重要的是，我会让妈妈失望的。

鬼使神差的，我甩开了辰的手，冲陈月机械般地点了点头。

我看到陈月满意地笑了，可是我笑不出来，我背叛了我和辰之间的友谊，我是一个罪人。刹那间我想痛哭出声。

辰没有丝毫犹豫地转身跑出了办公室，她跑出去的刹那我看到了她满脸的泪水。

哗啦啦，你说我该怎么办？这一切究竟是谁的错？陈月的，小藻的，我的，甚至是辰的？我好恨我自己，恨自己的矛盾，恨自己既然向往辰的洒脱自在，又放不下优等生的名号和老师的喜爱。

在我们班教室的旁边，有一棵已经很老很老了的白杨树，风拂过树叶时就会发出“哗啦啦”的轻柔声响，仿佛天籁一般，回荡在我的心间。

我在班级的位置一直是第四组靠窗的。在那里，我可以很清楚地听见你，可以每时每刻都看着你，哗啦啦。你是一棵白杨树，但我是那么的向往你的自由自在，我觉得你一定比任何人都理解我，你的声音能化解我所有的矛盾与悲伤。

只要风大的时候我闭起眼，就会有一种掉进了爱丽斯进入梦境时的树洞里的感觉，就这样一直一直地往下掉，什么烦恼都在坠落的时候抛开来，仿佛只要我醒过来睁开眼，自己又是干干净净无忧无虑的善良的小人儿了。

你愿意再帮帮我吗，哗啦啦？

你的悲伤的芮芮

记忆里的孩子

易子伊

母亲总爱听我讲过去的事情，比方在海口时的点滴琐碎等。我也总是讲得滔滔不绝，说那时我与×××在放映厅将录像机摔烂了，说话说得全体罚站哪，我也有添油加醋的地方。母亲总是微笑，人总是对回忆一笑了之。我讲啊讲啊，讲到舌干唇燥，山穷水尽时，我哭了。母亲并没看见。

我知道那是为何。我想它了。

我最纯真灿烂充满海风暖意的童年。那儿有我爱的孩子。

只在那滚落泪滴的回旋中，便回到过去。

二一四宿舍是我最挂念的地方。那儿有8个可爱的小朋友，8张床，8个柜子。右上角那个孩子是我，旁边是聪明的班长林丽娜，对面是可爱的冒失鬼高子婷，下边是漂亮的朱洁，还有大大咧咧的杜薇薇，小不点儿陈安琪、陈天鹤，刚转来的蒙莉斯。就我们8个女孩子。一齐上课、打饭、散步、吃夜宵、聊天、睡觉。在学校中的5天通常都是这样，5天，5天，到底经历了多少个5天？现在想想，是5年。我们从来都在一起，谁想过要分开？

那个时候我们表达感情的方式是笨拙的，幼稚得有一天林丽娜宣布要我们在8个人中选一个做自己的知心朋友，其余的人都选好了，就剩我、高子婷、杜薇薇、朱洁。高子婷一直都没有说话，而我想和杜薇薇做朋友，直到我说出自己的想法时，高子婷哭了，她说："易子伊，其实我想和你做知心朋友，我一直以来都想……"那时我也哭了，我从来没有这样的感觉，也从没想过8个孩子中有人会为我哭。为何？为何要这样呢？我们其实都是朋友啊，都可以将心比心啊。

高子婷算是其中印象最深的人，很漂亮也很可爱，有时也任性。也总说自己笨，数学题目做不出，还敲自己的脑袋。也总把我扯到一边，偷偷地告诉我她觉得班上哪个男孩子不错。我总是笑她胖了点儿，若瘦的话铁定是个美女。她也就挑我毛病，揭我短。但是她总为自己家中不太富裕而感到自卑。这是我不喜欢的，家穷就穷，你努力点儿就好了，我总这样对她说。可她又说她父亲准备让她去打工，而我就没话说了，11 岁的孩子是找不出什么可信服的安慰词的。我什么话也不说，她便在我身边哭了。那是个不可思议的女孩子，我是这么认为的。

我们 8 个女孩子发生的事情是说不尽的。在熄灯后唱歌，扮演动画片角色，偶尔开开审判大会，闹啊闹啊，把管理员闹来了，罚我们统统下床罚站。真是非常有趣的。我们相互对视，笑了。中秋夜时，朱洁母亲带月饼来了，8 个人平分，吃完便睡觉。本想像平常一般闹腾的，可却是异常寂静。我知道为何，因为我们都想家了。彼此沉默，虽然分得一点儿月饼，可哪抵外头圆月。

我们是一群平凡的孩子。

我的记忆还有一位男孩子，叫陈思祺，和我三次同桌。他总笑着对我说我们是超有缘的，我也挺高兴。晚自习的时候我们就画画，他画男孩儿，我就画女孩儿。记得他总爱画《龙珠》，我就笑他只认得一群肌肉发达头脑简单的人。而他就说我们女孩儿要腰没腰，要鼻子没鼻子。我们经常为一个画家而打赌，通常都是我赢，他便气个半死。星期五放学总是一起回家，中途总是开溜和他一起去看漫画，而他总请我喝珍珠奶茶，跟我讲大三八什么的，因为他是澳门来的。我当时很快乐，因为自己有个这么好的异性朋友。最后一次看到他是在期末考试，他对我一笑，充满自信地。我并不知那便是最后。

后来，他给我来过一封信，很长，带着一幅画。我感动得哭了。

是一个女孩儿，很漂亮。

我喜欢高子婷，也喜欢陈思祺，喜欢二一四宿舍所有的人。记得他们的音容笑貌，一切的一切。回忆早已定格，或为永恒，无可替代的。

有人问为何我对海口的感情那样深？

为何？为何呢？

我那么纯真灿烂的童年，我那爱的人在心里，而我的心在海的彼端。

想到这儿，便拭去了眼泪。继续与母亲讲起。

那说不尽的事。

通“往”的路

苏笑嫣

1

鬼使神差，不知道这是怎么回事。

2

我试着盯着太阳，离开城市后发现头顶上这个天空宽阔许多，阳光却还是一成不变地刺眼，没多一会儿我就败下阵来。闭起的眼睛中迅速升腾起颜色各异的彩条，像是繁衍着的电脑病毒，在张狂地飞舞，无声无息，然后是一片黏稠的暗红色。最后是一张脸。

刚刚在旅途中吞噬了一本小说，同行的叔叔“偷拍”了一张我看书的样子，看了相片我很疑惑，不知道为什么自己的表情那么纠结。

倒是在他抽起烟时我想到了惘。其实不像，只是最近每每看到别人吸烟我都会想起他，想起我在他身边淡淡吸着的烟味，安定淡然。讶然地发现自己的这点儿小心思，抿嘴笑了，想起罗伊·克里夫特的那句“I love you, Not only for what you are, But for what I am, When I am with you.”那样平静缓慢的时光。

其实我和惘不过是普通的朋友，但却是不普通的可以依靠。这种依靠不带有其他的尘俗，仅仅是内心，我坚信我们拥有相似的灵魂。自由，但却孤独。很多时候我都是这样想着。“孤独的自由”，发现这竟然是他空间的名字。我一字一字地用眼睛用心把它们读出来，于是我就笑了。

普通的朋友。如果永远都是这样，我想我会感到一点儿可惜。一点儿，仅仅是一点点而已。

惘带有一种天生的气质，我说不好，但自第一眼我就知道他是不一样的。

扯淡，你肯定会说。其实我一点儿都不琼瑶，上帝知道，这是真的。

他让我安静得太像我自己，要不是他那天坐到我身边画画，我真不知道我还有没有认识他的机会。我是说，我甚至没有敢走过去大方地对他说过一声"嗨，你好"之类的废话，即便那天他坐在身旁我也只是用纸条这种方式来问他的联系方式，天，我让我自己崩溃。

我不知道在他看来我是否是一个奇怪的女孩儿，但，应该是一个很小的女孩儿。嗯，他应该是有像看一个孩子一样地看着我的。

3

大多时候我想我一定是吃饱了撑的，换作战争时期革命时代之类的没谁会像我一样无聊。当然现在也不多。我是说像我一样。

我总是没有目的地，却总是在不安分地闲逛。从这条街的这头到街的那头，然后又从那条街的那头到街的这头，不知什么时候就倏地像地鼠一样钻进地铁反反复复来来回回地在这个城市下钻来钻去，又在某个陌生的地方冒出头。我像是一个大蛀虫，把一个苹果钻出许许多多的道路来，在里面穿行，乐此不疲。我感到这个城市的心脏千疮百孔，鲜血喷泉一样地迸射，我麻木的表情在它的疼痛中得到满足。

有时地铁中很空旷，风在里面叫喊着乱撞，空空荡荡的，就连心也一样。可是是空荡还是塞满了风呢？风是看不见的，我想。如果我否认了风是不是就能否认对一些人的思念呢？

当然北京的地铁大多时候都是很多人的，一脸严肃。我也一样的没有表情。我有时站着有时有座位，有时即便有了座位还是选择站着。无所谓的事情。我知道大家都是有着目的地和即将要做的事情的，而我只是随意决定在哪里下车，或者跟着某个看起来有些故事的人走出车门。然后没多一会儿我又开始了旅途。这个旅途不过是个圆。但是还好，多少还有意外和随机的因素。我不知道这是否就是我游荡的原因，还是只是因着我无法停留。

后来当惘背着画板出现在我面前的时候，我觉得他像是游荡了几个世纪了。一定是这样。他看起来那么的轻松，像是随时都可以选择踏上旅途，任何道路任何方向无所谓目的地。我当时的第一个念头就是，我可以和他一起走的。他当时的样子我是记得多么清楚啊，它一直在我的脑海中甚至成为静止的画面，以至于后来我在地铁中看到相像轮廓的男孩子都想大声地喊出他的名字。可我总是聪明地止住了声音，因为我知道我亲爱的，惘，是和他们不同的。他们没有的恰恰是最重要的那个。就是呀就是呀。后来我渐渐地都忘记了我亲爱的名字，我要想上很长的时间才能忆起。可是亲爱的，你知道的，这不能怪我。

4

我见到惘的那天是个大晴天——也许就是普通的天气也不一定。我没有看天气，实际上那也没什么所谓，但可以肯定的是有阳光的。我刚刚灰头土脸地从地铁站里钻出来享受阳光和眼前的眩晕，身后是个乱七八糟的花坛，那些花开得七零八落的，比我看起来还要糟糕。惘就是在这个时候进入我的视野的。

事实上当时我的眼前还有很多七彩的小玩意儿晃来晃去的，所以那时我几乎把惘当做是一个假象。可是没过几秒钟我就发现这是一个事实，那样一个男孩儿站在我前面不远处，当然也许当时他是在走动的也不一定，对于这类事情我记得不是很清楚。但我记得就是那样子的，瘦瘦高高的男生完好的比例，穿着 Levi's 的 T-shirt，上面简单地画着一个长头发歌手的脸和一只黑色麦克风，直筒的黑色仔裤可以看出里面细瘦的腿形，脚上穿着一双 NikedunkSB 款，大大的画板，头发没烫也没染服帖地贴在他的头上，颈上乖巧地绕着黑色耳机。最重要的是他看起来是有向往的，关于理想，或者是关于自由。他是随时可以决定离开或是停留的。多好。

之后的日子里想起那天，我觉得我真的是很巫女。但其实这第一眼看出来的“自由的孤独”，因为我们都是一样的孩子吧。

后来惘也坐在了花坛的边上，一直到他走开我才迟迟起身。瞧，我的旅途被一幅画延缓了脚步。可是这幅画是什么呢，之后我一直想那天惘到底是画了些什么呢，可惜连一根线条都记不起来。就是这样我的旅途被一幅空白的画拖住了。好长好长的尾巴。

5

其实我一直对惘的那双手耿耿于怀，我觉得那双修长干净的手应该会调音乐或者调咖啡的，当然它会画画也不错。可是我还是坚持它应该会像我想的那样。事实上我认为音乐、画画、咖啡豆甚至泥土它们对于惘都是那样的合适，我想象那个善良笃实的孩子在屋子里摆弄着他的咖啡，小音箱里放着他喜欢的音乐，偶尔他画画图，偶尔在房前种下两株向日葵，都是刚刚好的距离。然后他会在那些向日葵悄悄破土发芽的时候给我小小的暗示，或是干脆欢快地大喊小葵小葵你看啊那是像你一样可爱的向日葵呢。

我想我一定会痴痴地望着他的笑涨红了脸，就像向日葵望着太阳。

一样的头重脚轻。多好。

我们可以一起去做那些没有目的的事，就像我曾经做过的。我们可以一起奔向机场，即使我们不远行也没有要迎接的人，可是我们可以幸福地在那里待上一个晚上，一直聊天说啊说啊就是不停，沉默也很好，我可以看见我喜欢的男孩儿用他骨节分明的手指一颗一颗地拨弄着咖啡豆，我看见他的头发生机勃勃就像一棵热带植物，但是干净服帖。

惘是喜欢摇滚的，各种各样的摇滚。哥特的，布鲁士的，朋克的，最近他爱上了后摇。是的是的，这些我是早就知道的，他的手机铃声，他的黑色耳麦。我觉得他就快要和它们融成一体了，他的耳麦从来没有离开过他，有时我是很羡慕那只耳麦的，可以温柔地趴在他的脖子上，一直跟着他，就像一种信仰。然后我就突然害怕起来，我亲爱的，我可以这样一直跟着你吗？

惘说他自己一点儿也不摇滚，我相信他是一个安静的好孩子，但也相信他不安分的心。因为我和我亲爱的是一样的。我们不去看从舞台下钻出来的DJ千疮百孔的脸，不去那些嘈杂的地方听缝纫机一样的音乐，不会在狭小的舞池中扭动自己的身体，我迷惘他坦然，但我们都记得一句话“Make your life colorful.”

其实我们就仅仅是有这样单纯愿望的孩子啊，我们是这样努力着的孩子啊。

惘，记得我们要一起在后海吃臭豆腐喝Cappuccino的约定啊。

6

和惘在一起的那些日子里，我一直想让自己成为一个水果一样的女孩儿。惘知道我喜爱水果的，他会给我带来汇源果鲜美来满足我小小的欲望。我们说等北京地价便宜了我们要买下好大一块地，堆一座好大好大的水果山。惘说我用脸盆帮你吃掉它们，我说不要不要我们就在里面啃出一条长长的洞，吃美了就免费把洞让给北京地铁，也算为咱可爱的祖国做点儿贡献。惘笑了，说那如果地铁被砸了旅客都不怕被饿死。我说是呀是呀，那就是被砸也好幸福好幸福的。

但是亲爱的你知不知道，其实在我们说着这些时，我就像被那座堆了好多好多水果的山砸下来一样，脑袋晕晕的，真的是好幸福好幸福的。“等北京地价便宜了”，这是一个多么长久的约定啊，亲爱的你记不记得我说过，以后，以后，但愿我们还有以后的。啊，我又开始为未来伤感了，但是亲爱的呀，我会努力像那只耳麦一样地追随你的。即使，即使我们仅仅是朋友。

可是我能感觉到你在抽身的。亲爱的，朋友都不行了吗？

7

也许我还是比你要情绪化，是吧，我比惘矫情多了。所以小葵还是很讨厌的。但是我知道这对于我亲爱的是很关键的一年，无论他是否要随时地停止或者离开，无论我们是否是一个旅行者，我们还是要乖乖地进行另一部分生活。我亲爱的惘要高考了。

有时候我真的分不清这些相对割裂的生活到底哪一部分是真实哪一部分是假象。或者都是。

那么我们一直以来小心翼翼地在佯装着什么呢？固执地守护着，可笑，但是心甘情愿。

记得惘说过他的理想是要在人民大会堂开一场摇滚演唱会，我说好啊那我要做嘉宾的，他说没问题主唱都给你的，我笑着说那人民大会堂都会被我唱塌了，我亲爱的说不不那是观众 pogo 太热情了。我没有说话，想象那种大家集体放松的情景就像一场背离现实的巨大逃亡，啊，我会和我亲爱的站在一个舞台上尽情欢笑，整个世界都为之疯狂。我的幸福啊幸福就又悄悄地潜进想象。

上帝作证，我是在向我的幸福努力的啊。

8

我亲爱的惘，你已经在你的另一部分生活中踏踏实实地开始了进程，我还在这一部分中茫然而不知所措。但我知道我幸福的方向，我开始踏上路途不懈地为之努力你知不知道。是你告诉我要从容和坦然啊，我现在正学着去做。我要你哪一天回头看到会微笑着说小葵真棒。

可是，会有你回头发现的那一天吗？还是我所有的努力都只会在你身后被渐渐埋没？但小葵还是会沿路一直走下去，她要为她的幸福努力啊。她的前面，是惘。

可是我亲爱的，我真怕我会一直在路上。

闲 人 梦

李 婷

小时候，被奶奶用婴儿车推着在益阳城里到处闲逛，那对于小小的我，算是一次真正的旅行了。那时候，城市还是旧城，没有火车站，更没有奥林匹克公园，最热闹的地方是大渡口这一带的平矮牢房，三桥还未修成，能到二桥去晃悠一下也十分开心。传说二桥附近有个什么洞，曾被关羽住过，真假已无法考证，如今已无人打理，只剩断壁残垣作为父母向孩子介绍古城历史的教科书。城市发展起来后，那一带就更少有人去了，空有一片蓝天，和无车辆喧嚣的寂寞。

那时我家就住在大渡口中学的对门，向东是尚且清澈的资江，向西则是琳琅满目的小吃。渐渐能够走路的我在家里是闲不住的，老往西边跑，我并不知道西边大街上的人声喧闹有什么意义，也不知道各种五花八门的杂货是用来干什么的，我只是看色彩，热闹的西街是我眼中色彩最丰富的地段，青菜是绿色的，母鸡是黄色的，茄子是紫色的，最好看的要属草莓，红绿相间，上面还有白色的点点当花纹。每当看到草莓，年幼的我便惊喜不已。很多年后，当我手中握着画笔，桌子上放着可以调出世界上所有色彩的调色盘时，却再没有儿时清澈的眼睛、清澈的心了。各种物件的颜色不再单一，光青菜的绿便有好多种，一种绿画不出青菜的真实，我想如果我当时就知道了这个真相，一定会无比沮丧，很多认知的过程少不了亲身探索这一阶段，如果只是灌输性地知道些东西，纵然了解到的是真理，也无法自觉地把真理当做自己的东西，如果年幼的我还未经过自己对色彩的感悟便开始了绘画启蒙，一定抹杀了许多对色彩的热爱。

年愈长，妈妈把我送到了幼儿园。幼儿园也教绘画，并且是“自由发挥，即兴创作”，于是小伙伴们争先恐后地抢夺颜色好看的画笔，轮到我时只有一支半身不遂的红色笔。我那时对线条有莫名其妙的好感，线条简单，五颜六色的画反倒看不上，于是一声不响地拿过孤零零的红色笔，把儿时所见的热闹的西街，天空中单薄的云朵，还有骑自行车的人全部挤到了纸上，当然，比例也不大协调，大白菜比人都要大两倍。老师看后，十分生气，因为我偷懒没有上颜色，于是那一天班上几乎所有的人都得到了小红花，我却没有。我沮丧地被妈妈领着，快到家时我缠着妈妈买了一盒水彩笔。妈妈十分惊喜，问我想不想学画，“学”字实在太严肃了，但一想拿着画笔涂涂抹抹也十分有趣，便答应了。

我的第一个老师住在大渡口西街，旧式的房子，有天窗，有井，还有亘古不变的潮湿气息。老师是一位中年男子，下笔稳健，早晨总要在天井院落里坐一会儿，阳光淡淡的，似乎什么也看不见，可我总是清晰地看见那漫上阶梯的爬山虎，夏天是翠绿的，带来一丝阴凉，冬天却变成苍绿色，诉说着冷漠与萧条。雨水饱满的秋季，顽劣的学生们终于能够安静下来看着老师画画，老师神奇的画笔能让爬山虎爬到纸上来，也能让秋风在天空中留下痕迹。我看痴了，绘画在我心中似乎是世界上最冲淡、最清雅的一件事，一幅好画，把我的童年淡远成了最深邃的风景，余下窗外淅淅沥沥的雨声又响了一昼……

很多年后，迷恋古人的长短句，唯东坡居士和山谷道人的词方能入眼。二者的情趣，人生哲学，常让我追慕不已。苏子有云：“浮生名利，虚苦劳神。”又说：“几时归去，做个闲人，一张琴，一壶酒，一溪云。”我也遥想学苏子做个闲人，访遍名山大川，梦醒帘幕低垂，一支笔，足以画尽世界万千风景，如闲云野鹤一般漂泊于世。

但闲人梦终究只是梦，我还是踩着生活平淡的调子，一步步向前。四五年级的时候，遇到了我的第二位老师——贺老师，当时她正在给一二年级的学生教画，脸上流露出来的童真十分亲切。从此，每个周末，我都在单调的画室里度过，一晃便是5年。初一那年我参加学校里的艺术节比赛，我便想画丰收的场景，金黄金黄的麦子在和煦的暖风中频频点头，可当时还有一件急事要去做，只好让贺老师帮我打草稿，贺老师很快就画好了，我一看，脸红了，原来贺老师为了表现农家喜庆的气氛，特意画了两个慓悍大汉收割麦子，上身裸着，这本也没什么大不了，可要我自己画画，万万不会这么画，于是我越看越别扭，便在大汉的上身画了很多参差不齐的条纹，既不像衣服也不像皮肤，十分滑稽。贺老师和周围的同学看后，都哈哈大笑。我的脸红得更厉害了……

那一年是春天，我穿白毛衣，动不动就不好意思地脸红，那次却是最厉害的。

唉，我那五颜六色的西街，我那读不尽的雅诗清调，我那依稀浮现的闲人梦，记不得老师坐在天井旁画爬山虎的样子，记不得贺老师脸上流露出来的童真，还有一笔一天涯，都已随时间跑到了我的身后。

上高中后，我早已经没有学画，学校里却开了艺术课，大多数同学都是在课上看闲书，做作业。老师长得像鲁迅先生，那一撮有个性的胡子十分打眼，他有时会放出两节课让我们到校园里写生。这是我最兴奋的时候了，拿着纸笔，坐在小花园中，生疏地画着我之所见，没有当年的白毛衣，也不再脸红，不过那个闲人梦，却仿佛从未消逝……

恍惚间，16个春夏秋冬已不见踪迹，但岁月仿佛是筛子一般，筛去了繁芜杂乱，留下了我真正想要的东西。

我多想走出尘缘，在山水的禅境中钓山岚，沐清风，做一个拈花扫云的闲人。在雨水丰满的季节里，用自已挚爱的画笔去描述那听不尽的淅沥、望不尽的清澈。未沾酒却已先醉，醉就醉吧，醉成了庄周梦中的蝴蝶，飞过沧海桑田，袖卷菊香一片……

河　流

周冰洋

他们说要去河边的时候已经7月末了。我坐在窗口，看着阴天里的霓虹灯，一点半，让我觉得自己像一小撮泡在浊水里的茶叶，浑浑噩噩地沉下去了。

尹斯曼的电话让我激灵一下，从那种让人疲倦的昏沉中挣脱出来。她说，咱们去D河看看吧。

在这座城市里，似乎不能让人空闲着。就像才到7月，一空闲下来，放了假就无所事事了。一到假期我便感到生活像没了方向，有几个晚上顶着感冒喝冰啤酒，不分白天黑夜地看老电影。我的时间乱得一团糟，仿佛纠缠在了一起，让我不知自己是在向前过还是向后过。在我吃腻了每天都见到的焖猪肉之后着实让我感到生活糟糕透了，在那些日子里，报纸上不断报道青菜和猪肉价格大幅上涨与股票大跌的消息，让我一阵莫名的沮丧。就在那些日子里，我患上了做梦症。大约晚上一点半之后，我就会深深陷入一个梦里。梦的内容相当美妙：我骑着菜价上升又坐着股票飞速冲下去。有时是被上午的数学函数曲线给狠狠地绊了一下。在这种跌跌撞撞的旅途中，我晃坏了脑袋。在我醒来的时候经常不知道自己是谁，在什么地方；眼前有很多墨绿的人影在晃荡，那些人我在白天的街上已经碰见过了，他们的话现在我已经听不清了。于是后来我在对面的墙上贴上纸条：你在家里，现在你要起床，因为刚才你在睡觉。这样方便我醒来之后不至于有一半身子还待在梦里挣脱不出来。

在那个阴天的夜晚尹斯曼的电话让我惊醒了，为什么不出去呢？为什么不到河边呢？

河离城市不是特别远，但那里已经看不到霓虹灯了。

有着教皇神态的优雅的小一和被电玩与香烟泡得脸、手都黄黄的飞鱼，也打点好了包裹。小一的想法是，作为他这样的浪漫主义者和后现代派画家的接班人——他刚被一家二流美院录取，他应该在河边多走走。飞鱼想的是他要用河里的水洗洗脸。

我也想用河水洗洗脸。在炎热的7月，在我被做梦症困扰得失去了时间概念的日子，在我恨透了焖猪肉的时候。与此同时我想到尹斯曼扬扬得意、带着高考结束后的学生们那副共有的轻松嘴脸——并且很多人都知道录取她的是一所名牌大学。

我们出了小站就行走在田间土路上了。那些稀稀拉拉的红砖房像一顶顶散落在田地上的帽子，然而没有一阵风可以把它们刮起来。目光所及的地方见不到人，却有空空的自行车。在一群山羊经过的时候，小一开始大叫说，这可是真正的农村啊，有这么多绵羊。于是其中的一头"咩"的一声叫起来，不知是对"真农村"的说法还是对绵羊的说法感到不满。道路变得崎岖的时候田野已经消失。飞鱼的ipod没了电，三分钟前还在和他的第三个情人打电话的手机没了信号。城市被远远抛在了后面。前方是一排茂密的林子，我们开始怀疑迷路了。然而就在走上前的时候，听到了河水的声音。它躲在了一块无比巨大的岩石后面。

那河有我房间10倍那么宽。尹斯曼嚷道。

那确实是条大河。河水澄明，激起浪花的地方就像被敲碎的镜子。

站在山里我们完全没有方向感。我向河的上游望去，看到一棵苹果树；向河的下游望去，看到另一棵。我将折叠帐篷取出来，虽然只是傍晚，但我已准备好。如果有人问我这一年做过的最疯狂的事，我会说我搭帐篷在河边住了一夜。然而尹斯曼比我们想象的更疯狂，在飞鱼开始用河里的水洗脸，小一带着教皇姿态在河滩上转圈时，她走到一块岩石上脱光衣服，向河中心跳去。我们惊得目瞪口呆，然而尹斯曼的笑声让我们想起孩子。在河的中央，她很自然地这么笑了起来。我想河水是那么有亲切感，那种情感大概来自一个遥远的时代，在水还是生灵的家园的时候。河水经过她的身体，经过长有苔藓的岩石，流向的方向我们弄不清楚。

夜降临的时候我们钻进了帐篷，不点篝火。我们说第二天，要走到河的源头看一看。小一划燃一根火柴，我看到4双疲倦的眼睛。火光灭的时候，不知谁在叹息。有人说，我好久没这么安静了。大概是飞鱼在说话。尹斯曼说，我想抽根烟。小一说，有蚊子。然后沉默良久。于是我发话了，小默要是知道我们这么干，一定会笑死的。小纳会称我们为理想主义者，尹斯曼补充道。纳和她姐姐高考没考好。道斯去了美国，当了婊子。他们宿舍的空衣柜当了垃圾桶。那个长胡须的舍监已经恨透他们了……

不知道城市里现在几点，飞鱼说。我才想起来我们身上已经没有可以看时间的工具了。我现在想起了一些别的问题。有一段时间，我都在半夜的时间突然醒来，坐在床上，连我自己也不知道在干什么。冷气机吹风的声音让我格外不安。我坐在床上到底在干什么？那是一种怎样不安的感觉？我想到的是，明天。对了，坐在冷气 23 度的房间里，我的身体还处在半麻痹状态，然而我的大脑想到了一个活跃的不安分的名词：明天。明天将在什么时候来临？明天我会干什么？明天我什么样子？这多么可怕，如果没有明天是多么可怕，然而在一个黑夜想到明天的到来又是多么可怕。日子一天一天地流过是多么可怕，而生活停止了又是不可想象的。人们别无选择地待在不安里，无论是运动还是静止。在半夜里醒来的时候，大概我梦到正在上一节烦琐的数学课而吓醒了；或者高考落榜后我陷入沉重的失落；或者有一天我跑到了西藏，从雪峰上摔了下来。大概就是从那时开始我患上了做梦症，我进入了深度睡眠。在我醒来的时候我不知自己是谁，没有反应过来"明天"已经到了。

我想到问尹斯曼，说小尹，你考上大学了有什么感想吗？

她说，感想？我没有说要去上。

啊？飞鱼和小一表示诧异。

我不会去上大学的。不管是什么大学。因为我不知道为什么要上学。我宁愿无所事事。在 10 月开学的时候，我的偶像 MC 将在欧洲开演唱会，我要去听她唱歌。

然后呢？我问。

不知道了。我又没想过然后。我听完唱歌的第一件事大概去买 10 包 camel，坐在埃菲尔铁塔下面吸。这将成为比上学有艺术感得多的事，我就可以这样说：当我手里的烟雾弥漫在埃菲尔铁塔的钢筋上时……

你有多无聊。小一说。你觉得自己像个出色的垮掉派吗，坐在阴暗的地下道里，或者某个 AV 女优的职业混混。

我倒是很想上大学呢。漂亮的女孩儿多的是。这是我最大的动力。飞鱼说。

你的动力付诸的行动就表现在泡网吧？尹斯曼说。

我也觉得尹斯曼的想法相当无聊，然而仔细想来还有比我更无聊的人吗？在半夜醒来或是患上做梦症。还有比飞鱼更无聊的人吗？把期待美女当做自己考大学的动力。还有比小一每天教皇式的优雅更无聊的吗？还有比跑到厕所吸烟更无聊吗？比菜价和股价更无聊吗？比在阴天看霓虹灯时听 Linkonpark 更无聊的吗？是的。这一切就像找不到缘由所以无聊，就像躲在夜晚的房间想到明天，是的。如同一条河的流淌如同黑天白夜的交接，是的。没有缘由。

在说完了关于尹斯曼奇特的计划之后，大家又陷入了沉默。我想大家已经打盹了。我轻轻躺下，心想，明天要去河的源头看一看，而后突然地我听到了一种声音，那声音如此怪异。起初我以为是从林子里传来的，后来我开始怀疑声音到底是在身体内还是身体外。在这个静谧的晚上，我感到人的气息是那么微薄，因为仿佛有一种更大的生命的气息在外面颤动。

我走出帐篷，月亮刚好出来了。那是河流的声音吗？那种蓬勃的生命力来自河流吗？那真的是河流的声音吗？

我突然感到这里的一切，树林、河流、夜晚多么团结地联结在一起，毫不犹豫地将人排斥在外。我走到河边，河流的声音没过了我的身体。我不知道夜晚的河流会不会有梦，月光会不会让河做梦。然而河没有停下来，带着它的居民，那些卵石、叶子或者小甲虫，带着一群鱼和另一群，带着水草或水鬼，它们拼命流淌，然而它们并不知道流淌的方向。

在我回到帐篷里的时候，发现原来大家都没有睡。小一又划着火柴的时候，一小点亮光映出了4个影子；火光熄灭的时候，黑暗又像驱赶不散的疯狂的蚁群围了上来。飞鱼说，上厕所去了？我说，唔。飞鱼说，干吗不叫上我？我一个人不敢去。小一说，在野外大小便我还真不习惯，我只习惯我家里的厕所。飞鱼说我想到一件事——作业还没写呢。这个暑假我要开始补习了，为了我的美女们。小一说我要作画。我忽然有些羞愧，发现自己是个假模假式的感性的家伙。不过有一点我肯定，现在我们4个再也无法入睡了。我们身上还带着白天的气息，坐在黑暗的夜幕下，变得像一张张底片。我知道在天亮时，阳光会重新把我们冲洗出来。然而现在我感觉到了，甚至听到了，那种不安的心跳，那种在半夜醒来时的心跳，那源于人类对于黑暗的一致恐惧和敬畏——这里有最原始、最纯正的黑夜。

我感到黑夜正在离我而去，我听到它像一匹黑马一样的嘶鸣声。然而为什么是黑夜？为什么在河边？为什么它要离我而去？为什么在黑夜里听到自己的心跳，如同听到河流流淌的声音？为什么那声音不肯在我们中间停留。

白天又一次在我们毫无察觉的时候到来了。我们不知道是什么时候睡着的。我们收拾好东西，尽量不留下一点儿痕迹。

我说，我不想去河的源头了。大家都表示赞成。

回到城里我们在一间小饭馆吃东西。飞鱼和小一在抽烟,烟雾让我看不清东西。他们说终于可以抽烟了。我想说那烟熏得我想睡觉。我害怕睡着以后又会陷入做梦症中,我害怕梦到我们每一个人都变成了一条河流。我想说一条河流从哪里来流向哪里去。我想说一条河流,你并不需要知道它要流向哪里,更不用找到它的源头。

逆　光

王梦莹

曾经有过一时,逃避一些可以让心澎湃的东西,然后难过的时候却怎么也掉不下泪来,就好像是不爱笑的人,容易被误解为没心没肺。

换过环境以后,认识了我的小太阳,开始学会敞开心扉,而不是死守着自己所谓的矜持。可是,有一天,我也发现,同样的压抑,却让我再也止不住掉下眼泪。

妈妈说,这样的眼泪不值钱。

在我终于弄懂那个可以称作“会考”或是“学业水平测试”,再后来变成很隆重的“小高考”的大事件的时候,已经开始百日倒计时了。而那个时候,我也由于一些原因换了座位,和糖糖坐在一起。

其实到今天我都有想过,是不是和糖糖接触以后,我的高中生活才真正开始。

糖糖多动,聪明,爱笑。不喜欢啰里啰唆拖拖拉拉的东西。看起来好像男孩子大大咧咧的性子,可是骨子里却是长不大的小孩子一般,可爱起来,就让我没有办法。熟络了之后,记得某个晚自习,糖糖把头靠在我的肩膀上说,末末,我好喜欢你。

啊……这是我当时猝不及防的反应。

哼。见我没反应,糖糖嘟起嘴,说,你不喜欢我。

啊……这是我接下来的反应,依旧是有些不知所措。然后连忙补救,我说,嗯,我也喜欢你。

立刻看见对方的小脸像是绽开了花,拉着我的手说,我家末末喜欢我,哈。

我不知道当时自己的表情是怎么样的。只是一下子有点儿变换不过来,据糖糖后来的解释是说,因为小堂弟就是这样把头靠在糖糖的肩膀上说,姐姐,我好喜欢你。所以呢,她觉得这是个亲昵的动作。

那时需要考的科目是必修的4门,三理一文。显然,之所以选修是因为必修的几门实在学得没有信心。高中以来,一路挂红。甚至到后来,这4门的考试已经被我们自动忽略掉,即便老师们那时在我们耳边一遍一遍地告诫,高二有会考,看你们怎么过。

可是表面上,好像这些话都不是说给我们听的,期望的也只是还没有到那个时候呢,现在不能因为这几门而考不好语数外的成绩。但我想,大家心里面还是会在默默祈祷,高二,永远不要来临吧。

学校在百日倒计时的时候撤掉了语数外以及选修的历史政治所有的课时,课程表让我们倒吸一口冷气的同时也累垮了这些每天需要高强度工作的老师,我的课桌上开始摞起厚厚一沓书和卷子,整日周旋在定理和公式中间。

糖糖因为妈妈是老师的关系,开始接受八方支援。我因为是糖糖同桌好友的关系也沾光补习了一门。可是,我也很清楚地了解到,在学校和在老师家吸收的知识的区别有多么明显。直到有一次,糖糖挥着手里的卷子自豪地和我说,看我选择全对哦。既而摇起她食指拖着音调说出,你不行——

如果大脑有慢镜头的话,我那时的心里一定开始纠结,并且可以骂道"全对了不起啊"或是"笑吧,笑死你下次做全错"这样仇视的语言。可是过滤之后,明明是不高兴,嘴里却是微笑友好的语调,是啊,你好棒哦。

说完之后,我脑海中突然浮现出一年多以前小W发的信息。小W说,末,你知道为什么曾经有那么多人恨你吗, 因为你那时耀眼到不把任何人放在眼里。不知道天高地厚的原因是整日被赞美词所包围,而忘记真相,逐渐从推脱到自以为是。彼时的矛盾,即便换来今日的化解,可是它的存在仍旧历历在目。也是到那时我才明白,自己的过分。

而现在,我竟然可以和糖糖说出"你好棒"这样的话。然后看见糖糖得意的表情,我原本窝在心里面的一些诅咒的话也散掉了。其实也不是很难,如果说出一些话可以让对方感到快乐的话,即使自己有点儿不情愿,那又有什么关系。并且事实如此,自己的缺陷,还是需要面对才是。

而后这样的情况开始频繁发生。即使糖糖会比我考得好,但我们的成绩都在一步步向及格线逼近,并且有时还能出现令人欣喜的小高分。于是闲下来的时候,我和糖糖便会小小地憧憬一下未来,那些会考结束后的生活。但说得最多的，还是解决会考科目书本的问题。糖糖说，考完之后在我们家旁边的老虎山上放把火把这些可恶的书还有卷子烧了。我还应和着说，好啊好啊，正巧我们两家住得近，一起一起。

为此后来下课遇见小 W 的时候，她还问我，听说糖糖和你准备好了后事，要烧书啊。我说是啊，考完让这些一起结束掉。小 W 笑，很激动，说，那就带我一个吧。

其实这样的场景我曾无数次地想象过。

在电视里，或是图书、杂志里，都能看见这样的画面：高考结束，空无一人的教室，满地的包装绳，写满公式可是没有来得及擦的黑板。我也曾经以为，毕业，就是这个样子。所以才会和糖糖抱有这样的雄心壮志。

以及不知道未来的幼稚想法，这样的结果，未免太矫情了。生活毕竟不是肥皂剧。

伴随着这样看似很有底气的外表，还有的，就是害怕。

虽然是欣喜于糖糖的进步，可是自卑感还是不停地充斥着内心。那个时候，杨所带的年级已经回本部的教室上课了，我便可以与他有了一些正面的交集，偶尔遇见或是一些长时间的聊天，杨都会和我说，要知道现实的严重性，要放下一些此刻觉得重要的东西。

杨总是了解我的。可以高度凝练地概括出我的死穴。

而回本部之后，我与杨的信息交流开始减少。经常是我发信息给他而没有得到回复，然后再遇见的时候，就猛然间觉得，毕业都一年多了，怎么之前都没有察觉杨的生活的改变呢？总要有新的东西出现在生活中的，即便曾经和杨的关系非同小可，也是在杨溺爱般的赞美声中念完了初中 3 年，可是不可忽略的事实，就在眼前。

即便是我不想面对，以及舍不得结束。

在第一次全市模考之前学校组织的热身，已是信心满满地看了讲义以及复习资料，因为是备战以来的第一次正式考试，老师们都和我们说要好好考，以便日后学习更加有信心。在考场里面坐着等监考老师来的时候，看着面前还在准备考试的同学，手里都是讲义试卷，我双手托头发着呆，然后，不知道是不是周围有着压抑的紧迫感，就突然有种不舒服的感觉袭来。后来明白，那时的感觉，可以叫做心慌。之前的信心满满瞬间消失得无影无踪。

发卷,填答题卡,浏览,答题。大脑逐渐开始混乱,好像原先整理好的线绳纠缠在了一起。我深呼吸,试图使自己平静下来。我对自己说,末,你要写完它。

选择题是关键,由浅入深,于是一路 ABCD 地画下来,渐渐放慢了速度,继而开始犹豫,最后下笔艰难。明明考试之前都有复习,怎么现在却觉得试卷上面没有一题是复习到的。

我捂住了眼睛。那个时候的感觉,真真切切的感觉,就是如果一忍不住,眼泪就会掉下来。

终于一门结束了,我走到走廊上,教室里的人大多是在讨论刚考过的科目,也有开始看接下来一门的相关资料。我不想加入讨论,于是给杨发了信息。我说,老师,我们今天模拟考试,刚考完一门,接下来还有一门。我现在好紧张,怕考不好,怎么办。然后关掉手机,回到考场。

情绪好了很多,不知道是不是因为已经考了一门的关系,又或是,和杨说了,心里求得一丝安定。最后收到杨的回复,是在下午放学之后,晚自习之前。杨说,抱歉,才看到你的信息。据说这次只是练兵而已,天不会塌下来。考上大学对一个人的学问深造方面很重要,你说呢。

我把信息翻来覆去地看了很多遍。天不会塌下来。天不会塌下来。嗯,只要这句,就够了。那天的日记,我写道,末,要好好考,因为最后你要告诉杨你考得很好的消息。

试卷课本在课桌上堆出一定的高度,而时间便是与之成反比。到最后一天,老师都没有上课,自习,同时也可以答疑。我和糖糖便开始说废话。

有老师在黑板上写出之前双休日发给我们的近十套各个地区模拟试题的选择答案,我把正确答案填上去的同时视线移到了邻桌的男生,他正在用红笔修正自己的答案。显然是已经事先做过了的选择。我一时间惊讶无比,散掉的气氛又凝聚起来了。

考试当天,下了很大的雨,我带着文具以及准考证就去了。于是有考完一门等下一门开始的休息间隙,我们被安排在考点的另一间教室看书的时候,我惊讶地和糖糖说,不是吧,我根本就没有带书来看啊。

事实证明我是对的,大家翻了两页书就开始闲扯。这样的时候,心情,该是最重要的吧。

最后一门结束的时候，在校门口看见老班。他看见我，好像是考虑了一下才问出口，语调看似是很放松，其实含着试探的口吻，问，怎么样？

我笑笑，说，差不多吧。

其实心里非常没有底。并且我的感觉告诉我，那个时候，笑容应该也有点儿僵硬。

放肆地玩儿，以及漫长的等待，这就是接下来的生活。可是过得很快，便到了要揭晓分数的时候。因为关系考大学的资格，于是就好像颁奖典礼之前的鼓点，渐进声越来越大。

我小心祈祷，却又不敢打听。那天的盛况我依然记得，是和糖糖走在回班的路上，突然就听见一个同学口里喊着，×××过了，2B2C 呢，×××生物没有过。旁边就有人问，那你呢。那位同学回答道，我当然过了，也是 2B2C 呢。于是又有人问，你怎么知道的。那位同学伸出手指向楼下说，教务处，好多人呢，都围在那边，我挤了进去看见老班，他告诉我的，假不了。

眼前的场景极具诱惑性，然后我感觉到糖糖激动地拉了拉我的衣袖说，我们去问吧。我第一反应就是拒绝，我说太恐怖了，接受不了，你看那×××成绩那么好都差一门生物没有过，我也一定没戏。

糖糖很是期望去看结果，口里不停地说，去吧去吧。我虽然摇着头可是心里还是动摇了，那时的内心独白是，糖糖，如果那时你无论如何就拉着我冲向教务处，我也会跟你跑。然后到最后，我终于被打败了，同意一起去教务处，却在楼梯口撞见了拿分数条回来的老班。于是班里的气氛再也压抑不住了。

我的心亦焦急万分。等老班把分数条裁好，晚自习已经过去了近半个小时。鼓点结束，下面的，该是颁奖人宣布结果，我握紧了双手。一个接一个，我在等自己的名字。

糖糖拿了分数条看见自己 2B2C 兴奋地跳了起来，也有几个同学有的科目是 D，尴尬地掩饰内心的沮丧。我在等，一直等。巧的是，最后才是我的分数。坐外面的糖糖便上讲台帮我拿，我在观察糖糖的表情，生怕是没有过的结果，内心想了千万种的可能，甚至为自己将会有惨痛结果的说辞打好了腹稿。

可是，我看见了糖糖双手握拳，嘴形是“耶”的夸张动作。好了，我知道我的黑暗可以告一段落了。

因为多数人都过了，大家开始尖叫，大笑，也没有老师来阻拦。我和糖糖互相激动过以后就开始四面八方地传达好消息。我先是打电话给爸爸，我说我过了，我考了 2B2C 呢，可以上本科了。电话那头虽然听见是爸爸说，好了好了回家再讲。可是语调压抑的兴奋我感受得真真切切。

然后就是发信息，我发完了好朋友以后，才给杨发了，内容就是过关的结果，没有多余的话。之后陆续收到朋友的祝福，我也一一回复，只是，一直等杨的信息，都没有个结果。我想，难道是杨不想和我说话了。随即又安慰自己，还是因为他太忙了吧。

内心的期待最后锐减，几天过去，确实没有收到杨的任何回复。而我又急切地想知道，他会怎么和我说。

接下来迎接的是五一假期，班里的气氛散漫至极。我想，弦绷紧过了头，突然松下来，也是会变长的吧。我没有什么想法地在熬日子，以及等到接下来的五一。于是某个晚自习之前，和糖糖走在此刻人很少的学校里。路过初二的教室刚好看见由于初二没有晚自习而下班回家的杨。我上前打招呼，说，老师好。

杨一如既往的笑容，与我点头回应，然后就问道，那次结果有两个 B 对吧，那么意思就是……可以考一本了吧。我连忙笑，我说，怎么会，一本考不上的，二本就差不多了，没想过一本。杨笑着似是责怪我没有信心，说，哎，说不定呢。

我就又敷衍了几句。看着杨离开，我突然高兴又难过。高兴的是他是看见我的信息的，并且还了解到高考这么复杂的规则。而难过的却是那句“说不定能考上一本”。高中的生活已经把我折磨得惨不忍睹。我的一本，哪里存在。

这样的话，倘若摆在杨还是我的班主任的时候，我敢说，我有多么好的未来可以自己掌控。可是现在，我望着自己，说好听一点儿，叫做还有很大的发挥空间，无言以对。

课表调整为原来的样子。去掉了 4 门必修的科目，听老班讲授接下来高考的路该怎么走，然后感受全校上下渲染的高考气氛。

就是这样，和我预期的结果一样，幕落得极为安静。脑海中的画面可以回放到中考最后一门结束的铃声响起，可以听见附近考场教室传来的欢呼声。而也只有这听起来还很微弱的欢呼声，其余的与平常无异。我低头顶着热辣的阳光穿梭在老师、学生以及家长的人群中，找到等在门外的爸爸，然后我们一起回家。

没有欢笑、眼泪以及大起大落的情绪。也没有听说到壮观的烧书事件，没有宣泄，和之前的每一个小时都一样，一模一样。所以，会考结束后的散漫情绪，看起来没有了收尾的意思。

很多个双休日以后，我才在妈妈的威逼利诱下开始整理凌乱的房间，主要目的还是清理出会考时期的书籍然后卖掉。进行到一半的时候，妈妈拿给我一支记号笔，说，用这个把书上的名字划掉，再卖。

我知道这是妈妈的习惯，如果需要扔掉一些不用的写过字的纸，不是用揉，而是要撕碎了再扔，是心理作用吧。我把整理出来的东西摞在地上，大概 20 厘米左右的高度，不是很壮观。可是就突然想起很久之前和糖糖讨论的"老虎山烧书"计划，再联想到每次一些考试之后都能听见放话烧书的人。觉得，其实，那时的我们，不过是对当下的情绪。

烧书这样的事，毕竟非同小可。生活真的不是肥皂剧。怀着不耐烦的心情，把手机的音量开到最大放在一旁放歌，苏打绿的《是我的海》。手指捏住笔的上端，开始划去姓名、班级、学校。

耳边主唱真假声的互换——

这些日子过来/突然间变成一片空白/这段日子是否/沉睡中忽然哭醒过来……

化学书，字迹比较凌乱，因为那个时候很不喜欢换来的化学老师，而学不好化学的自己以此加深了对化学的怨怼。划去扉页的"苏以末"，然后发现中间夹的试卷上也有名字，便一一划去，我开始想不起，当时是怎样耐心地去一张一张地写上自己的名字的。

……太多意外/没想要勉强我感慨/太多困难/会让人害怕看未来……

物理学得最早，成绩却一直上不来，而后到了高中难度瞬间加深，便默默地接受一直无法破 50 的悲惨分数。记得的是，会考之前，那一个 80 多分所带来的激动心情，我从未想过自己会有一天可以把物理考及格。

地理亦是如此，这个比物理接触得更早，但是几年下来我依旧是不会看经纬线以及辨别东南西北的科目，在最后，能做到单凭选择就能及格的境界。

……你知道我不想离开/你知道我有多无奈/如果时间一直走得那么快/我

怎么对你依赖……

划到了生物书。生物是其间学得最用功的科目，因为之前完全没有学进去而最大的原因是无法理解，我还能回想到那时老师在用最简单的方法来帮助我们记忆，逼迫我们背下一张张的讲义，一遍遍地做典型的例题。

老师说话很简练，字字重点。是皮肤很白，戴眼镜，看起来很舒服的女老师。

……我多想大声喊/我多不想明白/我只想唱来一些温暖/在我们心里不会腐坏……

牛顿三大定律。气旋和反气旋。摩尔公式。光和反应。停住的笔终于隔着纸张在下一层印下一个黑点。

笔记，以及页脚偶尔会冒出的鼓励的话。

我想起很久以前物理只考了55分还欣喜若狂的我，生物只有15分却强颜欢笑的我，化学不会而暗自看书着急的我；以及后来选择只错到三题的我，物理能在班里考前三名的我，生物能够解答别人问题的我。

密密麻麻的变化勾勒出巨大的一笔。视线温热，是感动，没有落下泪来。

——植物之所以能够向光生长，是因为生长素的分泌关系。背光面的生长素分泌过多而压住了向光面，所以就形成了向光弯曲的造型……

我们之所以抬起头能看见阳光，是因为已经结束了之前的痛苦。

而正是逆光中的黑暗，让我们可以更加坚强。

地震10日记

王黎冰

每天我心里只是这样为灾区惦念着，每日只能默默地为灾区人民祈祷，希望他们能快快逃脱此劫。

——题记

2008年5月12日

下午·晴

没有一点儿的征兆，2:10的时候我从寝室中睡午觉后醒来，一杯冷水扑在脸上，脑袋依然有些晕沉。

今天的阳光格外明亮，满脸都是暖融融的气息。下午第一节是历史课，又得与古老的岁月亲密接触。弘毅楼四楼的教室里，慢悠悠地旋转着电风扇，没有凉爽，却更使我头晕目眩。手中胡乱翻着历史书，感觉中考来临的脚步声也慢慢地靠近了。

晕眩，头脑更加晕了！

此时，手中的水杯忽然“啪”的一声掉在了地上，我弯腰下去拾捡，椅子莫名其妙地开始震动起来。“干什么？”我迷糊着转向后桌，却并没有人与我恶作剧。

这时候，剧烈的晃动震醒了每一个人，6层的教学楼——弘毅楼的走廊突然充斥着恐惧的尖叫声，教室里的书本试卷忽然散了一地！天花板上，凡士林都飞雪般掉下来，我们忽然意识到——“哇呀，是地震！”我大叫一声，推了一把我身后的正在梳头的同窗小Y，大家一窝蜂地冲了出去。我们随着摇晃的楼层和疯狂的同学们向操场奔去。逃命的时刻已经没有思考的余地了！猛然意识到，生命在这一刻格外珍贵。“哎哟！”一个邻班的女孩儿在慌乱中不幸摔倒在地，疾步前行的我们被那股巨大的涌动的人流推动着来不及去帮她，好在后面已经有两个男生一把将女孩儿扶起，继续往外奔跑。此刻，摇摇欲坠的楼层里，哭声、尖叫声，伴着地震的轰隆声，奏响了一曲不和谐的命运大逃亡的前奏！

白色的石灰粉遍地都是，同学们在操场上回头看着我们的教学楼随着地下的摇曳而像玩具一样阵阵波动。同学陆续从楼层中奔出，老师也来了。而我摇摇晃晃，忽然有想哭的感觉。一想到我的家人们……怎么也来不及哭啊！看到蹲在草坪里的同学L已经痛哭流涕！Q同学从寝室直接赶来，告诉我先不要着急，应该先把我们班的同学召集到一起……篮球场里、草坪里，都密密麻麻地分散着我们班的同学……幸运的是，我们班里的同学都平安地聚在一起，即使平时是“恨之入骨”的“竞争仇敌”，今日也该改改口了，大家既是戏谑又是惊恐不安地把彼此称为生死之交，患难与共、同舟共济的战友了！

地震带给我们的瞬间恐惧逐渐平息，教学楼没有巨大的损坏。学校很快将班级统一起来并做好调查与统计，万幸的是我校竟无一人伤亡。之后，大家分坐在塑胶跑道上和草地里，纷纷议论起来。有的安慰自己(也是抚慰别人吧)，说可能就我们学校科技创业园区这半山腰上一处发生了地震，有的认为这样的危机就这么一次，悲观的同学们甚至不敢看这个世界，只能互相埋头痛哭。班导陈红到了，语文老师蒲莉到了，化学老师和物理老师也到了……唯独英语老师不见了。大家略微轻松片刻又担心起来，英语Mr.C迟迟没有出现。大家都怀疑他会有什么不测，直到很久之后，没戴眼镜的Mr.C才慌张地跑来，留给我们的是他那半截七分裤和邋遢地踩着一双拖鞋，幽默的形象让我们紧张的气氛稍稍缓和了些。

长久的通信阻断，让我们根本无法与外界联系。许多在绵阳的家长直接到校，特别是小Y看到他爸爸莅临就声泪俱下的感人情景，让我们无不饮泣落泪。我不由得暗自里想，我爸爸什么时候才能来接我啊？

学校的一切按照预案有条不紊地进行着，老师们把我们带到指定的安全地方坐下，他们像慈爱的母亲一样静静地守候着。物理组和地理组的老师迅速结成实地探察小组，对目前的情况做一系列最最基本的分析。很快，“汶川”这一极其陌生的名词不胫而走，连同“5·12”将永远铭记在我们心里！我们永远都不会忘记！

校长到了，副校长也到了。他们面不改色，分别亲切地耐心地对我们进行鼓励和思想教育，让我们不要惧怕灾难要重新振作起来。平日里，校长的话尽管诲人不倦、语重心长，却似乎觉得像“祥林嫂”一样絮絮叨叨得让我们难以忍受，今日听起来格外温暖心窝，并真正成为我们赖以依靠的强大动力和精神支柱！物理老师张宝分析晚上将还有N次余震发生，叫我们可以趁此机会迅速进行各种各样的防震准备！大家虽然心有余悸，但还是纷纷奔赴膳食中心就餐，路上自然于内心深处又多了一份担忧和恐惧……

2008年5月12日

晚上·阴

夜色还是姗姗来迟。我们依旧在操场“安营扎寨”。

我们从寝室里搬出来了棕垫、棉被和枕头，收拾几件衣服并带了一些饮用水，就慌慌张张跑回了指定的安置地点。草坪里已是络绎不绝的人群和帐篷，那是闻讯赶来的一部分家长信手搭起的帐篷，而我们将“床”铺在塑胶跑道上，男生一排，女生一排，平日里要是稍有“出格”的男女同学之间的事情，我们总能揪住笑柄，把玩一回。而现在的心情，似乎连开这种玩笑的时间和机会都失去了。

班导陈红也在我们旁边将“床”铺好，他要为我们守夜护卫安全！平时，我们总觉班导严厉、无情且很烦！现在却觉得老师像靠山、像亲人、像保镖，那份关爱我们的心竟是多么的弥足珍贵！趁守楼的钟判不注意，我和Q同学飞奔至教室，那里满地全是散乱的试卷和书籍！先前窗明几净的教室早已面目全非！寻到几本书后，我们飞也似地逃了。

主席台上，校长和物理组的老师正在紧张地交谈，看来这次地震情况并不乐观。各种渠道的小道消息也纷至沓来。听说绵阳已有一个学校的围墙倒塌，砸死了几个学生。如此看来，我们学校的情况就已经算是很不错了。天渐渐暗了下来，草坪里已是夜深千帐灯，尽住渴望平安人，可是来自四面八方的家长依旧不断地寻来……我将头靠在枕头上，面对着这突如其来的灾祸，脑际根本无法接受，心里只想着，今日只能默默地为重灾区的人民祈祷，希望他们和我们一样能逃脱此劫。

同学们主动分发了各自的水与零食。我很感激地接下了，这几天想必城里的商店都关门了，食物与水将十分匮乏，一定要节省，一定要节省！

迷迷糊糊地，大家都没有了说话的兴趣，我拿出MP3听听地震的最新情况吧！

2008年5月13日

凌晨·小雨

电台中接连不断地报道着汶川大地震的最新情况，我们逐渐意识到这不再是个小问题。半夜里听到X在抽泣，并不断地向男生借还有余电的手机！听她说，她的家乡德阳片区也是比较严重的灾区，她很担心她父母的安全。可是，该死的电话在这个节骨眼儿上却怎么也没有办法接通！

凌晨4点的时候，全校同学再次被巨大的地下声响惊醒。这次地下的尖叫声明显小了许多，但我依然把耳朵贴在地上静静地听，那发自地下的声响震耳欲聋，刺耳而疯狂，如野兽般凶猛。我想去伸手摸到眼镜，看看教学楼是否有震动情况，谁知眼镜未摸到，地面又平息了下来！

然后，我们最担心的事情发生了，天上竟下起了雨。教导主任只得让我们将被卧全部搬上主席台。亏了我们主席台大，而且上面还有志愿者——大个的男生帮忙传递。可我们总不能淋雨呀。何况所有人都还面临冷飕飕的凉风站着。学校组织其他人拿来帆布，几个班一组，一张帆布，男生们各自捏着一边，将它高高举起。我在班上个子不高不矮，也获得举着防雨帆布一个角的资格。偌大一个操场被多张花花绿绿的帆布所覆盖，颜色和谐而拥挤。伴着有些清冷的灯光，而空中却没有月亮、星星。这，可是我们现在唯一的保护伞啊。

副校长哽咽着说："现在发布重要通知，从今天起学校开始放假……收假时间……未定。请各位同学想尽一切办法与家长取得联系。"

雨已经下得很大了。冷飕飕的空气继续包围着我们。同学们都拿出带来的所有零食——真果粒和饼干等来充饥。陆续赶来的家长们陆续接走他们的儿女。刚刚与爸爸通电话时，我的声音已经有些哽咽，望着眼前那张迷离朦胧的雨帘，我的家人是否还是安康的？

"初三年级22班，王黎冰。你的家长在找你。"主席台上的老师用"大声公"喊道。听到这话，我的心"怦怦"地跳得老高。我来不及背书包了，踮起脚，看见爸爸安然地站在舞台那里，心也放了下来。

"爸爸!"我呼喊了一声，声音真的很大！

下午，小雨转中雨。

一路上，市里的房屋建筑早已损坏了一些。我家乡的镇上也是这般。听爸爸说，有几所学校的学生因惊恐而跳楼致死致残，特别是绵阳北川县的灾情更重。8.0级的汶川地震已经蔓延了全国21个省，最大限度地波及了我们美丽的中国宜居城、中国科技城——绵阳。我默默地捶着胸脯，独自叹气。

家里人尚且无碍，大家都放下一颗心来。不多时，微小的余震又开始泛起……晚上，雨渐渐大了起来，我们都将床搬至一楼，以防万一。

是一个冷冷的夜晚！

2008年5月14日

小雨转晴

小小的余震断断续续，我已基本上摸清它的一些规律，自己反而安静地复习着功课，准备中考。

妈妈坚定不移地要在岗位上坚守，爸爸也要去灾区——绵阳市九洲体育馆的救助中心等地采访。我闲着没事，和当乡镇领导干部的五姑去乡下调查一下震灾实情。

我带上了数码相机、笔和笔记本，打扮得像个记者模样，为什么这样呢，是因为上海、黑龙江、武汉、太原、河南、北京、成都等地的报刊编辑也要求我去实地采访采访，然后写一些"战地"新闻。

一路上，汽车不断地颠簸，泥泞的道路又黏又烂，而扑入眼帘的两旁垮塌房屋却屡见不鲜。到了灾区，老百姓面带忧郁、悲伤，但看见我们到来，立刻跑到我们跟前，脸上呈现出一种淡淡的平静的些许微笑，仿佛地震从未发生过。

下车后，五姑召集大部分村民开会。我一手撑伞，一边小心翼翼地用相机拍着照片。乡下，很多楼房都坍塌了，蜿蜒的裂缝如一条条狰狞的蛇，爬行在农村房屋的墙壁四周，让我不寒而栗。拍照时一没留神，我差点儿滑倒。一位农民爷爷将我扶住，"孩子，你要小心点儿哦。"他微笑着说。

走进老爷爷的楼房，那才叫盛世危楼，墙坍塌出一个大洞，整个房子随时都像会被地震恶魔肢解一样令人恐惧。老爷爷拦住我，示意我不要过去，他还大声告诫我：危险啊，孩子！过了一会儿，他也终于忍不住泪水，对我说了起来："这是我儿子和媳妇的新房哦，才修起两年时间，一眨眼都这样了啊。他们在都江堰打工，到现在都还没有和我联系上……如果他们都死了，谁给我来送终啊？"我忍住眼眶中没有流出来的泪水，递给老爷爷一张卫生纸，嗫嚅道："老爷爷，你也不要太难过了，相信你的儿女都是平平安安的，你也一定要相信政府，他们一定会给你们一个满意的安排的！"

"我相信政府，人民政府为人民嘛。"老爷爷大声说道。

地震后，这个村里的人依然平和而紧张地过着每一天。户户门前都搭有简易的竹楼和木楼，都很漂亮。咦，我用手摸了摸，好像还挺实用的！

2008年5月15日

多云

15日以来，谣言四起。

古镇上的街坊邻居都搬家至高处的庙中或山上。

这些天，不论见到谁都会有一句熟悉的见面话：今晚有几级几级地震。这样的传言、谣言已是家常便饭了。

白天尚无大碍，可当天刚刚暗下来，居民们还是对谣言信以为真，便大车小车地满载着生活用品，成群结队地搬家了。看到别人紧急避难，我总向爸妈提议到芦溪中学后面的半边山那里去避难(那里已经聚集了上千“难民”)，却始终遭到拒绝。我晓得，我们家里还有80多岁的婆婆和快70岁的外婆，她们走远路不方便，另外还有身体遭受重创的四爸等。经过家里一致讨论，决定在我们的家门前的街道上搭一个简易实用的防震帐篷，或许它将伴随我们直到这场灾难的结束。

最近，因为要自己搭建帐篷，市面上的聚乙烯彩条塑料布十分走俏，很难买到。据说有不法奸商因看到塑料布供不应求而哄抬物价，被天天对市场巡查监管的工商干部(我妈妈他们)查获，并对那个个体户处罚1万元。那个奸商的儿子很不服气，还在一个网站上发帖子，说工商为了给灾区捐款才罚他家那么多钱的！我家没有去抢购塑料布，原因很简单，幸亏姑爷早就拥有几张大的塑料布，这时候就派上了大用场。天刚刚暗，爸爸的一个在达州的同事打来电话，说那里山上的蛇什么的都往山下跑，今天晚上必然有一场空前绝后、史无前例的大地震。

闻此讯，外婆断言的大地震后就不会地震了，谁也不相信！看过钱刚大作《唐山大地震》中说，余震比初震更厉害！我们一家都吃了一大惊，赶紧慌张地从楼上跑下来，搬椅子、抬床铺开始搭帐篷。门前有两棵绿茵茵的女贞子树，我们在一边绑上一根绳子固定帐篷的一角，我和爸爸又气喘吁吁地从楼顶杂物保管室取下两根竹竿，夹在路边，紧紧地固定在椅子上。总算有了个遮风避雨的帐篷顶了，妈妈和四妈、五姑又搬来床与椅子，几张椅子又拼成一张床。为了防止夜里受凉，五姑爷又移来大竹席盖在帐篷的四周。一个临时而又实用的帐篷就这样完成了。

凌晨3点多时，帐篷四周刮起了一阵风，没有扎紧的帐篷“哗啦”一下就倒了，把我们笼罩在中间。大家又是笑又是气地爬起来再次加固，可还没到一半，余震随着门面卷帘门的“哗啦啦”的响声而到来了，大家来不及加固帐篷，就慌张地逃命了。只可怜那垮塌的帐篷，还可怜兮兮地盖着可怜的我，因为当时我根本没有起来……妈妈把我推醒，睡眼朦胧的我还不知道发生了什么，等我清醒了，地震早没有了踪影，但若惊弓之鸟的家里人早已经跑到50米外了……

看来，我们还得加固帐篷才行哦！

2008年5月16日

晴转小雨

中午，街坊们突然看到了太阳的周围包围了一圈彩色的光环，说是天象奇怪，晚上必定有大难临头。

纵然说大家都不迷信，但难得看到如此奇异的景象。我晓得，那不过就是普普通通的日晕而已，镇上善良的老百姓被吓得个个人心惶惶，他们上楼下楼翻箱倒柜地收拾东西，准备找地方避难。不一会儿，立刻又有谣言在我们古镇四起：“今天晚上，绵阳有超级大地震！”

我还没反应过来，邻居们早已门可罗雀，街道空空荡荡。我还来不及和他们解释，他们就早已如鸟兽散去。

日晕是日光通过云层中的冰晶时，经折射而形成的光现象，围绕太阳环形，呈彩色。这下，我意识到学好科学知识在这么危急的情况下还真有用处。

晚上，我们全家又开始搭建帐篷。

这次，爸爸搬来一块大石头固定帐篷，晚上虽然有风有雨有余震也无碍。半夜里只是下了几粒稀稀拉拉的雨，响了几声久违的雷声。我们在地上铺了一张休息的席子。没办法，只能往屋里抬了，可刚到屋里，雨也不下了，雷也不响了。

半夜时分，地面又是一阵震动（余震），我们又爬起来向开阔地跑去。就这样，我们非常疲惫、难过地熬过了一夜。

2008年5月17日

晴

今天爸爸去了安县、北川采访，带回来很多实地灾情照片。那些倒塌的房屋，那些被掩埋的人群，那些奔波劳碌的可爱的人们，都活生生地出现在我的面前。看着爸爸汗流浃背、疲惫不堪的样子，我十分心疼。

想想我自己应该为灾民做点儿什么，考虑了许久后，与小学时的几个死党商议一番,我们才真的想去当志愿者了。

品达说，我们这么大了，至少还能做一丁点儿贡献吧。林吉新建议去医院帮忙。

我一思忖,去医院真是好主意！我已经获悉,我们东辰学校不少同学已主动去绵阳市的各个医院做志愿者了。如今,我们镇上的县二医院那里刚转来20多个北川县受伤的灾民。对,去照顾新来的北川难民和病员。

去了医院,我碰了一鼻子灰。

“你不行,年龄不够。”医生没有批准。

再三恳求也无效。唉!

无可奈何之后,我只得回家继续复习功课。

做完这些必要的事情后,我觉得还是应该为家里人干些事情。

记得前些日子在学校里,有个女生说她炒、煮、蒸、煎样样都会,问我会什么,我只能谦虚地说自己对煮饭通了七窍中的半窍。她突然异常放光的眼神又暗了下来,啧啧地“感叹”我“饭来张口”的清闲。我出于尴尬与不安,只有向她请教厨师技艺,还恭恭敬敬地向她递上“文房四宝”。她挺乐意地龙飞凤舞地为我写下一道新菜谱,不忘告诫一句:“贪多嚼不烂,就把这道菜学着做好。”我当然得问问制作过程,态度自然是毕恭毕敬的。可她嘻嘻地笑着:“慢慢回去琢磨这道菜吧!”

做不了志愿者,就回家做厨师吧,给家里人烹制“糖醋里脊”。我看着这道怪怪的菜名——“糖醋里脊”,也不知道她鸡抓狗刨地在纸上写了些什么内容。只有上网去查查了。暂时的,不能让爸爸妈妈知道,这可是个小秘密!

2008年5月18日

多云

余震挺吓人的。

今天余震的次数特别多,但都极其细微,没等我从帐篷里的简易床上站起来,波动的过程就停止了。

这条街上就我们一家人搭了一个防震帐篷,十分有趣但挺刺眼的。街坊邻居都陆陆续续从山上或庙里搬了回来,街上的商店铺子都开了门。于是,冷冷清清的街道又恢复了些许生气。

五姑晚上去政府开完会,他们接受了一个重要任务,就是制止村民们燃烧秸秆。听说绵阳南郊机场停放了来自广州军区、成都军区的大量飞机，那全是去灾区抢救伤员和运送救灾物资的。焚烧秸秆会影响飞机的可视力。

就这样，五姑夜晚就没有了休息时间，与干部巡逻在村社农户院落。

这晚没有村民燃烧秸秆，五姑前往乡村里视察后，回来告诉我们一个恐怖的消息，说田里的大个的蟾蜍们都跳出来，停在田坎上，今天晚上必然有一次大地震！于是乎，我们睡觉之前，大家都再一次对帐篷进行加固整理。

但晚上发生的还是余震，我什么也没有感觉到。因为我睡得太熟了。后来听说江油又出事了，死了3个人，伤了1006人，农村90%的房屋倒塌。

2008年5月19日

晴

爸爸今天又去了北川，从凉风垭到北川县城沿途拍了很多实况照片，我一张也看不下去……

最令我难忘的是，北川中学五层教学楼已整体塌陷，数千学生罹难。《上海少年日报》的何编辑、《上海家庭教育时报》的王编辑、《新读写》杂志编辑总监张老师等问我对北川中学灾难的感受时，我只能说，眼下，只能好好地祈祷幸存者们，能够平安度过灾难。

学校仍然没有通知上学的时间，我也只能在家里待着。

好好复习，中考快到了，想着北川那么多遇难的学生没法和我们一起齐头并进，心里真是有一种莫名的难受。

今天，是哀悼日的第一天，从帐篷里起床后，我默默地爬上楼，站在阳台前深深地缅怀在这场大灾难中失去生命的人们。

2008年5月20日

晴

爸爸难得休息一下，今天他在家里忙着写消息、通讯和报告文学。

听说北川的堰塞湖快要崩塌了，所有活着的北川百姓们都要撤出来。想着已经统计出4万多人遇难，真是难过不已。

今天是哀悼日的第二天，电视上的台标都换上了灰色，主持人都胸配白花，画面都灰蒙蒙的，挺凄凉的感觉。家里订阅的几份报纸的所有版面和网站颜色也全变成黑色，像为灾区死难百姓而专门佩戴的哀悼的黑纱！

今天中午复习完毕，我自己也有了一些时间，亲自动手做一道糖醋里脊，端上餐桌慰问一家人。在妈妈的帮助和菜谱的指挥下，调好了糖醋汁，切好了肉片。刚刚把里脊放进锅里煎炸，四妈冲进厨房来喊说“地震”了。我已经对这些“狼来了”的消息丧失了兴趣。

后来，他们说我做的糖醋里脊闻起来有很浓的酒气！

“是吗？”我很疑惑，“可能在余震时自己手抖，把料酒放多了。”

晚上刚刚休息，五姑接到通知，说她管辖区域内又出现了焚烧秸秆的现象！五姑立即通知干部奔赴“狼烟”起处了。

2008 年 5 月 21 日

阴

哀悼日到了第三天，网络上许多网络游戏停机，网站都换上灰灰的冷色调，让人心里十分凄楚。

妈和外婆、广州的舅舅都想收养一个孤儿，我也没有什么意见。但爸爸不同意，理由是他们不具备条件。爸爸星期一上班后就去市民政局打听了，收养灾区孤儿的首要条件是夫妻没有孩子。看到这样的规定，我们也没有办法了。遗憾！

北川的许多中学生都复课了，我们怎么一直没有消息呢？

地震已经 10 天了，党和国家、省市县镇各级全力投入抗震救灾，特别是解放军、武警官兵、人民警察和志愿者、义工等的勇敢壮举，让我感觉到祖国的伟大，全国、全世界人民都在关心我们四川的大地震，更使我们有了重建家园的希望与信心……

看这样的情况，我们的一切会越来越好吧！

孤独是心灵最后的猎手

（我们的童话）

星期六教室里的秘密

王君心

我压根儿就没有想到，星期六早上急匆匆地跑去教室寻找遗忘在桌肚里的画册时，会遇到这么一位特殊的朋友。那时我刚跑到教室外的走廊上，就听见教室里有一阵奇怪的声响："咔嚓、咔嚓、咔嚓！"

嗯，脆脆的，香香的。馋嘴的我居然立刻想起好味的薯片来，是哟，啃薯片时不也是这种清脆的声音吗？对了，昨天我的一包番茄味的薯片放在桌肚里还没吃完呢，等下顺便带走吧。

"咔嚓咔嚓咔嚓！"

越发响亮的声响将我拉出了不适时的联想。

我蓦地记起前一阵子传闻学校教学器材失窃的事，心里又一下子没了底：莫非教室里发出莫名声响的正是让校长发愁的小偷先生？

我眼珠子一转，立刻又转念一想：要是我把他逮着了……也许会受到表彰哦！

我冲自己警惕地点点头：不管怎么说，得先看看情况。

我尽量让背贴着教室的门，像电影中的特务一样谨慎地让头稍稍偏向窗户，屏住呼吸，尽力看清楚教室内的一景一物。

奇怪，教室里好像什么也没有。对面的窗户开着，窗帘被风吹得轻轻摆动。不会是窗帘发出的声音吧。我失望地想着，就在这时，我猛地发现了奇怪声音的真正来源——来自我课桌上的一个小东西。

它背对着我，棕色的毛发很有光泽，大而蓬松的尾巴老高地翘着，时不时地晃了晃，突然，它的小脑袋向后一偏——

"哗"我急忙闪到了一边。自己制造出来的紧张气息还真能把自己给吓到。不过，根据目前收集到的情报，教室里并没有什么小偷，只有一只小小的小松鼠罢了。

我们学校的环保工作做得很好，树木很多，松树当然不例外，偶尔有几只闯进教室的松鼠没什么好奇怪的。

定了定神，我再度小心翼翼地朝教室里张望：哼哼，那个小家伙还在。让我再看看：它的嘴鼓鼓的，小小的爪子里拿着——

我那还没吃完的番茄味薯片！

我忍无可忍了，用向门卫借的钥匙开了门，一把冲了进去："站住！小偷！"

可紧接着的景象却令我更加目瞪口呆：那只松鼠居然没有逃跑，反而满不在乎地吮了一下咸咸的手指，将薯片放在一边，直起身，拉着嘴上的胡须，用尖尖细细的声音对我说道："小姐，这就是您对一个标准绅士的见面礼吗？"

"绅士？"我的脑子终于在短路几秒后又恢复正常了，我用轻蔑的语气说道，"你偷吃别人的薯片当场被抓，还说自己是绅士？"

"小姐，你大概还没弄清楚状况。你们是周一到周五上课吧？"那只松鼠悠然自得地问道，一举一动还真有点儿像风度翩翩的绅士。

"嗯……"我迟疑地点了点头。

"很好，也就是说，这间教室只有周一到周五是属于你们学生的，而周六和周日这两天，当然是属于我们松鼠的啰。"

迎着我惊讶的目光，松鼠满意地扬了扬胡须，接着说："你们也许还没发现，周六和周日这两天，这所学校的所有教室都是我们松鼠的乐园。我在属于自己的房间里吃东西，应该没什么不对吧？"

"你……你……"我惊得不知该说什么好，只好退一步——海阔天空。

"那真是打扰了。"我皮笑肉不笑地说，快步走到自己的座位前，取出遗落的画册，转身走向门口。

正锁门的时候，我居然又在脚边听到了那个尖尖细细的声音："小姐，你刚才在门后偷窥了我好一阵子了吧？"

"那不是偷窥，是打探！"我低下头来，又看到了那个烦人的家伙，气恼得真想一脚踩死它。

"总之，我的个人隐私权受到了侵犯，你打算如何赔偿？"

是在勒索我吗？我哭笑不得，心说这回可碰上了一个小恶霸，算是倒了八辈子的霉，怎么也逃不掉了。

"这样吧，你每周六早上都来陪我玩儿，这不过分吧？"说是这么说，可眼前这只小家伙却带着毫不让步的表情，真是得寸进尺。

可我还是有些触动，平日里在班上，我总是那个寡言少语，成绩中下，连上课都在画漫画的怪人，老师总是扬着眉毛看我，同学们也都尽量离我远远的。不过呢，这对我也没什么坏处，因为我想做的，就是整天涂涂画画。

反正在家里也没事做，不如交上这么个特殊朋友。

心里其实早就答应了，可我还是歪着头假装思索了一会儿，然后仿佛很为难地点了点头。

“就这么说定了！”松鼠手舞足蹈地说，“那就从今天开始吧。”

“这么快？”

“别废话了，快进来吧。”

“唉，好。”我叹了一口气，刚觉得这只松鼠有点儿可爱了，又被后头那句话抹掉了所有的良好印象，最后是硬生生被这个野蛮的小东西拉进了教室。

“做什么呢？”我坐在自己的座位上，无精打采地问道。

“画画吧。你不是很喜欢吗？”松鼠热情高涨地提议。

“你怎么知道我喜欢画画？”我疑惑地问。

小家伙指了指我手中的画册，然后好像很无奈地耸了耸肩，说道：“拜托，有点儿侦探头脑好不好？”

我用力敲了一下它的头，摊开画册，从口袋里取出一大把随身带着的彩笔，开始画了起来。

我先勾出了两个尖尖的小耳朵，然后画出一个小巧玲珑的脑袋，胖胖的身子，小小的脚丫，最后是蓬松的尾巴。

“抗议！我有那么胖吗？”松鼠不满地在我的画册上蹦来跳去。

“难道没有吗？”我挑起眉毛反问，推开它，接着一笔一笔画出细节来。

“看清楚了，我可是双眼皮！”松鼠夸张地指着画纸上那只“松鼠”眼睛的地方。

接下来，这个小恶霸干脆跳上了我的肩膀，在那儿指挥着我画它的肖像。

黄昏的时候，这幅画总算是完成了。

“还满有成就感的。”松鼠举着画说道，“指挥一个笨蛋都能画成这样，已经很不错了。”

我拿着画册轻轻砸了一下小家伙的脑袋：“你就不能说点儿好听的话吗？这幅画送给你啰，拜拜。”

我正要出门，又听到身后一阵声响，转过身，看到我可爱的小伙伴红着脸，指着那包番茄味的薯片说:“下个星期六来的时候,能不能带一包这个来?”

“好啊。”我答应着。

就这样,星期六的教室,成了我和松鼠的共同秘密。

之后的每个星期六,我都会遵守诺言,带一包番茄味薯片来,和松鼠一起画画。我们画教室旁的松树,画湛蓝的天空,画美丽的黄昏,甚至画松鼠仰慕已久的松鼠小姐。

是因为松鼠的俏皮机灵感染了我吗?我发现,在以后的日子里,我变得易于与他人相处了,笑声多了,成绩也上升了不少,别人向我借东西时总是笑脸相迎,有时还会给大家讲几个松鼠告诉我的笑话。直到有一天……

那天是星期一,班级里闹哄哄的,班主任用力地拍拍桌子,严肃地告诉我们:“学校器材又被盗了,小偷的作案时间是上周星期六,大家要是有看到什么可疑人物的话要尽早告诉我。”

班主任刚讲完,威严地环顾了一下教室,她总喜欢这样,仿佛能一眼看透小偷事不关己表面下的心虚。

班主任刚收起目光,多嘴的马伟就突然站了起来说:“老师,上周六我看到魏蔚同学跑到学校里来了。”

全班同学的目光一齐投向我,惊愕中搀杂着几分怀疑,有几个同学甚至窃窃私语:“我看啊肯定就是那个魏蔚了,她从来都板着一张脸,最近却突然变得爱笑了,事有蹊跷!”

“那么你怎么会看到魏蔚她跑进学校呢?是不是你也在学校里啊?”有几个女生冲马伟说道,替我打抱不平。

“我嘛,是来学校门口的文具店买东西的。我妈当时也在,不信可以打个电话问问!”马伟胸有成竹地说。

接下来班主任威严的面孔就朝向我了:“那么魏蔚,你周六到学校来做什么?”

这下该怎么办?总不能实话告诉她是来陪一只小松鼠的吧。我踌躇着,最后终于支吾着说出:“来画画。”

“画画?”班主任皱起了眉,“为什么偏偏要来学校画呢?”

我无言以对,要说刚才的目光中只有三分怀疑,现在已经有七分了。刚才帮助我的几个女生的表情显然也不那么坚定了。

班主任的表情好似恍然大悟，我就是小偷好像是十拿九稳的事，于是瞥了我一眼，说道：“魏蔚同学明天叫你父母来学校一趟。这件事先到此为止吧，大家上课。”

我强忍着泪水不让它们汹涌而出，在这次谈话后，大家看我的眼神就好似在看着一个肮脏不堪的垃圾，而我也感觉自己就像浑身沾满了污垢，怎么也洗不掉了。

那天晚上，我怎么也睡不着觉，一直没敢把事情告诉爸爸妈妈，气愤与无奈一齐涌上我的心头，就在辗转难眠的时候，我看到了窗台上那个熟悉的身影，它敲了敲窗子：“砰、砰、砰。”

“你来这里做什么？”我蹑手蹑脚地走到窗前，给松鼠开了窗。

“来救你啊。”小家伙不满地说道，“你被大家怀疑了也有我的责任，我不能放任不管！”

“你怎么知道我的事？”我不解地问。

“我每天都在你们教室旁的松树上观察你啊，是你自己太笨了，到现在还没发现！”

每天都观察我？我突然醒悟到了什么，可现在不是想这个问题的时候了。

我急躁地叫道：“可你来了也没用啊！”

松鼠几乎尖叫着说道：“怎么没用？我看到了！是你们学校的保安自盗，上周六你走后我亲眼看到他搬运赃物！今天他又作案了！我看到他叫了人来，跑进了一间教室！”

“真的吗？”我惊喜地叫道，但又马上压低声音，被爸爸妈妈听到可就不好了，“你等等我，我换完衣服马上出去！”

好不容易偷偷跑出了家，我们马上报了警，现在要做的就是扣住小偷，留下证据了。

我们以最快速度溜进了学校，跑向了小偷们所在的那个多媒体教室。

他们没有拉灯，月光中我看到教室里隐隐约约有5个人在忙忙碌碌地拆器材。

教室就开了一个门。

我正要把门锁住，把小偷们困在里头，才发现门上的锁头不见了，一看，才发现已经被小偷们放在了教室里的讲台桌上。

这下该怎么办？事情复杂了许多，我一下子不知该做些什么。

“发什么愣，我去吸引他们的注意，你赶快把锁头抢过来把门锁上！”松鼠快速地说着，没等我完全弄懂，它就敏捷地跳进了教室。

马上，教室里传来一阵声响：“啪！”

“哎哟！你干吗打我屁股？”一个小偷气呼呼地叫道。

另一个小偷无辜地说：“我没有啊。”

“啪！”

“你还说没有，刚刚是不是又打了一下？”

“真的不是我！”

一阵闹声，我听出是两个小偷吵了起来。

紧接着又是一声：“啪！”

“谁？是谁？是谁打了我？”又有一个小偷气急败坏地喊道。

“啪啪啪啪啪！”紧接着5个小偷每人都挨了重重的一下。我在外头想笑又不敢出声，压着喉咙好不难受。

终于有个小偷无可奈何了：“有人在作弄我们！快开灯！”

“不行，开灯的话会被发现的！绝不能开灯！”

“我在这儿呢！”我听到了松鼠的声音，准备出动了，它继续嘻嘻哈哈地叫道，“笨蛋小偷们，要抓我来啊！”

教室里呜里哇啦一阵吵声，课桌椅子被小偷们推得乱七八糟，我看到小偷们通通被松鼠引到了教室后边，于是马上冲进教室，夺下了锁头。

“这是调虎离山之计！有人偷了锁头！”

我用最快的速度跑出教室，在小偷赶出来前的千钧一发时刻锁住了门。里头的笨小偷一头撞在了门上，发出沉闷的一声响。

“呼。”我倒在门上，长长地吁了一口气。

松鼠也从窗户的栏杆里跳了出来，不过小偷们应该没有什么神力能从这些栏杆中挤出来吧。

“真没想到世界上还有这么蠢的贼，太好玩儿了！”松鼠意犹未尽地说道。

教室里的小偷们正骂骂咧咧的，操场上警车的声音终于响起了。

第二天，我刚到班上，就发现全班同学都已到齐了，黑板上用漂亮的花字体写着：“欢迎为校除害的大英雄——魏蔚！”

我刚把这行字在心底默默地读完，教室里就响起了一阵掌声。

呵呵,我成了大英雄了,不仅马伟和班主任向我道了歉,我还和班上的许多同学成了好朋友,这再好不过了。而更好的事还有呢,市里头要举行绘画大赛,我们学校也有参加,每班交出一幅作品。在我们班上,大家都推荐我去。

我没有把这件事告诉松鼠,而是独自画了一幅画。

画面中是一个微风宜人的午后,一只俏皮的小松鼠轻快地在繁茂的松枝上跳跃,松树下,有一个小女孩儿在聚精会神地温书。

这幅画最终送到了市里参加比赛,得到了特等奖。

颁奖典礼上,评委说:“作者通过这幅近乎完美的画卷告诉我们:人与动物和谐共处能达到多么美妙的境界。”

可我觉得并非只是这些。

颁奖典礼在星期六举行,典礼一结束,我就匆匆赶回了学校——我的小伙伴已经在那儿等我了。

“今天还画画吗?”小家伙拆开我带给它的番茄味薯片,咔嚓咔嚓地大嚼特嚼起来。

“不了。”我微笑着说,“想问你几个问题。”

松鼠含糊不清地说:“问吧。”

“我第一次遇见你是不是因为你故意偷走了我的画册?”

“啊?为什么会这么说。”小东西停止了狂吃。

我接着说道:“是不是啊?”

“嗯。”松鼠突然变得深沉起来,慢慢地说,“几个月前我发现了一个特别孤僻的小女孩儿,不知道为什么从那天起我就开始每天注意着她,渐渐地我发现她其实是热爱生活的,只是不知该如何表达,所以我决定引导她。有一天我趁她不注意时偷走了她的画册,没想到这真的让我和她成为了朋友。”

“那个女孩儿就是我,对不对?”我问。

“嗯。”

“那么现在你的愿望实现了?”我厚脸皮地说。

“对啊,只是没想到她会是这么一个笨蛋。”松鼠又嘻嘻哈哈地吃起薯片来了。

我在它身旁的位置坐下,和我的小伙伴一起吃起番茄味薯片来。

一直记得

陆 叶

阳光璀璨的午后，人群熙攘的操场上男生们身影矫健。无人注视的音乐室，少年孤独地弹奏一曲如水的钢琴曲。

你忧愁吗？

一个轻盈甜美的嗓音。

琴声中，少年循声望去——一个红衣如火的女孩儿在音乐室门口，亭亭玉立。

长长的睫毛垂下，遮住少年俊美忧郁的双眸。

他说：不是忧愁，是寂寞。

少年的声音轻如耳语，但女孩儿听到了他的回答。

女孩儿声音甜美：寂寞吗？为什么不让自己快乐些呢？

说完，女孩儿蹦蹦跳跳地来到钢琴前，“DO，DOREMI，MIFASO，LASOMI……”

一曲简单的《往事难忘》在钢琴上响起。

女孩儿笑意爽朗：这样不就不寂寞了吗？

女孩儿俏皮地吐吐舌头：对不起啊，我只会弹这个曲子。虽然弹得不好，但是我觉得很快乐。

音符轻快，节奏跳跃。虽然曲子十分简单，弹奏的人也没什么功底。但是，听到的人都会感觉到快乐的气息。

少年倨傲的唇角终于扬起一个轻柔的微笑。

半年前，少年相依为命的奶奶离开了人世。

一直如慈祥的阳光般照亮少年的奶奶，就在那一瞬间消失不见。少年感到突兀而彻骨的寂寞。于是，唯有用琴声，寄托思念，调和寂寞。

但那个午后，这样一个红衣如火的女孩儿出现。她笑容甜美，语气温和俏皮。她那样突兀地出现在音乐室的门口，在少年不知所措时如阳光般在一瞬间照亮了他。

一曲简单的《往事难忘》，如绚丽盛开的太阳，消融了少年心里代表寂寞的冰雪。

从此，少年和少女交往不断。

浅浅的交往，已在两人心底升腾起奇异的幸福。

每当讨厌的体育课来临，女孩儿就会逃到音乐室，聆听那忧郁的少年一曲如水的钢琴。

她不喜欢运动场上汗流浃背的脏兮兮的男生，她一直那样欣赏着钢琴边安静弹奏的少年。

那孤独的岁月里，她如阳光般给予他无私的笑容。而他，他的微笑亦只为她盛开。忧郁少年的微笑，是如此美好。

就在他们的感情，他们的一切一切都要明朗时，女孩儿突然做出了一个决定——她要离开这个城市。

她对他说，我要去梦寐以求的大都市读书，这是我盼望已久的啊！放心，毕业以后我就回来找你。

少年安静地祝她一路顺风。

少年是这样的倨傲，再大的痛苦与不舍，都会在他的唇边化作一片淡然。

其实，他多么想对她说，你不要离开我。

你离开，我会寂寞。

女孩儿在离开时流了很多很多眼泪。她对他说，你一定要记得我啊！一直一直记得我！

少年安静地说，我会。

女孩儿离开，一切都没有改变。只是，少年眉间又出现了，抚不平的忧愁。

彼时，少年已正式成年。他的眼神仍然忧郁，倨傲的面容下仍然是脆弱却一直监守的心。

女孩儿离开这个城市的这些年，追他的女生不可计数。但是，他再没见过那样如阳光般璀璨的笑容，再也没有人用一首简单的钢琴曲化解他的寂寞。

这些年，他的心里只有她。

终于，他有这样的机会，去那个城市找她。

那个繁华的大都市，那个灯火辉煌的城市。

他不喜欢喧闹的地方,可那个地方有他牵挂的她。

他去了她所说的那所有名的学校,可令他惊怔的是那里的历届毕业生和如今在校生中都没有他所寻找的她。

他愠怒,急不可耐地疯狂地寻找着女孩儿的踪迹。沉静的少年在霎时间变得焦急慌乱。

终于,一名在校的老师告诉少年,女孩儿是自己的远房亲戚。其实她根本没有渴望过要来这个城市,而这所学校的名字也是从自己那里偶然听说的。

少年惊怔。

女孩儿当年是骗他的,骗他的。

他说,我要见她。

少年倨傲的嘴唇苍白,却有不容抗拒的气息。

他俊美的双眼中,有忧郁,有期盼,有脆弱的光芒。

他终于见到了女孩儿。

在一个偏僻的地方。走了一段长长的、崎岖的道路,少年见到女孩儿,见到她璀璨如阳光的笑容。她的笑容一如当年,可是却是黑白,却那样不真实。

一块冰冷的方正的石头上,是她甜美如花的,黑白的笑容。

石头前,是一束庄严的白菊。

这是她的,墓碑。

少年的声音轻如耳语:为什么?为什么?

她不是来读书吗?她不是答应过回去找他的吗?

那个面容陌生的老师告诉他——

女孩儿在几年前被查出癌症,治愈率极低的癌症。

她的父母让她在当地医院治疗,但她执意来这座医疗业发达的城市治疗。她说,不想自己的朋友们看到自己生病的丑样子。

她有一个很喜欢很喜欢的男孩儿,她说她最喜欢他安静弹奏钢琴的样子。他是脆弱孤单的少年,她曾答应过陪伴他,让他不再寂寞。可是,她做不到了。

她要让那个男孩儿一直快乐地生活下去,她知道自己活不久,但她自私地希望他可以记得她甜美的笑容,记得那首《往事难忘》,一直一直记得。

她说,自己是在一个午后结识他的。当时,她在逃课,逃最讨厌的体育课。在音乐室,她无意中见到忧郁的他。少年的面容忧伤得凝滞,他恍如一个寂寞的天使。当时她就想陪伴他,让他一直一直记得自己。

她还说，如果那个少年来这个城市找她，一定要让大家转告他——你一定要永远永远记得那个弹《往事难忘》的女孩儿。虽然她琴弹得很烂，但她是真心希望你快乐的。虽然这个女孩儿骗了你，但是她是真的希望你可以一直一直想起她，这样或许可以让你不寂寞。

她说，希望，你一直一直记得我。一直一直。

许久以后，少年仍然会常常想起女孩儿如阳光般璀璨的微笑——那样的微笑在一个寂寞的午后，照亮了他的整个世界。

他会想起那首简单的《往事难忘》，女孩儿一边弹一边向他不好意思地吐舌头。她不知道，她弹得真的很好。一首简单的歌曲，已让他感觉如此温暖。

他想起她离开时无助的狼狈的伤心的眼泪，他当时多么渴望为她擦干眼泪，拥她入怀。他多么想请求她不要走，请求她一直一直留在自己身边。

可是他是那样倨傲的少年，再大的期盼和伤痛，都会在他的唇边，化作一抹淡然。

他会一直一直记得，笑容甜美的她。

她曾那样告诉他，不要寂寞，要让自己快乐些。

他答应她。

他想告诉她——

之后的日子，我会孤独——因为那条道路只有我一个人走；

但是，我再也不会寂寞——因为我心里有那样一个你。

他相信，他会一直一直记得那个女孩儿，那个笑容，那个午后。

一直一直，都记得。

寻 找 S

周冰洋

有一天有人问我:S 是谁?

S? 忽然就有一丝一丝的记忆在脑子里缠绕开去。

关于 S,我记得曾有个少年向我提及。那是在我们橹镇,我俩坐在茶馆椅子上。如果让我突出当时的环境,来强调少年与我的谈话,我记得当时馆子里雾气弥漫,像被装进了一只湿润柔软的塑料薄膜里。

少年脸泛红晕,说,你最近见过 S 吗?

S? 那是什么? 我问。

少年将杯里的茶饮尽,瞪大眼睛:美女啊! 他说,声音欢快活泼。

美女? 我怎么没听说过?

你没听说过? ——不会吧,她在咱们镇上已待了五六年,也算个名人了,那么漂亮,镇上的男人哪个不知道?

我在脑子里迅速搜索橹镇上我所熟悉不熟悉的有些姿色的女子,发现确实记不起有这样一个绝色美人。我脑海中所能见到的,只有一个恍惚的影子,她似乎晃动,又似乎不动。

渐渐的这个影子向我走来,我看见瀑布般的长发,清丽的面容,婀娜的身姿。然而只是一瞬便消失了。我觉得这个曼妙的影子或许真的存在,甚至我曾在什么地方和她搭讪过几句也说不定。

少年临走时告诉我,S 就住在新华东大街 15 号。

某个下午,阳光正好,不冷不热让人昏沉。我信步来到新华东大街 15 号,我不知道为什么会来这儿,是不是为了一睹那个我从未见过的著名美女的芳颜?还是为着东大街忽然刮起的让人心旷神怡的凉风,或者仅仅就冲着前面一棵老树刚开的一树新花。

我停在 15 号时多少有些失望——那是一个热闹的老年活动中心。我不知是否少年匆忙间说错了地址，既然已经来了，不妨进去看看。

很多老人，白头发的和没头发的，在象棋、麻将、扑克牌中忙碌着——“六万”，“碰”，“三个2”，“将！”

在我经过一个绿色小方桌时，一个光头老爷爷忽然大叫一声“和啦”，他兴奋地一扬手，“啪”正中我脸部。老头儿连忙转过脸来向我道歉，接着满面红光地冲着牌友们说：自摸，清一色！

S？——连人面桃花的影子都没有。

我寻找靠窗的椅子坐下来，外面街道干净，天空浮云像多年不化的积雪。我仿佛看到S轻盈的裙角风一样擦过我面前的玻璃窗。

忽然见到了认识的胡妈，便走过去打招呼。胡妈正在认真地读报，我问她：这个老年活动中心几时开的？

她扶了扶老花镜，认真想了想说，哟，怕有五六年了吧。我记得还是有我们小孙子那年开的，我们小孙子马上大班毕业该上小学了。要说可真是不错，玩的东西挺多，又不收费，每天还能白看××晚报。

五六年了，真的吗？

这孩子，大妈骗你干什么。

那，大妈你听说过一个叫S的吗？

S呀，她又扶一扶眼镜说，知道知道。

我一阵窃喜。

S呀，不就是家住光明北路3号的那个小伙子吗？哟，我跟你说，那可是个百里挑一的好孩子，街坊邻居谁不夸他！甭管认识不认识，见谁有困难他都伸手帮，那孩子就是一活雷锋！上回我们家搬家，多亏他，跑前跑后楼上楼下的，干完了连口水都没喝。

我有些诧异，也许有两个S？我又问：都说您是咱镇上的百事通，您可听说过有个女孩子叫S？

胡妈笑眯眯地看着我，老花镜后面的眼角如菊花的花瓣：哟，臭小子，知道想女孩子了？女孩子大妈知道的可不少，就是没听说过有叫S的。

我想了很久，在那个惊艳的影子晃动很久后，又出现了一个身强体壮的影子。他们有时会纠缠在一起，让我分辨不清哪一个更可靠。这更加激起我的欲望——去寻找那个与我毫不相干的S。

当我来到光明北路3号时，惊讶得一时合不拢嘴——这里竟然是殡仪馆！

莫非,胡妈上了年纪糊涂了,把地址说错了?

美人的影子已消失不见,壮汉的影子也被这似乎渗着阴气的殡仪馆给冲得七零八落。一时间,我又失去了关于S的概念。

苍老的守门人在打盹,一片落叶夹在他的耳朵上。我叫道:老大爷,您知道这有个叫S的……

他突然跳起来,手舞足蹈地叫着:S啊,S。太好了,S,他终于来接你了。

我怀疑这是个精神失常者。他冲进一间小屋,抱出一只鬈毛白狗。

狗的脖子上挂着一个小牌,上面竟然写着——S。

我正觉哭笑不得,守门人一把将小狗塞进我怀里,嘴里嘟嘟囔囔着:S啊,S,他终于来接你了,这回你得救了!

守门人转身走进他的小屋里,剩下我一个人在门口发愣,不知拿手中的这只狗怎么办。想了一会儿,我决定,在寻找S时,也寻找这个"S"的主人。

我怀抱着"S"穿过一条大街,拐进另一条街,走过一座桥,不经意中来到一条小巷。对面蹦蹦跳跳走来一个小男孩儿,怀抱足球,灰头土脸。他忽然停下脚步,目光盯紧我怀中的小狗。小狗显然认出了他,一边探着身子,一边"汪汪"地热情叫着。

男孩儿丢下足球,一边喊道:小希,你跑到哪里去了,一边走上来抚摸它的头。

我把狗交给他说:你的?

他点着头,高兴地咧开掉了门牙的嘴。

小弟弟,今后可要看紧你的狗啊。这么漂亮的小狗,再丢了可能就找不回来了。

男孩儿使劲点头。

小弟弟,你知道一个叫S的人吗?

他点头。

男孩儿带着我左拐右拐,跟在他后面我忽然郁闷地想,平时他是不是也这样带着他的小希四处乱逛?路过一家冷饮店时,我给我们俩各买了一支雪糕。

走着走着忽然见到了我熟悉的景致——那些树,那些花,那些油漆斑驳的围墙栅栏。我不知男孩儿到底会把我领到哪里,不敢保证他会不会把我带到一个荒唐的地方,像前几次那样。

男孩儿忽然停下来,伸出他的小脏手一指,说:就是这儿。转身跑开去。

我站在我家门口发呆。

一个穿绿衣服的邮递员把我从白日梦中唤醒过来:先生,你的挂号信,请在这里签名。

一个大信封上写着:西街8号S收。

绿

卓 尔

我坐在车后,望着窗外,高速公路的两侧飞快地倒退,碧蓝的天空下是一座座光秃秃的山,上面杂草横生,却没有一丝绿色。

"都到秋天了,如果是春天,这里一定很漂亮。"坐在前面的女人说。

开车的男人又说:"是啊,等春天,我一定再带你们来。"

女人拿出食物和水转过头:"喂,孩子,饿了吧,吃点儿东西。"

我摇头。

"唉,这孩子,还是不说话。"

我依旧看着外面,一个穿着白裙子的女孩子在高速的栅栏上一蹦一跳,调皮地跟着车子,轻盈地舞蹈,灵巧的一转身,消失,又出现。我想一定是幻觉吧,隐约中的一点儿白,从白点蔓延一大片的绿色,瞬间笼罩了整座山。深邃的绿。下了高速后,两边是树林,光秃秃的树干上只剩几片枯叶悬挂着。我下了车,朝那枯树走了过去,听见嘻嘻的笑声。我抬头,看见枯树枝上坐着那个女孩子,如同百合般的少女,洁白的连衣裙,乌黑的长发,赤着脚坐在那里。她笑着看我,然后像树叶般飘落下来。

"欢迎你来。"

"我……"

"大山都睡了。"

"还是夏天好。"

"我的名字叫绿。"

女人在叫我,我上了车,那个叫绿的女孩子在我左右,从一棵树跳跃到另一棵树,不时还坐到车里,一副天真的笑脸。却是我从未见过的笑容。不久我们就到了一座很繁华的城市,高楼大厦。而在我眼里,那只不过是一大堆岩石。

我们进了一间巨大的房子。女人:"这就是你的新家,喜欢吗?"

"我……"

女人走后，我看了看，觉得这里确实比孤儿院好多了，有一张大床还有一个宽敞的阳台。那个女孩子就坐在阳台上，双脚悬在空中，阳光有点儿刺眼，她坐在那儿灿烂地笑着，在别人的脸上从未看到那种笑容，却感到从未有过的亲切和真实，就像一个婴儿。她总问我"这是什么，那是什么"的问题，她老是跟在我左右，我都要给她讲，不过即使我不说出声，她也知道我心里在想什么。只有我能看见她，我常常把她跟自己弄混了，或者叫她中有我我中有她。不过这让我有一种安全感。

我的新父母不仅待我好，而且他们很有钱，带我去各种游乐场、商场。给我买各种玩具，我总能赢来其他孩子羡慕的眼光，我一言不发，我这副德行，他们很失望。"你看看，这孩子怎么办啊。""我们是不是应该带他去看看心理医生。""这孩子跟钢钢长得好像，如果钢钢没死，也这么大了吧。"这些话我都听见了，我不知道自己究竟是什么。如同宠物般被人给来给去。然而绿说："你父母对你真好啊，你为什么不理他们呢？"绿真是个小孩儿，有许多事她不明白，因为她不是人类，所以她不能够理解人类的感情。因为她没经历过人类的喜怒哀乐，所以不懂得如何悲伤。最后他们只好把我送进学校，希望我能改变，还特意告诉老师多照顾我。不过对于我来说那里更是糟糕。

明天就要上学了，我对绿说："不要跟着我了，学校里很无聊的。"

绿倒是很听话。上学前几天，老师只要抓住机会就会叫我回答，我就是不说，后来连老师也彻底放弃我了，我没有朋友，因为我根本不需要他们。我觉得一切都很无聊。唯一新奇的是，我只要一回家，绿就给我讲许许多多的故事，都是在山底下住的人的故事，她看着每个人出生，长大，变老，死亡。我就一直听着，后来我问她："你究竟有多大了？"绿说："我也不知道，可能在世上有山时就有我了。"我想，这也许是我人生中最特殊的事了，因为别人都看不到绿，只是这不是童话，绿也不是天使，不是精灵，更不是什么奇异世界的生物，她也不知道自己到底是什么，为何出生，又如何死亡。她说以前也有人看见过她，不过她都没再往下说，也许那些人早就死去了，每天晚上我都听着她的故事睡觉。她说晚上她就在窗前的那棵大树上，白天她就到处走。

后来我也开始讲我的故事和书中看到的故事，绿很爱听，她总是反复地问我一个问题，为什么有的孩子很苦，但他们每天都很快乐，你为什么总是不高兴呢？其实我也不知道，也许是我还没学会如何与人交流，说实话，和绿说这么多话还是第一次。

我:“我是被人抛弃的孩子,没有人需要。”

绿:“不会啊,叔叔阿姨不是很需要你吗?”

我:“我只是他们儿子的替代品吧。”

绿:“……可是我感觉你很幸福。”

绿说让我买一株植物放在屋里,外面快冬天了,不知何时会下雪。我才知道原来刀枪不入的绿最怕的是雪。

“在山里,只要一下雪,我就只能一动不动地待上一整个冬天,下雨也会把我浇湿,所以我才会跟你来到这里。”

我说:“那冬天过了呢?”

绿说:“等春天来了我也许会回大山去。”

于是,我鼓足勇气开口问新妈妈:“我能养一盆花吗?”

新妈妈开始很惊讶,马上又高兴地说:“好啊,没问题。”

她马上就带我去市场上买,那有好多花啊!绿说让我自己选一盆。我突然有种想法,要自己养一盆花,让它春天时开放。这可能是我人生第一次特想干的事。于是我买了一盆未开的,只有枯瘦的茎。买花人说那种花很好养。

新妈妈说:“再买点儿吧,喜欢的话就买。”

我说:“不了,就要这一盆。”

回家后,新妈妈高兴得不行,绿也乐得合不拢嘴。我把那花放在屋里的窗台上,每天起来第一件事是浇水,绿就住在那盆花里,依旧每天给我讲故事。后来绿吵着要我带她去上学,我也无奈,就摘了一片叶子,放在衣服里。绿附在叶子上就跟着我到了学校。她跟我一起学习,她总是很认真,老师提出问题时,她都要回答。如果她是人,一定是个好学生,一定很招人喜欢。下课时,她坐在树上,看同学们在一起玩儿。

学校里有个女孩儿叫玲,她是第一个主动和我说话的人,她一直都是一个内向的女孩儿,听说她也没有父母,不过她近来开朗多了,绿很喜欢这个叫玲的女孩,老让我跟她说话。在绿的反复唠叨下,我也就和她说了。原来和人说话也不过就这么简单,绿还老吵着让我回答老师的提问,虽然是被逼着回答了一个问题,但老师也把我表扬了一番,之后老师总是叫我,而我也就回答了。有很多问题都是绿告诉我的。而我的成绩也确实上升了。上音乐课,老师一脸严肃地坐在琴前面,绿很好奇地凑了上去,也用手去按,当然没发出什么声音,绿依旧好奇地看着，我突然想如果绿也有一双手，那她一定能弹出比这美妙得多的音乐。她虽很唠叨，但我第一次被人这么关心，不太习惯，其实心里还是很高兴。转眼间就下了一场小雪，似乎比往年早，同学们都在操场上扫雪，我也只好去了，绿在教室里看着我们笑。我干得很不好，铁锹插进去就出不来。后来，有男同学过来说："喂，要帮忙吗？"

我点头，几个人一起上来，总算把铁锹拔出来了。这时我才看见别人的地方都铲平了，就剩下我这一块，刚才也被他们铲平了。

我说："谢……谢谢你们啊。"

他们都笑了。"原来你会说话啊。"

我那天一直睡不着，只好和绿聊天，我问她为何要待在山中，到处走一走不也很好吗，冬天时去南方就不会那么辛苦了。绿用很低的声音说："因为他说过会带我一起走。那是很久以前的事了，久得我都记不太清，那时我还有身体，遇上一棵神树，它给了我无限的生命，后来在那个大山中遇上了一个男人，他只有灵魂，没人看得见他，我是第一个，我们很好，但我看得见他的未来，是连死的权力都没有的未来，于是我找到神树，把我的生命和能力都给了他，他说带我一起走的，然而……最后他还是一个人离开了。"

我说："所以，你就一直等他，那本来是他该承受的命运。"绿什么都没说，天很黑，我看不清她，但我却感觉到她没有往常一样的微笑。绿不是没有悲伤，只是她懂得忘记。而我却突然想起在孤儿院里的某一天，遇上了一位奇怪的叔叔，他说不要忘记眼中看到的东西。然后笑着离开，我第一次大声喊：你要去哪儿啊？他说他要去 3000 年。

几天后的上午，绿站在树梢，风吹起了她的长发和裙子，她飞来对我说："风说后天公园那里会下大暴雪，很危险。"而同学们还议论着周末要去那里玩儿，我想了想，然后走上去告诉他们，他们一开始不信，可那天早上果真是阴天，接着下了一场大暴雪。很多树被刮倒了，很多人被困在公园里，同学们说幸好我提醒了他们，还说下回去哪儿一定带上我，就不会有危险了。

转眼间，就到了期末，我竟然考了一个很好的成绩，新父母很高兴，不过更令他们高兴的是有人找我去玩儿，我还在犹豫，但绿吵着要去，我受不了，只好硬着头皮去了。绿跟在我的后面，笑着，却没出声，原来，一起玩儿也并非什么难事，绿比我还兴奋，一路上没停嘴。我把他们带到家里来玩儿，新父母很好地招待了他们。玲也来了，玲看到我的那盆花后说："你很喜欢养花吗？"

我说:“算是吧!”

玲说:“我很喜欢养花呢,家里养了一大堆,只是养不太好。”

我说:“其实我也不会,不过很希望它能开。”

玲说:“我也很想看看呢,一定很漂亮。”

绿说:“放心吧,一定能开出很美的花。”

那天刮着大风,我送同学们回家,一路上说说笑笑,绿跟在后面,很远,我回头看她,她在风中笑了,我们离得很远,我招手示意让她过来,她很缓慢地走了过来,我没等她,快步离开。

我每天都精心照料那花,恨不得明天一早上它就开了。我问过绿,春天一到就回去吗?绿说:“不回了,这里也是我的家,我很喜欢这里,喜欢你的爸爸妈妈、同学们,还有那盆花。”

我知道绿有她想去的地方,虽然不知道是哪里,但我告诉绿一定可以去的,绿只是笑着,晚上她就在花里,我们讲各自的故事。日子很平淡,却很幸福,只是有一天,我不知为何发了高烧,一开始还好,后来都烧晕了。父母马上送我到医院,只是发烧,却如何都醒不过来。父母急得到处乱转,“你说我怎么这么苦啊,怎么孩子老有事呢。”“别着急,那孩子一定没事的。”我的同学也都来看我,他们买了许多礼物。

一天下午,只有玲一个人在病房里,看见我衣服里掉出的叶片。她拾起来看了许久,突然很悲伤,仿佛小时候遗失的玩偶,无论多少年,也都是一种遗憾,眼泪不知不觉地掉了下来,有些东西一旦遗失就再也不会回来。

“姐姐,求求你,求求你救救他吧!”

玲自己也不知为何说出这句话。

绿就站在床边,脸上没有了笑容。

我在漆黑中看到一大片森林、草地、一望无际的绿。我就在其中,多么舒服啊!真有点儿累了呢!要是能在这里睡觉该多好,我躺在草地上,有了一种家的感觉。这不正是我梦想中的地方吗。绿坐在树上,望着远方,原来自己寻找已久的地方就是这里,在这里,我有了形体,可以触摸,可以行走,和那些让我羡慕的人一样,这是男孩儿心中的城市,没有污染的世界,我是否可以留在这城市的某个角落,告诉别人我曾经活过。虽然他走了,但我找到了归属,终于可以摆脱无限的寂寞生命。好好活过剩下的日子。

耳边不断有玲的声音,静静地穿过树梢。绿沉默了,最后她拉起了我的手说:“回去吧,那里才是你能幸福的地方。”

我感觉身体在上升,绿色瞬间消失,我的城市建起了气派的楼房,修了宽敞的马路。城里有拥挤的车辆和行人,这是我的城市,我并不悲伤。

我刚睁开眼睛,就看到大家都在身旁。

“醒了? 醒了! ”妈妈大叫着,有玲,有爸爸妈妈,有同学,还有医生。大家都笑着。我说:“大家都在啊,我们回家吧! ”

妈妈早就泪流满面,不住地点头。后来我的生活和大多数孩子一样,有很多朋友,想玩电脑想吃好吃的,很开心地过着每一天。

在一个明媚的下午,我看到绿坐在阳台上,啊,绿,对了,为何我都把她忘了呢?我赶紧上前打招呼。她没什么反应,阳光依旧灿烂,就像她的脸,只是阳光射穿了她瘦弱的身体。她仿佛透明的阳光,模糊不清。后来我不时能看见她出现,我们什么都没有说。

那时我的那盆花已经含苞待放了。不知哪一天的下午,绿说:“春天快到了! ”我开始一惊,后来也笑着说:“是啊,等那时,我一定带你去很多地方。”绿说:“花要开了,要开了啊……”我说:“嗯,要开了,它一定是春天最美的花。”我告诉她今晚外面有雨夹雪,不要乱跑了。可心里却伤感起来,像那一片大雾,雾里,绿时隐时现,好像就是我自己……

夜里,外面果真有雨点打地的声音,还伴着阵阵的雷声。我却听到绿在阳台上唱起了歌,从未听过的歌,在雷雨声中总是很脆弱。我想她一定被浇透了吧!得下去看看,可身体却怎么也懒得动,就在那歌声中睡着了。伴着雷声的歌,那是大自然的歌。也许是梦,我看见那盆花开始拼命地生长,疯狂地蔓延,整个屋子满墙满地都是翠绿色的茎,上面开出了从未见过的美丽花朵,还带着露水。这可能是我一辈子见过的最美的花了,它香气扑鼻,让我无法呼吸,它的茎紧紧缠住我,动弹不得,只有一滴滴露水滴在我脸上,冰冷而真实。最后我只好睡去。

醒来时看见窗帘的缝隙里钻进一缕阳光,射在脚上,很温暖。我感到屋里的湿气还未退去,脸上的露水还未干掉,我用手擦了一下,拉开了窗帘,一眼望去,窗外一片绿色,在一夜之间全城的树都绿了,万物盎然……

春天已经来了,我长长地舒了口气,又躺了下去,再看向窗前,在温暖的阳光下,一盆枯萎的花,我的那盆花,上面还带着许多露珠,它是用尽了自己全部的生命去开放,只绽放了一夜的美丽,却被春天遗弃了。

许多年后,我再一次经过大山时,轻轻地问自己:“你知道吗? 我在很小的时候曾经来过这里，那时是秋天，突然看见山全绿了，后来就什么都不记得了，你说是幻觉吧？”

一个声音回答：“嗯……应该是真的吧！”

回家的手链

王君心

一个寂寞的黄昏，小蕾闷闷地走在路上。

刚下了一阵雨，地上很湿很黑，乌云在天空中堆砌成一堵灰色长墙，把此刻正该泛起层层玫瑰红的天空遮蔽了，整个世界宛如小蕾的心情，阴阴郁郁的。

这次到底还是失败了——

其实上周看到考官的眼神就知道是没希望了，那个直发的女生实在是太强了。

小蕾有些自嘲地想，可为什么还一直自欺欺人地等到今天，去看什么“结果公布”？不是照样失望而归。

小蕾掏出一个硬币到路边买了份报纸，摊开来注意地看了看招聘广告：净是些她无论如何都做不到的“高难度”要求。

小蕾一边感叹现在竞争真是越来越激烈，眼睛一边瞟到了今天的日期：2008 年 2 月 29 日。

小蕾无奈地长叹了一口气：这么算来，自己到这个城市已经有 4 个年头了，可到现在还是没有一份令自己满意的工作。

4 年前，小蕾独自一人离开乡下的老家，像一只满怀斗志的鹰想在繁华的大都市找到属于自己的一片蓝天。可事与愿违，虽然小蕾陆续有了蛋糕店店员、餐厅服务生一类的工作，可赚到的勉强糊口的钱却一直不能满足她的野心。

于是她在打工的同时慢慢地弥补过去漏掉的课程，打算在某家大公司谋得一个较好的职位。但是，到现在那还只是小蕾的一个愿望。

街上渐渐飘起了饭菜的香味，小蕾突然想起了老家妈妈做的饭菜，总是很香很甜，充满着清香的山里的味道。要不回老家去？小蕾做了这样的打算。

不，不要！她又马上否决了刚才的想法：回老家去？回到那个土里土气的山旮旯里，放弃自己的梦寐以求的梦想，日复一日地帮家里织布、养鸡、砍柴，直到老去?!

不知怎么的,小蕾突然打了个寒战:以后还是别再想回家去了。乡下的饭虽然好吃,可难免带着土腥味啊。而且好不容易下定决心三年没和家里联络了,妈妈的信从来都不看,不都是为了和乡下断绝关系吗?车到山前必有路,已经走到这个地步了,那就接着往下冲吧。

路边的街灯一盏一盏亮了起来,淡淡的黄晕把小蕾的心一点一点衬得温柔起来。

“明天再去其他家碰碰运气吧。”小蕾自言自语着,给自己打气。就在这时候,她注意到了那个不可思议的小摊点。

说是小蕾注意到了那个摊点吧,又好像应该说成是那个摊点在故意吸引着小蕾的注意。

四周明明昏暗下来了,可小摊点却闪着奇异的光,像是寂静黑夜中的鸭跖草闪着星星点点的蓝色微光,伴着些细细碎碎的铃声。

小蕾不由自主地走向了小摊点,她的双脚像是中了巫女的魔法,不听使唤地一步一步向前迈进。

是什么时候呢? 小蕾突然有了这样的感觉, 自己曾经见到过这个奇妙的小店。

是在自己还是个什么也不懂的孩子的时候吧, 那时的自己还相信着外星人、魔法、女巫一类的童话故事。在一本封尘已久的童话故事书里,曾看到过这家不可思议的小店。

那本故事书早已不见了,可这家小店的影像却一直模模糊糊地隐藏在心灵深处,成了自己唯一对童话故事的眷恋。

走到摊点前了,小蕾停下了脚步,她这才发现,摊点后有一个正忙忙碌碌的老奶奶。

老奶奶穿着艳丽而稀奇古怪的衣服,戴着尖尖的绿色帽子,上头嵌着蒲公英,穿着阳光一般绚烂、带着漂亮皱褶的衣服,披着晶蓝透明的小披肩,像是一个神奇的花精灵。

老奶奶手中捏着几根绚丽的细绳,灵巧的双手飞快地上下摆动,细绳交织着,很快就编好了长长的一段。

这是一家卖编织手链的小店,各种各样用线绳编织的漂亮手链挂在小小的摊点上,每条手链都闪着奇妙的荧荧光亮。

这些应该都是老奶奶亲手制作的吧，小蕾心里这么想着，看到老奶奶抬起头来，冲自己和蔼地笑了笑：

“哟，贵客，想买些什么样的手链呢？”

“呃，这个……”小蕾有些支支吾吾了。

“那就请随便看看吧。”这么和气地说着，老奶奶就直起身一一介绍起店里的手链了。

“这个是银色星星的手链，你摸摸看。”

小蕾把银色的手链小心翼翼地握在手心，凉沁沁的，却从底部透出一丝一缕的暖意。

是在小时候吧，小蕾莫名地记起了过去的一段时光，有一次和爸爸一起去山顶等待一场华丽的流星雨，每一颗流星的滑落，小蕾心底就会渐渐漫起这样凉凉的感觉，可是，当她许的愿望实现时——爸爸的脚伤在第二年春天好了，她同时也隐隐地感觉到，流星冰冷的外表下，有一颗温暖的心。

“这个呢，是兔子拜托我做的，森林深处的手链。”老奶奶晃了晃手中碧绿的手链，你把它放在耳朵旁仔细听听。

小蕾乖乖地照做了，她闭起眼，听到手链发出一种安详的喘息声，一起一伏，自己像是一颗埋在土里的小小种子，在这安稳的喘息声中静静地酣睡着。

“那是森林的呼吸声。”老奶奶笑着说。

“这个喏，是风精灵的舞鞋啊。”

老奶奶帮小蕾系上这条粉色的手链，小蕾缓缓闭上眼，感觉自己被轻飘飘地托起来了，被草木的芬芳包裹，可以听清风与树的喃喃呓语。

“真是了不起的手链啊。”小蕾一边摘下手腕上的链子，一边赞叹道。

“想学编织手链吗？”老奶奶笑眯眯地问。

小蕾用力地点了点头。

老奶奶也笑呵呵地点了点头，指着店里的线绳说：“这些都是有魔力的绳子啊，你从中选几根好了。”

小蕾细心地挑选了几根草绿色的绳子，因为无论是手感还是颜色，都像极了家乡后山的芦苇丛，仔细闻闻，似乎还沁出了丝丝熟悉的草香。

于是小蕾坐在老奶奶身旁，一心一意地学起编织手链来了。

当小蕾已经差不多掌握了主要的编法以后，向老奶奶挥手告别了。老奶奶慈蔼地告诉她，明天还在这儿摆摊，让她到店里来给手链系上铃铛。

离开的时候，小蕾隐隐约约听到老奶奶的声音说:“编织的手链代表的,都是心中最思念的地方啊。”

回家的路上,天放晴了,天空中出现了闪闪烁烁的星星,像是此时的小蕾,在快乐地冲世界眨着眼睛。

第二天,小蕾早早就赶到了老奶奶的小店,老奶奶已经在那儿等着她了。

“奶奶早上好！”小蕾快活地打着招呼,跑到了老奶奶身边。

很快,小蕾就学会了在手链上系铃铛,她在草绿色手链上系了两个金色的小铃铛,小蕾欢喜得不得了。

“看看铃铛里头有什么吧。”老奶奶笑着对小蕾说。

“唔。”小蕾好奇地凑近其中一个铃铛,闭起一只眼,往里头看。

于是她看到了什么呢?

是漫山遍野的芦苇！小蕾差点儿叫出声来,这熟悉的景色——不就是家乡后山的那片芦苇吗？风儿呼呼地拂过,芦苇们在风中摇曳着,发出“哗哗”的声响,它们异口同声地说:“快回来吧,小蕾。快回来吧。”

小蕾不禁有些感动了:家乡的芦苇在急急地召唤我回去啊！

可是——小蕾迟疑了,已经和家里断了关系这么久了,回家去……不是……

“再看看另一个铃铛吧,小蕾。”老奶奶亲切地说。

于是小蕾又凑近了另一个铃铛,这回她看到了什么呢?

一个女人,坐在织布机前辛苦地织着布。

“是妈妈！”小蕾激动得叫出了声,那个正在织布的女人,就是她的妈妈。

“再近一点儿,再近一点儿……”小蕾喃喃道。

于是,她真的渐渐靠近了这个女人,她清楚地看到了妈妈习惯性戴着的淡紫色围裙,灰色老朽的连衣裙,以及脸颊上的那一颗明显的黑痣。

这一天,小蕾一直待在了老奶奶的店里,一直看着铃铛里的女人在麻利地织着布。

“再试着编几条手链吧。”老奶奶亲昵地摸摸小蕾的头,说。

“嗯。”小蕾点点头,擦拭掉眼泪。

这次小蕾挑选了几根淡紫色的绳子,她记得,妈妈的围裙就是这样的颜色,而且家乡的院子里,印象中一直开着这样清秀的桔梗花。

小蕾一下一下细心地编织着淡紫色的手链,手链快完成的时候,家乡的老屋也模模糊糊地在眼前出现了轮廓。

大朵大朵的云从天空飘过,渐渐被染上了华丽的紫红色。

四周开满了朴素的桔梗花,还有巧手的妈妈种的萝卜、西红柿,还有葱。

小蕾默默地坐在院子里,她望着思念已久的家门,突然悲伤得发不出声音来。

“哈哈。”屋子里传出快乐的童音。

小蕾心里一惊,心里马上怦怦地跳开了:原来回到了小时候的家啊,对对,这么说来,刚才的笑声,原来是自己的啊。

“小蕾,要听话。”一个温柔的女声。

是妈妈的声音。妈妈知不知道我在院子里呢?她会不会出来采一些蔬菜当晚饭呢?小蕾一边这么想着,一边悲伤了起来,像个天真的孩子一般呜咽了起来:“真想……看看妈妈……呜呜……”

“小蕾,出去帮妈妈拿几根葱来做饭。”妈妈笑呵呵地在屋子里说。

“好——”稚气的童音,仿佛被拉得很远很远。

小蕾抬起头来,她看到家门裂开了一条缝,透出一丝亮光。

她猛然跳了起来,拉开门,大步走了进去。

家里,年迈的妈妈和爸爸伏在餐桌旁,默默地吃着饭,一言不发。

这么说——回到家了啊!小蕾欣喜地想着,无比爽朗地叫了一声:“爸!妈!”

两位老人缓缓地抬起头来,渐渐地,眼里蓄满了泪水。

遥远的大都市里,一个打扮奇异的老奶奶正准备收摊了,她把女孩儿精心编织的淡紫色手链摆在了摊点最显眼的地方。

偶尔的忧伤

苏笑嫣

夕阳，像一只金鲤般，一跃一跃地滑了下去，它要急着赶回那我看不到的大海。

城市，我在高楼之间，白色长裙，碎乱的短发，怀中匆忙地抱着几本书，迈开凌乱的脚步。偶尔，在楼群的缝隙中，我可以看见夕阳，微微地抿下嘴角，再低下头，和它一起前进。

停下来的地方，总是那家咖啡屋。乡村气息的装饰，木头，木头，到处都是木头的味道，其间还零散着些许野花。在街上，便能听见自里传出的淡淡的音乐，带着些许浅淡的哀愁。

每次，我都要在门外小心地将身上沾染的属于这城市的浮华、躁动、喧吵一一择去，然后，握住门环，轻轻推开那扇门，再小心翼翼地坐在那叫座椅的地方。很软。当然，不会忘记叫一杯咖啡。

咖啡屋很小，窗子也很小，窗帘是那种粗粗的亚麻布，微微向上卷起。在这里，可以看见外面的色彩渐渐深了下来，几盏灯盏，没有霓虹。

喜欢就这样将自己偎在沙发里，将头轻轻靠在那扇小小的窗子上，看着外面的灯一盏一盏地亮起，又一盏一盏地熄灭。灯光，总是那样零零散散的，就像看灯人的心。

音乐，环境，还有一个人的孤单，总是那样会使人脆弱。然而，一切都是那样的宁静，宁静得使人窒息。

黑夜，总是那样冗长得没有尽头，一寸寸地捱下来，却总也等不到天明。然而，当你决定睡去的时候，乳白色就那样一点点地蔓延开来，直到把黑暗吞噬。而你，也只能默默地叹一口气。

还好，我选择的，是白色的长裙，仿佛这样就会周身光明。就像诺。

诺，是一个过分喜爱白色的女孩儿，然而她和我一样，只有那么一条白色长裙。

那时，太阳总是那样高高地挂起，她，穿着那身淡百合一样的白色长裙跨上那辆草绿色的单车，然后我轻轻一跃，在她的后座上搂住她的腰，同样也是那一身白色。

香樟树淡淡飘香的季节，路上，是我们两个女孩儿爽朗的笑声。

后来，日子长了，时间过了，诺开始那样的忧郁，课上，她似乎总在神游，老师叫起她时，我也只能看到她低垂的头，和那直直的挡住脸庞的黑发。

但我似乎能想象到她的表情，和她的无助。

诺的话开始很少。叫住她，总是受惊的样子。

再后来，那晚放学，我和诺拖着沉重的书包走出楼门，走进操场，然后慢慢地踱步，不语。夕阳，将我们的影子拖得很长很长，一如诺的忧愁和她给予自己的孤单。

走过那几株老树，穿过打球的同学活跃的身影，从阳光中我们跨越过那一条界线，终于，慢慢地走进那一片幽暗。或许，别人叫它做阴凉。

主席台边的台阶上，两旁的大树下，我们默默坐下。蝉在鸣叫，而我却无从开口。

就这样一直沉默，一直沉默。

终于，诺就那样突然地搂住了我，她开始失声痛哭起来，哭得那样伤心，那样无助，而我是那样的不知所措，我只有轻轻地拍着她的背，小心地问，诺你怎么了？

终于，诺还是没有说话。哭过后，她只是抬起头用她那红肿的眼睛看了看我，拽起她的书包，一个人再次走到那片夕阳下，留下我独自看着她落寞孤独的背影，一步步艰难地向前挪去。然后，我的眼睛便也模糊了起来。

终于，我还没有明白这一切的时候，诺走了。我觉得，她就像是在那天傍晚的夕阳下慢慢蒸发掉了一样。化成一缕青烟，飞向她的太阳，从此，不再忧伤。

咖啡屋外，星星亮了，不是很多，亦不是很亮。然而，这足以勾起对一个人的思念。

夜很长。

然而，总有那样一双明亮却懵懂着的眼睛，偎在窗口，等待天亮。

画　室

周冰洋

若不是那次昏倒在球场上,若不是偶然在狭长走廊的尽头看见亮着的那盏灯，小白怎么也不会想到，自己现在正坐在画室的椅子上，拿着拇指长的一支铅笔。

那个闷得像罐头一样的下午小白突然在球场上昏倒了。医生告诉他在检查结果出来前暂停一切体育运动。在某个晚上当小白站在走廊一头时,看见了前方画室亮着的灯。他看见自己的影子一直延伸到门上，突然有种想要画画的感觉。

不过一位智者曾说过,一件事情拥有两个理由就构不成理由了。总之,小白现在仍然无法想象,为什么自己正坐在一间画室里。

门朝东边打开,在打开的时候,石墨味,水彩味,纸张的味道便扑面而来。长有达利式鬈胡子的老师将钥匙递给小白,说“你以后就在这儿”。那时透过蒙着一张宣纸的窗子看到,西边的太阳正像一个摇摇欲坠的风筝,整个小画室也在逐渐逝去的光线中显得摇摆不定。

“这儿就我一个人吗？”小白问。

“目前是。”达利胡子说。

“我随时都可以来吗？”

“是。”

“这里面的东西都可以动用吗？其他同学的东西是不是也有在这里的？”

“行。”

小白花了一个晚上的时间将画室参观了一遍。那些石膏像各自朝着不同的方向,有一个断了鼻子。书架子上摆着好几盒长短不一的铅笔,黑糊糊的橡皮,下面的水彩盒子还是新的,尚未打开。

在墙角的位置,小白看见了画架上的那幅素描——一幅伏尔泰石膏像的素描。虽然小白没有系统学过画画，但这幅素描精湛的手法还是令他慨叹。在一个平面上，仿佛每一笔线条都找到了一个不寻常的空间，所呈现的立体感是无法言喻的。每个细节都似乎包含了无穷的内容，即使在立体空间里也难以达到如此效果。

小白问达利胡子："你画的吗？"

"不是。"

"那是谁画的？"

"人画的。"

达利给小白上过一堂课后，便让他领教了艺术家的高深莫测。这个老师讲起话来用语出奇的精简节约，小白只好认为其中蕴藏着深深的禅机。

上完课后，小白再次看着画架上的素描，令他惊奇的是，画像竟随着他视角的变换也变换了位置。

究竟怎么的，我竟然开始学画了呢？小白最近开始不断考虑这个问题。在此之前，在他躺在医院的床上时，他还在不断考虑着是不是可以去学画画呢。

在医院的几天里，他深刻感受到色彩的单调。白色床单、被子、枕头，窗子上挂着又长又厚的白色窗帘，每天早上都有人把它拉得严严实实。阳光正是透过这块惨白的窗帘，步履蹒跚有气无力地照在小白脸上，让他觉得，难道自己被画在了一张白纸上？

持续低烧，头疼。他开始担心，他无法从戴着口罩的护士脸上猜出任何迹象。有一次他翻出了以前用过的生理教科书，在里面查找关于白血病、心肌梗死、脑血栓等症状的描述，看完后便有些浑浑噩噩。

小白经过夜晚的操场，漫不经心地朝画室走去。他又一次站在了第一次来时的位置，狭长走廊的一头，却看见前方画室的灯亮着。门确实是锁着的。小白想大概是达利胡子忘了关灯，便掏出钥匙打开了门。

显然刚才有人来过。铅笔盒子被拿到了桌子上，素描纸也被翻动过，那幅原本夹在画板上的伏尔泰素描竟不见了。

达利这两天都不在。他给小白布置了练习作业，让他一个人练习。教师办公室在楼下，小白随时可以偷懒。他开始围着画室转悠，看展板上贴出的作品。那些水彩画全出自达利胡子之手，对此他丝毫没有兴趣，除了一个半躺的女人体让他多浏览了几眼，其他都一带而过。他在想画上的那个女人是否在哪儿见过。

在一个桃红色的小柜子边,小白将它仔细观察了一遍。他意识到这间画室并非如达利所说,只是自己专用。那小柜子似乎是某个学生存放自己作品的地方。那儿有一个高级画板,以及一大沓画稿。小白拿起来随意翻看,立刻意识到这和伏尔泰石膏像的素描出自同一人之手。明暗调子掌握得恰到好处,用笔不温不火,每一根线条仿佛都画进了观看者的眼睛里。让人感觉那些线条仿佛可以触摸拉扯;若是伸出指头,它们会缠绕上来也说不定。画的下方均无签名,只有日期标记。小白翻到标有"89.8.18"数字的画时一下愣住了——那幅画上的人物简直和自己一模一样。但细看,构成画面的线条都是歪歪扭扭的,不是通常的画法,似乎又不那么像了。并且,"89.8.18"是什么意思?这绝不可能是在1989年画的。一分钟后小白才意识到,这组数字和自己的出生日期竟一模一样。这是巧合吗?或者作者和自己有什么关系?小白向后退了几步,再次观看这幅画,又确信那简直就是在画自己。

找到达利胡子的时候,小白问:"不是你说的那样,这画室应该还有别的同学。"

"就是。"

"就是什么?有还是没有啊?我想知道,那个小柜子里存的是谁的画。"

说到这儿,达利胡子眼睛一亮:"你看到了?"

"谁画的?"

"一个天才!"达利脸上洋溢着骄傲的神情,"吴线。他是我教过的最有天赋的学生。"

"那是怎样的学生?"

"男生。"

吴线。男生。有如此天才的一个人就这样被简单地概括了。

"我能见见他吗?"

"他死了。"

"?"

"死了很多年了。一天晚上他画完画,走到走廊尽头时心脏病突然发作了。"

小白又一次浑浑噩噩了。最近他总觉得身体发虚,吃不下东西,上课时总是不能集中精力。对于教室里的日光灯,他感到甚为难受,总是趴在桌子上。

每隔两天他就要打个电话,催问体检结果。他不断地翻查手头能找到的各类医书,上网搜寻资料,对于心疑病症的症状描述反复阅读。读过之后又觉得找不到让他踏实的答案。

总是等待去画室的时间。虽然那儿的镁光灯并不能让他的眼睛更舒服，但他喜欢手握画笔的感觉。即使画出的东西总是不能让他满意——那些扎手的线条，就像彼此纠缠在一起的凌乱头发。但事实上，比学画更吸引他的，是那里曾有过一个叫吴线的人，以及他那些充满不可思议力量的画作。

在影子重重叠叠的画室里，小白一个人坐着，总感到有另一个人站在背后，隐藏在杂乱的阴影中，用一双明亮的眼睛看着他。

他回过头，什么也没有。灯光照着一房间的静物，只有他是鲜活的。但一笔线条却画得过狠了，灰色的线条朝不同的方向铺展开来，有时交织，或者重叠。在这种茫然的情景下，小白想到一个问题："我的未来……"

这是一个什么问题呢？这是一个需要思考的问题吗？为什么是在此地？他现在正在度过考学前最紧张的时刻，而他却抛开繁重的作业，一个人躲在小画室里发呆。白天可以看到纷繁落下的花瓣，夜晚他就坐在交叠的影子里，脑子一片混乱。在这里干吗，要报考艺校吗？很快他又觉得这根本不需要思考。若不是在球场上昏倒……若不是偶然站在了……这简直不存在理由。

但当笔下的线条继续交织的时候，他想到了别的事情。灰蒙蒙的一片，看不到头的，那是什么？死亡？在医院的病房里，躺在一片白色中，他开始感到色彩的单调贫乏。为什么妈妈总是说检查结果还没有出来，医生却将一瓶莫名其妙的药水注射进他体内？

小白意识到时间已过去很久了，他希望用炭笔再补一补，早点儿回去。但刚用过的那支炭笔怎么也找不到了，与此同时后门正安静地打开，外面楼梯口上栽的灌木植物像一只墨色的随风摇摆的手。不会有人注意到，水彩盒子什么时候打开了。

小白叹了一口气，关掉灯，从前门退出来。在黑暗里，那个烦人的念头还在作祟："我的未来……"

"他死去多少年了，大约？"小白问。

"不记得了。"

"他一直有心脏病吗？"

"不知道。"

"……他的画真棒！"

"你说的是柜子里那些吗？对他来讲，那都是些失败的东西。"

小白再次翻看那只桃木柜子里的画作，特别是“89.8.18”那幅，标有自己的出生日期，又如此酷肖自己。他一张张翻看下去，那些奇特的素描，在上一次都没有看到。画中人衣着奇特，有的好似中世纪欧洲人的打扮，有的又是现代中国人的扮相，有的又像是他身边的某个熟人。所有画作的一个共同点是，没有一张完整的，全都缺少了点儿什么。而画下方所标数字更令人费解：“4.5.16”，“16.2.13”，“80.6.11”这难道会是年月日吗？

吴线，这真是个怪人。小白在脑海里，开始了对吴线的勾勒。穿一身米白色服装，有点儿神经质。面目清秀，唇边有刚生出的软软的胡须。睡眼惺忪，鞋子永远一尘不染。还有那双手，瘦得像鸡爪。或许他会戴耳钉，裤子没有系紧。

于是，这个面目模糊的少年朝小白走来。小白说：“嘿，吴线。”

“嘿，小白。”

“你在这儿学画多久了？”

“好多年了。”

“你可真有天赋。”

“可以这么说。”吴线摸摸左耳的耳钉，跷腿坐在了凳子上。

“我喜欢凡·高的画。”

“凡·高……若是达·芬奇，我和他还能比一比。我不用色，但重视透视、立体感。”

“达利和毕加索也不错吧？”

于是吴线站起来，颇为兴奋地对毕加索评价了一番，摸摸左耳的耳钉，又跷腿坐了下来。

“你会教我画画吗？”

“当然……”

“你死了吗？”

“什么？”

一个突如其来的问题，仿佛唤醒了一切，那个少年消失了。

一种混沌的感觉包围了小白，整个人仿佛陷入一团糨糊之中。良久，他听到了自己的一声叹息：“画画……我怎么会画画呢？我怎么会在画室而不是教室呢？我的生活……”

小白意识到，“我的生活”，又多了一个困扰的问题，而不完整的问题后面总一片模糊。望着那些没有完成的速写、画作，他突然觉得头晕目眩恶心难耐，跑到厕所呕了一通。我的身体呀，他想。厕所昏暗，灰蒙蒙看不到头的，那是什么？

小白找出电话，“最后的检查结果出来了吗？”小白认为自己不该再学绘画了，遗憾的是，至今还没有一幅像样的作品。

“没事，一切正常，”电话那头说，“只是因……导致……的，没大问题，调理调理就行了——23号最后复查一次，就没事了。”

那是一个明朗的下午。小白一觉醒来，感到心情不坏。唯一让他厌烦的，就是裤脚湿了，像是一圈潮湿的嘴唇粘着他的脚脖子。

他向画室走去，经过一个长假，画室的门窗都没有打开过。达利胡子走了，钥匙留在他这儿，想必画室里落满了灰尘。

此时的阳光正奋力烘烤着一切，裤脚很快干了，心情完全好了起来。经过长廊，掏出钥匙，画室的门打开后石墨味、水彩味、纸张味扑面而来。蒙着宣纸的窗子让光线变得朦胧，另一边的窗子不知被谁打开了。

画室里一切都摆放得整整齐齐，石膏像有序地排在一起，墙角的画架上，又出现了很久不见的伏尔泰石膏像素描。没有一丝蛛网，几案也几乎一尘不染，阳光里所有的东西都精神抖擞。小白仔细查看，发现桃木柜子也有变化，里面存放的画一张也没有了。一盒原本在画架底层的水彩盒子出现在里面，不知被谁打开了，各种颜色整整齐齐，唯独少了红色。

这是23号的下午。小白在画室里，将他的铅笔、橡皮、素描纸通通收起来丢进垃圾箱。直到此时，他才注意到这房间里的另一个人。

他逆光而立、靠在窗口变成一片模糊的影子，翘起的发丝随风飘动。小白在椅子上坐下来，他便走过来，像一张会走动的底片。

“你是吴线吗？”小白问。

“你是小白？”

“你来多久了？”

“很久了。”

“有事吗？”

“我找颜料，红颜料。许多年前，我弄丢之后，就再也没有找到。”

“你是个天才。”

“你可以这么说。”

“你要来画一画吗？”

“我早已不再画画了。”

“为什么？”

“我遇到了难题，画不下去了。我不知道到底是我创造了一幅画，还是画创造了我。”

“你是吴线？”

“我已经死了。你也不该来这儿。一切都是在走廊尽头的灯下结束的。”

“我很喜欢你的画。”

“一切都在走廊尽头结束了。不过，我可以让你看看什么是最精湛的技艺。”

他顺手拿起一支铅笔，在空中一挥，一根根线条就凝结在空气里。逐渐，长短不一的线条，慢慢组成一面墙。小白这才知道，原来线条真是可以触摸到的。

长短不一的线条在空中铺展开，渐渐地遮满了窗子，围绕在小白的周边。空气里到处都是这种铅灰色的线条，一圈一圈的，将窗子、门都封住了，密不透光。

那是23日下午。小白自己一个人坐在一间密封的画室里。他哪儿也不去，点亮一盏小灯，开始作画。在一张纸上，他头一次成功地铺出线条，如同一面面灰色的墙壁，布满整张纸。那灰蒙蒙看不到尽头的，是什么？

接着他在地上找到半截红铅笔，在灰色的墙根处，画了一朵扎眼的红蔷薇。被黑色包裹的蔷薇。他用炭笔给画写了个名字：“生命”。

此时，周围密布的黑色线条都已退去，阳光重新照了进来。他收拾好东西，走出画室，将门锁死。

他朝着狭长走廊的尽头走去。在尽头他回过头，透过玻璃看见画室的灯光依然亮着，像失眠一般……

通往奥斯维辛的列车

易子伊

1944年2月7日。

对于战火纷飞的德国是一个极其普通的日子，而对我，我们一家是最大的劫难。

我们一直都是居住在德国不来梅的一群小人物，只有极小的圈子知道我们是犹太人，本企图与世无争，可与日耳曼人关系越来越紧张。得知希特勒施行种族灭绝政策时，就知道我们的噩梦来了。

我们一家子再也不敢轻易出来，因为四处都存在机枪扫射的声音。

直至那一天。盖世太保粗鲁地敲着我家的门，就像死神沉重钝锈的敲击声。我的母亲急忙将她最昂贵的金戒指藏进湿面包屑中含在口里，我与我14岁的妹妹特蕾莎的口中也含着一只翡翠扳指和一只玛瑙扣。

门外的盖世太保操着最肮脏的德语，随即破门而入，五六个架着枪的德国军用枪抵着父亲的脑袋，母亲太激动叫出声来，金戒指也随即掉落，他们当中的一个捡起来，立马给母亲一个狠狠的耳光，“没用的废物。”

我与特蕾莎口中的宝物也给逼了出来，枪顶着特蕾莎的脑袋，她吓哭了。

我们强行被带下楼，强行按性别年龄分着组，就这样与父亲、母亲分开来，一分便是一辈子。

父亲被送到了达豪，而我们则通往奥斯维辛。

那一天漫天大雪，特蕾莎的手冰凉的，发着抖，泪珠儿挂在她睫毛上，我们的脚印在雪地里画上深深的弧线，我紧紧握着她的手，不停地哈气。大批大批犹太人走过，在党卫军的带领下整齐地走过，时不时会听见枪响，每当这时特蕾莎总会猛地一颤。若在这大雪纷飞的场面会有音乐作为背景，那必是催人泪下的。

一节车厢可挤上百个人，我们将通往波兰，许多老人、小孩儿就是在这里被挤死，被饿死了。我与特蕾莎被分到一个放两把扫帚那样大小的角落，我搂着她，时间就这样一点一滴过去，只能听见车轮机械的咔吱声。整个车厢都是犹太女人，我的母亲被带到老远的地方。女人的眼中充满着空洞与未知，谁也未知未来如何，谁也未知未来的死法。

“姐。”特蕾莎轻轻地唤我，“我们会死吗？”

我难过地望着她，突然间她的眼中充满泪水：“会死吗？会死吗？都会死吗？爸爸，妈妈……你和我？”我轻轻地擦着她的眼睑，轻轻说：“不会，苏联人会来救我们，或者我们可以自己逃。”

她的大眼睛紧紧盯着我，因为我说得那样有气无力。

“我们不会死。绝对不会死。”我坚定地说，轻轻吻着她的额头，她不再讲话，扭头望着窗外，铁丝栏构成的窗外。

我们会死吗？会死吗？会死吗？……

列车早已忘却了时间，麻木行驶，穿过一片片树林、雪地，沿途的路标都由法文改为了德文。

“这会是哪儿？”特蕾莎脆弱地问我。

“克拉科夫，我是说也许。”

但当站台机械地报告着比克瑙的字眼儿时，我深深地倒吸一口气，因为只离奥斯维辛三里路了。

不久后，德军就用枪催促着下来，我们差点儿被好几具尸体绊倒。

又进行了一次强行分组，站成一列，由几位医生来判定，向右，可活，能工作的奴隶，向左，去死。

那位医生的神情是我从未见过的冰冷，所有的孩子几乎都成了死囚，他眼前也许看不见痛苦，也许只是一只只哭泣的仓鼠，对，仓鼠。

特蕾莎将我的手拽得紧紧的，几乎渗出血了，她很紧张，泪水不安地落下。

那位医生冰冷地瞟了我们一眼，瞬间有被电击的感觉或是冰流。

右边。瞬间释然。

我们跟在大群人的后边，逃不出去了。到处都有高压电网，到处可听见嘣脆的电击声。回不去了。再也回不去了。

特蕾莎与我分别占有上下两张狭窄的床，上下并排有数百张床。都为犹太女人，进来时我们都被削去了头发，特蕾莎温顺的亚麻色秀发也不例外，当发现他们将这以吨计的头发做成地毯时，胃就翻江倒海，只想呕吐。

奥斯维辛内部是出乎意料的干净，并不肮脏，严肃而井井有条，即使有人死去，第二天尸体就被送往焚尸炉了。我与特蕾莎负责扒草，厨房工作。那天，一群赤裸的吉卜赛少女排着队无奈地被送往焚尸炉时，特蕾莎眼角湿润了。

“别去看，特蕾莎。”我不希望唯一的妹妹见到太多的不幸，即使身在奥斯维辛，即使我将丧身于毒气室，而又在焚尸炉里化成灰，我也希望她能出去，我们没理由进地狱，没理由的。

“听啊，以色列！”我的同伴在死神面前做着最后的祈祷，那声音响彻于黑夜的奥斯维辛，搀杂着党卫军可鄙的嘲笑，神永远地忘记了以色列，忘记了犹太人，我们被撕扯了翅膀，血淋淋地爬行着。

一个月后，特蕾莎得了流感。致人死命的那种。

我的眼泪一涌而下，比被抓进来那时还感到畏惧，她是我现在唯一的亲人，我不愿独自活着。

她的脸色苍白，泪珠儿挂在她颤抖的睫毛上，轻轻说：

“姐，我们不会死，对不对？”……

那个夜。她再也发不出声音。只有身体被党卫军拖在地上发出沉钝的摩擦声。

“畜生！无耻！不是人！魔鬼！去死！王八蛋！畜生！！！”我歇斯底里地大骂，泪水充满整个脸颊，女党卫军给我一个狠狠的耳光，最后任凭我大骂，特蕾莎的身体就这样被冰冷地拖走了，随即耳边传来她刺耳的尖叫：

“姐姐，救我，姐姐，姐姐，姐姐，姐姐，救我。”

“姐姐，请你务必要活着……”

焚尸炉的火光渲染了整个夜空，血洗一般的红色。特蕾莎的叫喊响彻天际，她的孤魂在凄惨地游荡，永不平息，与奥斯维辛千万个孤魂一样千年放浪。

1945 年 1 月 27 日，奥斯维辛集中营被苏联红军解放。

那个第一个闯入集中营内部的年轻的苏联红军有一双美丽的蓝眼睛，顿时泪水充满我的眼眶，为何？不早一点儿？救救我的妹妹？为何？

“克丽丝·迪斯雷利。”我的名字，在一大串救赎名单上。

“特蕾莎·迪斯雷利。”已殁。

又是漫天风雪，火车咔吱咔吱地行走，再一次放眼望去，奥斯维辛尖锐的三角在白茫茫的大雪中渗透着血红，无数的冤魂被禁锢于其中，再也出不去了。

慢慢远去，慢慢远去。

大雪覆盖了足迹、血迹，覆盖一切狰狞，一切一笔勾销。

眨眼间一年过去，在这远离奥斯维辛的列车里轻轻啜泣。

听啊，以色列！谁来赔偿你最忠诚的子民？

我的故乡，有千万坟墓
我的故乡，被战火烧尽
我的故乡，是多么不幸
我的故乡，有奥斯维辛
——[波兰]勃罗涅夫斯基

后记：

奥斯维辛是波兰著名的伤感小城，因为有那所臭名昭著的集中营，我并没有将犹太人的苦融入小说中，或者说没有完全融入，这是这篇小说的一个败笔，内容较长，这些我都明白，因为对于奥斯维辛我的想法太多，想将所有的想法寄托在克丽丝·迪斯雷利这个角色中体现出来，所以一下笔就停不下来，这是我的稚嫩的地方。

深刻缅怀第二次世界大战中最无辜最可敬的死难者们。

兔子王国

王君心

女孩儿独自一人住在小镇的边上。

爸爸妈妈给她扔下一沓厚得足以让普通人家看了心惊肉跳的钱后就头也不回地走了，几年来杳无音信。女孩儿就是靠着这些钱生活，以前是，现在是，也许将来一直都是。

女孩儿很普通，又有些古怪，使得自己没有任何朋友：她的衣服永远是灰色的，身体异常瘦削，看起来像极了图钉；瞳孔却似乎有东西在亮晶晶地闪啊闪，使她的双眼看起来很有生气，这也许是她唯一讨人喜欢的地方；一头地毯似的黑发，厚厚地压在背上，长长地垂到地上，几乎成了她的累赘，可她从不打理头发。女孩儿不上学，没日没夜地待在家里，过着简单得要命的生活，所有的日子都像是一个模子里出来的黑白画面，了无生趣。

这样的生活很早就让女孩儿厌倦了，她烦厌自己周围的一切，她觉得腻烦，就像有沉重油腻的油垢抹在她的眉头上，令她难受；而且，孤独无助像个贪得无厌的恶魔，不断吞噬着她心中的欢乐与希望。但是，她还拥有一个奇妙的、不为人知的秘密，那是她心中，仅剩的还填着希望的地方。

那就是她在和一只兔子通信。

一年前的一个秋日的午后，她在院子里发现了一片写着交友启事的枫叶，那是一只兔子写的，圆圆扁扁的字体十分可爱：

交友启事：

本兔子想找一个朋友，平日里可以通信往来。有兴趣者请在树叶背面写上自我介绍，放在有风的地方即可(风可是一个称职的邮递员)。

一只想交朋友的兔子

女孩儿看着居然咯咯地笑了,多么有意思的一只兔子,她感觉身体里有个角落被“哧——”地点亮了,燃起了希望的灯光。她立刻在树叶背面小心翼翼地写上几句简单的自我介绍,把枫叶放在阳台上,傍晚时不久就不见了踪影。

已经被风带到了兔子那儿了吧。女孩儿开心地想着,今后自己应该不会再那么寂寞了,有兔子的信陪着我。可要是兔子不要我当朋友怎么办?女孩儿又忐忑不安起来,但是,心中更多的是对明天的期盼与憧憬。那一天是女孩儿自爸爸妈妈离开家后第一次感受到自己真实的存在。

不久以后,兔子的回信就来了,它告诉女孩儿,自己很乐意和她交朋友,一整片梧桐树叶都密密麻麻地写满了兔子对能交一个人类朋友的激动与兴奋(看来,真的是一只有点儿傻乎乎却又可爱至极的兔子,女孩儿忭忭地想)。不过,信上写到它很想知道一些有关人类的生活的事。

女孩儿发愁了,她讨厌自己现在的生活,却又不想让兔子失望,应该怎么对兔子说呢?

最后,她还是在回信用的绣球花叶上告诉兔子:

自从爸爸妈妈离开以后,我的生活就一天一天不断重复着,每天都和昨天一模一样,做每一件事都像在梦游,模模糊糊的,有时我甚至不知道自己还活着吗?我讨厌极了我的生活,它像乌里乌涂的乌云,黑压压地积聚在我头上,细细绵绵的雨丝好像要让我自己慢慢腐烂掉,我总想逃避,逃离这令我腻烦的世界,可又只能待在原处,让雨腐蚀着。不过,并不是所有人类的生活都这样,有些人就过得多姿多彩,我应该是一个特殊的例子。

告诉我你的生活吧,兔子的生活应该非常有意思。

这是女孩儿第一次告诉他人自己对生活的感受,她把这些想法写上去后,不再觉得有东西压得自己喘不过气来了。

这一年来,她和兔子频频通信,从兔子那儿知道了不少兔子王国里的事:

我住的世界和你们的世界不一样,这是兔子王国,一个简直是近乎完美的世界。

我们的王国在森林的边上,森林很漂亮的,早晨时是勿忘我花的颜色,中午时是青草上的露珠的颜色,就是那种绿得透明的色彩,晚上时就变成了我最喜欢的胡萝卜颜色。

这儿的天空有羽翼般层层叠叠的云彩，太阳光是五颜六色的，有时到了晚上便会啪嗒啪嗒下起星星雨来。唔，星星的碎片可不扎人，它们很柔软，却也能扎进泥土里，摸起来暖乎乎的。

地上除了我们漂亮的木房子，还有好多好多不知名的花，那么多啊，像大海一样，五彩缤纷，你可以整只兔子沉没在花海中，蜜蜂和蝴蝶会帮你挠痒痒，甜甜的露水足以让你陶醉。地上剩下的地方全都是绵延不断的胡萝卜田，一直延伸到天边，那可是我们兔子王国最值得自豪的东西。

……

兔子把兔子王国形容得美轮美奂，还托风捎来了一串用一种不知名的花草穿成的项链，漂亮得惊人，湛蓝色的小花瓣和翠绿色的细叶交相辉映，还飘着淡淡的清香，闻一闻就让人心旷神怡。女孩儿爱惜地把它挂在脖子上，她觉得这样自己就隐约能看到兔子王国的一角了。女孩儿的心，第二次被点亮了。

这一切都使得她对兔子王国充满了无限向往，也增强了想逃离现在的生活的欲望。她在上一封信中问了兔子自己能不能到兔子王国生活，现在正满怀信心地等着回信中的回答。

风终于带来了兔子的回信，是青翠翠的桑叶，刚好落在女孩儿手上，她立刻仔细地寻找起答案来：

……对不起，我问过妈妈了，人类是没有办法到达兔子王国的……

女孩儿再次感到绝望了，没想到兔子所在的那个美妙的世界自己永远也无法到达。她仿佛又回到了以前的日子，绝望形影不离地围绕在她身边，世界变得暗淡无光，她的心也变得昏暗，她又成为一个美丽世界的孤儿。

那以后，女孩儿就不再给兔子写回信了，她变回了爸爸妈妈离开以后的那个孩子，那个孤独得每逢雷雨交加的夜晚都是咬着被角哭着睡去的孩子，那个对世界上一切的一切都感到厌烦的孩子……

后来，有这么一天夜里，女孩儿因为一连几天的哭泣已经虚弱得倒在床上了，风再次托来了兔子的消息：

好久都没有收到你的信了,你在因为去不了兔子王国而伤心吧。其实呢,有一个办法能让你看到兔子王国:荡秋千。秋千越荡越高,听着耳边的风呼呼地吹过,这样连续超过 20 下你就能看到兔子王国了,但是,一定要注意安全啊。

女孩儿看着信,心中的一盏灯突然被点亮了,她紧拽着信,不顾一切地跑出门去,来到公园里的秋千旁。

天空洋洋洒洒飘下雨针,因为是午夜,公园里没有一个人。女孩儿急切地坐上秋千,双脚用力一蹬,秋千荡起来了。

秋千越荡越高,已经到极限了,应该就是这样吧。随着耳边的风呼呼吹过,女孩儿的心也在兴奋地呼啦呼啦地叫喊,她在心里数起数来。

一,

二,

三,

四,

五,

六,

……

十七,

女孩儿已经听到星星落下时"扑通扑通"的声音了!

十八,

可以隐隐约约看到森林的一角了,森林果真是胡萝卜的颜色!黄灿灿的,女孩儿深呼吸,阳光的香气填满了她的胸膛,难怪兔子喜欢得不得了。

十九,

脚下已是灿烂的花海,花朵们散发出荧荧的亮光,把女孩儿全身都照亮了,她第一次觉得自己是那么耀人,连同心中,都充满了亮光。

二十,

啊,真的能完全看到兔子王国了,好多好多只兔子点亮了鸭跖草,在各自的木屋前欢迎她。其中的一只兔子手中还挥舞着女孩儿写的信(绣球花叶)。

女孩儿开心地使劲一跃,在夜空中留下了一道自己的痕迹,逃离了她厌恶的世界,跃进了兔子王国里。

纠结，散与不散

（我们的情感）

红 百 合

陆 叶

认识他很老套，在酒吧，昏暗的灯光、舒缓的音乐下，他对她说她很眼熟——很老套的搭讪方式。

他追求她的方法也很老套，却让她感动——每天一枝香水百合。他说，玫瑰太艳，桂花太俗，只有香水百合才能表达他对她的爱。何况，香水百合正是她最喜爱的花。

有时，百合花上还附有卡片："只有你，能让百合黯然失色。"

她常笑着说，百合本来就是洁白的，再怎么黯然失色，终究是洁白的。

他说，因为你，我可以让百合改变颜色。

她说，怎么可能！

他说，我一定能做到！百合可以为你变成热烈的红色。

其实这并不困难，只需将百合养在红墨水里。它吸收的是红色的水，长出来，必定是红色的。

他开始为她精心培植红百合。

培植的过程看似简单，其实很复杂——百合是娇嫩的花，也许它在红墨水里泡一阵就死了，或者根本无法吸收红墨水。

但在他的努力下，他培植出了第一株红百合。

他很开心。他想，等我培植出 11 朵红百合，就送给她。我要向她求婚，我要告诉她，我可以爱她一生一世。

他很努力、很努力地培植着。她很期待他培植的结果，很耐心地等着。

在他培植百合、她努力等待的时间里，有一个男人出现了。

仍是在酒吧，仍在昏暗的灯光、舒缓的音乐下，那个家产已经上亿的男人走到她面前，告诉她，他还爱着她。

这不是老套的搭讪，因为这个男人她早就认识。他是她学生时代的初恋情人，因为不得已的原因和她分开了。

这个男人出现后，带给她非同一般的浪漫：开着跑车带她去山顶，对着流星许愿；每天送给她一枚钻戒，告诉她，一克拉的钻石就代表一克拉的爱；甚至买下一个花园，为她种满香水百合……

渐渐地，她觉察出另一个男人带给她的感动比起这个男人，太渺小，太微不足道。

而此时，他仍在很努力、很努力地培植红色的香水百合。

她要结婚了。当然，是和那个可以送给她一座花园的男人结婚。

结婚前夕，她约他出来。到他们认识的酒吧。

他并不知道她要结婚的消息，只是如往常般送给她一枝洁白的香水百合，很开心地告诉她：我已经成功培植出10朵红色的香水百合了，只差1朵我就可以向你求婚了！

她惨淡地笑笑，说，那种东西太遥远，我要不起。

他愣了。最后，他不记得自己是怎样挤出笑容，接过她的婚礼请柬的。他只是依稀记得，她转身的那一刹那，他听到她低声啜泣的声音。

女人是怎样的动物？为什么明明做出了明智的选择，却还会哭？

他看着她慢慢走出酒吧的大门，慢慢离去。他看见放在桌上的、她弃下不要的、一枝洁白的香水百合。

他拿起桌上的香水百合，离去。

他没有出席她的婚礼。他想他不是没有勇气，而是心里还有残留的痛楚。他不知道，他是不是还爱着这个女人。

此后的日子，他不再培植红色的百合，也不再踏进酒吧。

他一直默默地，默默地在自家的后院种着一种洁白的花。那种花，被称作香水百合。

他家的后院很快被香水百合填满了。但他知道，自家这小小的后院，怎比得上偌大的花园？

很多年后的一天，在一条街上，一辆逆行的车撞倒了一个行人。那个人手里紧紧握着一枝香水百合，百合已被他的血液染得鲜红……

因为这个人没有很多亲戚朋友，所以他的葬礼格外简单。

随着他一起埋入黄土的，是他亲手种满了自家后院的香水百合。

据说有一个带着孩子的中年女人出现在他的葬礼上，那个女人是一个大企业老总的妻子，她丈夫在一次飞机失事中去世了，留给她一堆上亿的资产，和一个不到5岁的孩子。

那个女人在他的葬礼上一直喃喃地念着：他终究做到了……他培植出了第十一朵红色的香水百合……

尽管，那朵百合的颜色是用鲜血染成的。尽管，他已无法向她承诺一生一世。

第二年春天，在一个属于这个女人的花园里，盛开着成千上万的香水百合。一朵一朵，洁白淡雅，清新高贵。女人在百合丛中站立着。

不管春天有多少种花，开得多艳丽，百合都不会黯然失色。因为百合终究是洁白的，不管怎样黯然失色，仍旧是洁白的。

桑 葚 红

陆 叶

1

盛夏，还是闷热的天气，每天太阳都灼烧着大地，令大地也散发出燥热的气息。树叶很绿，蝉总是不知疲倦地鸣叫，一遍，又一遍。

蔡思彦一望着刺眼的阳光便觉得全身燥热了，可她还是不得不每天穿梭于教学楼和图书馆之间，忙得不亦乐乎。

那天是一场很大的雨，来得突然又来得猛烈。蔡思彦措手不及被淋得浑身湿透，慌忙躲进了学校的琴房。彼时他正弹奏着她叫不出名字的曲子，钢琴上黑白的琴键在他飞扬的指间就像流水般顺畅，发出风铃般悦耳的声音。

她冒失地冲进琴房，一下子撞上玻璃门，栽倒在地上。琴声戛然而止。她狼狈地爬起来。抬头，发现琴凳上的他正望过来，目光柔和温暖，唇畔带着微微的笑意。

“对不起。”她羞愧地低下头，转身准备离去。

“哎！”少年突然叫住她，“雨很大吧？”

“嗯，很大。”她答道。

“那就留下吧，不要走。”他的声音婉转得如同刚才的琴声。

她呆呆地站住了，转过身望向他。

他含笑地对她点了点头，然后继续抚摩琴键，奏出曼妙的乐曲。她怔怔地凝望着他，仿佛失去了灵魂。他是俊美优雅的王子，他的指间仿佛有神奇的魔力，流泻出美妙悦耳的音符。

美妙的音乐伴随着她直到雨停。她趴在旁边的椅子上浅浅地睡着了。

他起身的时候注意到她，凌乱的头发湿漉漉地贴下来，秀美的睫毛微微颤动，沉睡的她可爱得像个洋娃娃。

那次以后，他见到她就会点头打招呼。她总是羞红了脸微微地笑，这使得他也忍不住微笑。旁边的女生总是嫉妒地瞪她，她还是有些呆呆地，仿佛根本不知道那些嫉妒是针对自己。

席睿夫。

轻轻唤出这个名字，舌间都会有微微的甜意。这个全校女生都心驰神往的钢琴王子，他弹琴的时候竟然可以那么好看。即使仅仅伫立着，他白净的肌肤也让人忍不住惊艳。他的家世也是不可思议的。他家的家族企业一个月的收入堆起来就可以高过巴黎的埃菲尔铁塔。

都不知道蔡思彦是怎么认识到席睿夫的，她真是幸运。能够拥有席睿夫的微笑和问候，蔡思彦被许多女生认为是最幸福的人。

可这个幸运的女孩儿却常常迷迷糊糊的。她不是提到好看的男孩子就两眼冒红心的花痴，面对许多的议论，她只是不置可否地沉默着。她并不注重打扮，常常是在睡衣外面套一件校服就匆忙地跑来上课。而且常常是踩着铃声，气喘吁吁地跑进学校。

总是这样，总是这样。15 班的蔡思彦是个天真的小迷糊，很多人都知道。

2

也有很多人不知道的。

蔡思彦在家每顿只吃半碗饭，房间让给弟弟睡，自己打地铺。她已经一年多没有买过新衣服，现在的睡衣都是小学的时候就开始穿的。她父亲在一家大企业工作，可是新上任的经理对她父亲不满，正在伺机炒掉她父亲。

她现在住的公寓很小，是父亲贷款买来的。母亲在家做家庭主妇，父亲要靠那份受气的工作供她和弟弟读书，压力大得不得了。

这样的生活环境下，蔡思彦，怎么可能是一个小迷糊。

3

社团节的到来是大家都难以预想的匆忙。偏偏蔡思彦还必须要为社团出一个节目。为了整个社团的同学的奖励学分，她只好咬牙上阵了。

她上台之前看到整个会议厅黑压压的人头就已经晕眩了，偏偏她还要上去唱歌。唱歌好的纷纷进了音乐社，画画好的都进了美术社，她偏偏在这个不伦不类的艺术社，社里只有寥寥的十几个人，亦都是素日与她交情极好的。偏偏他们都不愿意上场表演。

为了维系这个社团的生存，为了大家的奖励学分，蔡思彦终究还是硬着头皮报上了节目。

唱的是《世界末日》，周董前些年的歌。旋律依然是很美，歌词更加恰到好处。蔡思彦只是暗求自己不要荒腔走板，只要安然唱完这一曲就好。

走上台，望见底下众人炯炯的目光，蔡思彦更是不知所措。她低下头，静静等待伴奏带里的旋律响起。

一片寂静。人群终于骚动。后台的同学不好意思地笑着跑过来，解释说伴奏带有问题，怎样也放不出音乐。

蔡思彦的心脏猛烈地跳动着。她仿佛在期待什么，使得手心都捏出了汗。

终于——柔美的钢琴声响起——

众人这才将目光投向舞台一角的钢琴。

席睿夫不知何时已坐在那里了。华美的音符从他修长的手指间流泻而出，使人心醉神迷。

蔡思彦也微笑着开口："想笑，来伪装掉下的眼泪。点点头，承认自己会怕黑……"

她的声音带着未洗净的童稚，却与他指间婉转的琴音配合得恰到好处。他一边弹奏，一边忍不住微笑起来。

一曲完毕，终于赢得轰动的掌声。她有些羞涩地红着脸，向观众们深深鞠了一躬。他起身，站在她身边，亦向观众鞠了一躬。

直到许多年后，她忆起他深深鞠躬的模样，心脏仍然禁不住加快跳动。

那是多么俊雅脱俗的模样。他带着彬彬有礼的微笑，仿佛是儒雅潇洒的王子一般。

当时的她终究是年少，一心只想到自己的目的，竟未留心身边这样绝世倾城的美好。

4

那次以后，蔡思彦和席睿夫就微微熟络起来。他们的关系仍然是慢慢地发展，如同细细的流水那样。不过是见面笑一笑，甚少说话，甚至，她已然记不清楚他的声音究竟是怎样的。

席睿夫的朋友却都知道蔡思彦。因为这是席睿夫第一次夸奖一个女孩子。他微笑着说，那个小迷糊，她真有些可爱。

说起她时，他眼里那点儿笑意是藏匿不住的。他的笑容那般温暖柔和，于是，他对于她的好感，亦是藏不住的。

他却没有做些什么，只是一次一次与她碰见，笑一笑，然后各自走各自的路。这样的笑容，于他，于她，都已经是最和煦的阳光，让他们的周身温暖起来。

她如果没有发现他，他就会静默地凝望她。其实他们的班级相差不远，她在15班，他在18班，每天在走廊上都可以碰到的。尽管，一个是普通学生的班级，一个是贵族学生的班级。

他凝望她的时候常常可以看到奇异的景象——仿佛，那是一个忧伤的小天使。她的脸蛋落着些婴儿肥的痕迹，像个可爱的小包子。乌黑的眼珠更加可爱极了。可是她安静下来的时候，眼里却透露出与她的外貌不相称的哀怨。

不知道她是在渴求什么呢。不知道，他可不可以帮到她呢。

他常常这样独自想着，随后又嘲弄自己无故寻愁觅恨，有时似傻如狂了。可是，这样的胡思乱想，便是常常出现的。停不得，也停不住。

5

他没有想到会在琴房遇上她的。她对着谱子，笨拙地摁下琴键，像个吃力的学徒。可是几次以后，她便可以弹得流利起来。起先是最简单的《小星星》，然后是中级的《梦中的婚礼》，不久后她竟然开始练习《幻想即兴曲》！

自从发现她来琴房的习惯后，他天天都会来了。每次都是躲在门边观望聆听，暗暗赞叹她的进步神速。所幸在琴房外来去的人不多，要不然定是将他当做偷窥少女的不良青年了。

蔡思彦在练习《幻想即兴曲》的过程中终于遇到了阻碍，她始终无法将左手和右手配合起来，甚至连左手的谱子也懒于去认了。

那天她练得倦了的时候，他悄然进入琴房，在另一台钢琴上流利地弹奏了一遍。她顿时被吸引住，望过去见是他，脸颊上飞快地升起了微微的红晕。

弹完后他便问她，怎么会想要来练琴？她答，小时候是学过钢琴的，不过荒废多时了。前些日子从家里清出一些崭新的曲谱，恰逢课业轻松，便想要物尽其用。可惜家里原先的钢琴早已变卖，于是只好每天带着谱子来学校的琴房练习了。

他微笑，说道，不如以后让我来教你。

她迟疑了片刻，便点了点头。

从此以后，闲暇的时光，便是他们与琴房共同度过的。练琴的空隙他们会聊起很多，音乐家的生平，学校的变态制度，课业上的难题和方程式，以及国学里的诗词曲赋。每次话虽不多，但这些皆是涉及的。他自小就是接受各方面教育的，却难得她也懂得。他说出古典诗词，她亦能发表自己的见地，真甚是难得。

每次接触到他的笑容，她总是含羞地躲闪了目光。他俊美白皙的脸庞便也泛起微微的红晕。总是不必多言，但是能感受到自己胸腔里的心脏剧烈跳动着。

那次却不知怎么了，一向聪慧的她就是学不会那一段旋律。他讲解很多遍，她却仍然弹错。

"哎。"席睿夫终于亲自弹奏了一遍，"这样，懂了吗？"

"让我试试。"蔡思彦推开席睿夫自己坐下。

蔡思彦便又弹奏一遍，仍是错了好几处。

"怎么会这样？你可以弹出来的。"席睿夫微微俯下身子望了望琴谱，"并不难，不是吗？"

"确实不难。"

下一秒他却惊怔了。

她仰起头，重重地吻住了他，就在他望了琴谱之后望向她的那一刹那。她的嘴唇依然轻巧地贴上来。

是那么柔软，美好，如同樱花的花瓣一样清新的嘴唇。她白净柔软的肌肤贴在他的脸上，他感觉到那么舒服。

她的嘴唇那么薄，却是狠狠地吻住了他。

他僵立了几秒之后，终于搂住她的肩膀，回应了她的吻。

"你喜欢我的，对不对？"蔡思彦的嘴唇是鲜艳的红色，可爱的带着些微婴儿肥的脸颊上还带着红晕。她仰起头问道，带着棉花糖那样甜甜的笑容。她的呼吸有些不均匀，可是吐字无比清晰。

"对。"席睿夫清晰地回答。

他知道，这样一回答，他便是坠入她的手掌心了。也许永世都翻不出去。

可是，他是这样喜欢她。刚才那个突如其来的亲吻，依然让他的心情兴奋得难以平静。既然真的这么喜欢她，那么就不要继续玩这场暧昧的游戏。那么，就让他成为她的王子。

是的，蔡思彦，我喜欢你。我愿意和你在一起。

6

之后，他们还是会来琴房一起练琴，可是他们的关系便已然公开得全校皆知了。常常是手牵着手，在许多同学艳羡的目光下，一起来到琴房。

他们仍然会聊起很多话题，双方的话语也渐渐多了起来。有次讨论到《诗经》里说的“于嗟鸠兮，无食桑葚”，他笑着指她上课没学好，并告诉她，桑葚喻指的是甜美的爱情。

她便言道：“斑鸠吃了桑葚就会醉了。为什么明明知道会醉，还是要食下？难道斑鸠的母亲没有告诉过孩子们？”本是无意问的。

他却笑言：“斑鸠食下桑葚是情愿的。因了那甜美，醉了也是情愿的。斑鸠也是有毒的——可是有个词语，叫做‘含笑饮鸩’，听说过吗？”

她便缄默了。

他会吻她，会轻轻地亲吻她右边脸颊的小酒窝。看到她可爱的脸蛋涨得通红，他会满意地拍拍她的头顶，心里的羞涩幸福，简直可以谱成最柔美的乐曲。

他们仍然有许多的话题，说起来的时候总是默契的。他不说话时，她也会沉默，沉默时的她常常忍不住将目光瞟向他，他每次都察觉到她的目光，但是都不说话。只是静静享受那一刻沉默的美好。

这样的日子似乎维持了很久很久。

很多年后，蔡思彦觉得，自己年少的时光就在那安静的琴房里度过了。而当时的那个少年，亦是心甘情愿地，将他的年华赋予自己。他那时恬淡俊雅的笑容，她一生一世也不会忘记。

7

通常这样的故事会遭遇各种各样的变故。他们应该是会分开的，才符合凄美的校园爱情的结局。

可是,竟是这么的顺利。

席睿夫的父母不是保守不懂变通的,他们家里在商界政界的地位也是稳固得不需要靠继承人的婚姻来维系。何况,席睿夫那么喜欢蔡思彦,父母怎么忍心扼杀了他的心头爱。

而蔡思彦家里,自然是无从反对。自打外界知道她和席睿夫在一起,她父亲的工作便也稳定下来。那个一直不满想要炒掉她父亲的经理,现在对着她父亲总是眉开眼笑,“蔡先生”前“蔡先生”后,再也不敢“老蔡”、“老蔡”地支使她父亲去做事。由此可见席氏继承人的强大影响。

果然,过去蔡思彦的父亲总是点头哈腰地讨好那个经理,却常常得到冷眼。如今仅仅因为女儿交了个大有来头的男朋友,便彻底颠覆了状态。父亲常常会这样自嘲,蔡思彦便会沉默。

这个世上原本就没有什么人情,利益永远是每个人追逐的根本。

席睿夫微笑着对蔡思彦说:“你叫蔡思彦,我叫席睿夫。我们的结合,必然是最华美的宴席。”他唤她的名字,永远是那么好听,轻轻地,仿佛唯恐惊吓了树杈上的鸟儿。他的眼眸,温柔得仿佛可以滴出水来。

果然,席睿夫和蔡思彦的婚礼办得异常的华美隆重。几乎是全部的媒体都蜂拥而至。在商界政界都长袖善舞的席氏,唯一的继承人席睿夫竟然年纪轻轻就结了婚。况且结婚对象并不是政界要员或者企业董事的千金,而是一个来历不明的穷学生蔡思彦。

这简直是现实里的灰姑娘传奇!媒体果然大肆报道,将蔡思彦写成天使般善良可爱的女孩儿,令席睿夫一见倾心,不顾家族门第娶她为妻。因着席氏的势力之大,所有的报道通篇满溢赞美之词,竟没有丝毫贬损的语言。

蔡思彦看了这些报道总是莞尔一笑。

其实她自己才知道是怎样。一见倾心不见得是假的,但是他不顾一切要娶她却不见得。要不是她软硬兼施,又是责怪又是撒娇,也难以得到这段婚姻。她知道凭自己的出身家世,要嫁给他是不易的,他亦知父母家族以及那些社交场上那些叔叔伯伯们自然都会质疑他的选择。可是,那许多的疑虑,又怎么抗衡得了她的俏丽面容?怎敌得上她的软语温存?

总之,他们总算是结婚了。虽是出身贫寒,但蔡思彦身上却寻不着寻常女子的庸俗气,非但如此,她竟带着贵族小姐的高贵气质。甚至她聪明能干,可以将家里那些关系处理得八面玲珑。面对质疑的叔叔伯伯,以及有些刁难的阿姨伯母，她总能巧舌如簧地令他们心悦诚服。

结婚后的蔡思彦不再是跌跌撞撞的小迷糊，却成了八面玲珑的聪慧女子。这样的变化未免有些惊人。甚至席睿夫偶尔会暗暗地想，如果让他选，他会喜欢那个小迷糊还是这个聪慧女子呢？这样的思考却没有答案。因为，席睿夫喜欢的是蔡思彦，无论是当初那个大雨中跌跌撞撞冲到他身边的傻丫头，还是现在这个冰雪聪明的少妇。她永远都是她，是他喜欢的她。

8

那日蔡思彦换上华美的晚礼服走出来，席睿夫仿佛都不认得了。

婚后她调整了饮食的规律，并且每日都帮他处理大堆的事务，婴儿肥的脸颊竟消瘦下去，成了楚楚动人的瓜子脸。穿上带荷叶边的海蓝色晚礼服，她就如同深海里的人鱼公主，高贵美丽得不容逼视。他多看她一眼，甚至都觉得有些亵渎。

她笑道："是不认得了吗？"

席睿夫点点头，又摇摇头："你变得再漂亮，还是我的女人。"

他不喜欢文绉绉地称她为"妻子"。喊"老婆"又有些恶俗，于是他霸道地将她归为"他的女人"。这样喊着，望着她脸颊上娇羞的红晕，他心里总是万分甜蜜的。

他竟常常会想，如果她只是他的幻想，只是一场梦境——某一天就会消失无踪，甚至如果她一直都不曾拿真心待他，他亦是愿意待她好的。如果可以就这样让她挽住手臂，可以轻易瞥见她娇羞的面容——如果让这样的时间多停留几秒，他便是即刻死去，也是甘愿的。

因着对你的爱恋，即使是虚幻我也会抓住。即使是要服下桑葚，我也愿意做那只迷醉的斑鸠。即使是，死在你手中，我也甘之如饴。

你懂不懂。

你不懂，也是无妨的。

9

这真是利益至上的世界。因着和席氏的姻亲关系，蔡思彦的父亲不久竟成了一家企业的董事总经理,她家里的生活宽裕起来,甚至到富裕的程度。弟弟不再需要眼巴巴地看着别的同学玩游戏，他自己已有了大大小小好多台新款的PSP。那栋贷款买来的小公寓早已经被废弃,取而代之的是复式洋楼。她原本是想给父亲母亲还有弟弟买一幢独立的别墅,可是父亲说只有几个人,住在独立的别墅里会很寂寞。她终于依了父亲。

母亲现在不需要亲自下厨和打扫卫生,一切都有佣人代劳。闲暇时分,母亲会去美容院做做SPA,或者买机票去巴黎香港之类的购物天堂血拼,真真过着贵妇人的生活。

蔡思彦独自想着现在她周遭的一切,常常都会笑起来。她自是奋力拼搏一生也挣不来这样的荣华富贵的,却让她遇上了一出生便是天之骄子的他,并且很幸运地和他在一起。

不,她不喜欢对自己用“幸运”这个词语。没有什么是平白得来的。她只能说,能和他在一起,她也是煞费苦心,她也做了许许多多的努力。这世上,没有谁会被特别优待。

她既然得到了这一切,便会狠狠地抓住,不会让它们溜走。

她想,现在拥有的就是最好了吧。无论是金钱,地位,还是他——她的良人,她的归宿。

真的,已经是最好了。

住在偌大的别墅里,应对佣人和公公婆婆她总能扬起纯美的笑容。他应酬到很晚,深夜未归的时刻,她便走到露台上,凝望着天际皎洁的弦月,伫立久久。如今,面对任何的事件她总是能够从容地处理,淡然地面对,胸腔里再也没有年少时那种剧烈的起伏跌宕。

不知道,这样的滋味,是不是寂寞。

10

几年后的剧变,蔡思彦是始料未及。她自是没有想到刚刚毕业的弟弟就进了父亲的企业当总经理，更加没有想到年少无知的弟弟竟然怂恿公司偷税漏税,被查了出来。

弟弟对她解释说,这些年公司一直效益平平,并且各项税款的支出就去了大半。他也只是想为父亲做出一点儿成绩,不想什么都靠着姐夫。

蔡思彦只有又去求席睿夫。席睿夫跟上头下头打理好了关系，不过让他们按数量交了税款，并交了些罚金，便没有更严厉的处罚了。

原本事情已经可以告一段落，偏偏席氏在上海的工程又出了问题，发生塌方事件，伤了好几人。追根究底，提供建筑原材料的竟然又是蔡思彦父亲的公司！弟弟对蔡思彦的解释，仅仅是为了节约成本，所以和最便宜的供应商签了约。

两件事叠在一起，加上一直以来蔡思彦的父亲和弟弟都得到席氏的特殊待遇，便终于有不满的人揭发出他们企业更多的弊端。起先是一两个人揭发出一两件事，后来竟是像滚雪球一般，越来越大。

终于，在席氏的董事会上，众董事通过即刻令蔡思彦的父亲退休，并且罢免了蔡思彦弟弟在公司的一切职务，那家交由蔡家经营的企业也收归了席氏。

即使身为席氏的总经理，席睿夫也不能一意孤行，违逆所有董事的意思。

回家后他并未见蔡思彦有怪责的模样，终于放下心来。心里的愧疚却挥散不去，令席睿夫难以面对蔡思彦。整晚，面对她的笑靥如花，软语温存，他的脸庞都泛着窘迫的红晕，久久不褪。

之后自是极力补偿蔡家。蔡思彦的父亲在退休后过上了安逸舒心的生活，她的母亲和弟弟依旧是衣食无忧，轻松自在。这，已经是他给她的最好了。

只要她的家人开心，她便会开心。

只要她开心，就好。

11

难得有闲暇的时间，蔡思彦走进家里的琴房，坐在琴凳上，打开粉红色的钢琴。这是新婚时席睿夫送给她的礼物，可是婚后一直都很忙，竟没有时间弹奏。

蔡思彦，你快乐吗？

过着安逸富足的生活，成为灰姑娘嫁入豪门的典范，父母还有弟弟都因她而富贵。再也不用受到白眼儿和欺侮，再也不用打着地铺睡觉、穿着睡衣上学。

这样的生活，你快乐吗？

她纤细的手指抚上琴键，弹奏出曼妙的琴音，却响起了应和。竟是席睿夫——他竟不知何时来到她身边，与她共同完成一曲四手联弹。那是李斯特的《普罗旺斯古老的圣诞歌》，琴声婉转优美得如同风铃响动，仿佛触动年少时最青涩的美好记忆。

她仿佛看到了普罗旺斯成片成片的薰衣草，仿佛听到年少时懵懂的剧烈的心跳，仿佛感受到——随着阵阵清风飘拂而来的浓郁芬芳。

一曲完毕，她抬头望向他："不是有会议吗？"

"推到明天了。"席睿夫微笑，"真想卖了公司，卸了这一身的担子，天天只要跟你一起弹琴。"

"哪里的话。"蔡思彦嗔怪道，"让父亲听到，又该不高兴了。"

"有什么关系。"席睿夫笑道，"明明知道不可能，发发牢骚也不许吗？"

"其实，"蔡思彦叹息，"我也想要那样的生活。每晚你没回来，露台的风都会很冷，我总是想——你在，该多好。"

"真的吗？"席睿夫的双眸里有掩饰不住的快乐，"过了这一段时间，我便请一段长假，陪你出去度假。我们去普罗旺斯看薰衣草，到时候什么也不要想，我要好好地让你感受我的温暖。"

"你说过的话，可要记得啊。"蔡思彦凝望着席睿夫，眼睛清澈得如同水晶。

"嗯。"

当你和心爱的人守在一起，便不觉得有什么艰难。仿佛对方的爱情，就是女娲补天漏下的精华。仿佛，漫漫的余生，你们永远都可以这样地在一起。

但是，又怎么能预见到结局呢。

12

那天晚上，蔡思彦便是真的累了。

刚刚和弟弟在书房吵了一架，弟弟气冲冲地摔门离开。

蔡思彦跌坐在沙发上，无力地仰望洁白的天花板。这一切……靠着她的努力得来的一切，难道要化为泡影了？

不！她决不舍得。

这些年的青春，这么多的努力，怎么可以毁于一旦？

在她终于适应了这样的生活，感觉到幸福的时刻，为什么要发生这样的事？

一切不是都好好的吗？！

她攥紧自己的拳头，却是真的无力了。

席睿夫回家之后看到她面色苍白地坐在沙发上，忙问她是怎么了。她微笑：

“有些累。”

“那就早些休息吧，公司的事情确实很忙的。”席睿夫道。

“睿夫……”蔡思彦低低地唤。

“咦？我还是习惯你喊我‘长颈鹿’。”席睿夫笑道。

因他的名字“席睿夫”与英文单词“Giraffe”谐音，他便戏谑地让她喊他“长颈鹿”。他说是个小时候的朋友为自己起的这样一个外号，因为很可爱，所以被他沿用至今。他也常常会送她长颈鹿的项链或者发夹，有些甚至是他专门去学生精品店淘来的。他说，我这只长颈鹿忙的时候，就让这些小长颈鹿代我陪你吧。

他和她说话的时候总是凝望她的眼睛，温柔得仿佛让空气都凝滞。她可以近近地将他洁白的脖颈一览无余——他真的像只高贵又骄傲的长颈鹿。

“明天……可不可以不要出去？我想你陪我弹琴。”蔡思彦的声音依旧低低的。

“傻瓜，明天我要去应酬彭姨啊。最近多亏了她的帮助，我们公司才化解了许多难题。”席睿夫微微笑着，“让小长颈鹿陪你好不好？”

见她沉默，他又温柔地抚摩她的头顶：“过几天就是年终总结了。忙过这一段时间，我就陪你去普罗旺斯看薰衣草。”

“真的？”蔡思彦呆呆地问道。

“嗯，真的。”席睿夫笑着拥抱了蔡思彦。

似乎正因为这个拥抱，所以他没有看到她眼里的泪水。

13

第二天早上起床的时候，席睿夫坐在床上发呆了很久。看着蔡思彦熟睡的样子，他的心里仿佛是春风吹动春草，依然是和煦温暖。

临走时，他轻轻地吻住了她右边脸颊的小酒窝。

“你要记得，我爱你。”

仿佛这就是席睿夫最后的话。

听到席睿夫车祸死亡的消息，蔡思彦竟然没有任何表情。

她静静地坐在沙发上，仿佛是很累的样子。一如前一天的晚上。一坐，就是整整的一天。

但是，竟再也没有人来关切地询问了。

其实并不是没有人，还有婆婆——那个雍容华贵的女人，她失去了唯一的儿子，却率先稳定下来，反而来安慰媳妇蔡思彦。还有家里的佣人，为蔡思彦默默递上咖啡还有茶，以及拭泪的手帕。

可是蔡思彦真的没有哭，身旁的一切都在发生着——她对关心她的佣人说谢谢，她对婆婆说，妈，我没事，您先去休息吧。

她仿佛还是以往的样子，可是心竟空了。

她害死了他……她真的害死了她的良人，害死了最关切她最爱她的人。心，竟然就这么空了。

步步为营地来到他的身边，处心积虑地成为最称职的席少夫人。获得安逸富裕的生活，成为人人羡慕的美丽少妇。现在……这样的安逸平静再也不会被破坏了，再也不会了。

还是读书的时候，下过一场大雨。其实那天蔡思彦带了伞——只不过被她丢弃在无人的角落了。因为知道席睿夫在琴房，所以闯进去。她用这样的方式，闯进了他的生活。她的形象永远是傻呆呆的迷迷糊糊的，果然引起了他的注意。聪慧的他果然喜欢这样简单的女子。

社团节的时候，是她自己有意把伴奏带弄坏。她知道席睿夫有钢琴独奏的节目，定然会待在后台。她想试一试，他会不会愿意为她伴奏。

她才不是什么钢琴天才。她省吃俭用凑了些钱，求了又求，终于请到了钢琴老师辅导她。学了很长一段时间，她的弹奏终于渐入佳境。她知道他常常会经过琴房，所以总会注意到里面的琴声，总会注意到她。

她没有主动接近他，没有主动向他示好，可是却让他心甘情愿地陷入了她的甜美笑容。

原本想要循序渐进，慢慢发展。可是当时那个经理对父亲逼得紧，要求她父亲在一个月内完成不可能达到的高额业绩——如果无法完成，自然就要将他父亲扫地出门的。她终于等不及，于是她吻了他，于是他们在一起。

每一次遇上他时，她的心动，不知道是为了他这个人，还是仅仅为了达成自己的目的——依靠他过上富裕无忧的生活。

结婚后她竭尽全力去做好，她也的确做得很好。她聪慧能干，成为他事业和家庭的贤内助。她八面玲珑地面对许许多多的长辈，竟没有丝毫失仪——自然也为他赢得了面子。

她常常会觉得寂寞空虚，常常问自己快不快乐。因为她不确定，自己是不是真的爱着身边的这个男子。或者,只是为了利益吧。

前一天,弟弟在书房告诉她,席睿夫已然查出了弟弟和父亲前些年来挪用席氏巨额公款的证据,如果席睿夫选择上诉——那么她的弟弟和父亲都难逃身陷囹圄的命运。到时候,哪怕是再近的亲戚,只怕席氏也会毫不留情地将蔡家赶尽杀绝。那么,蔡思彦和席睿夫的婚姻自然也保不住。

蔡思彦跌坐在沙发上,喃喃地问怎么办怎么办。弟弟说:"只要你劝得动姐夫在公司年终总结大会之前开车出门,一切都会迎刃而解。"

弟弟曾经在同学那里学过一些汽修知识,他已在席睿夫的汽车上动了手脚,等闲是看不出的。如果席睿夫出车祸去世了,这些事情自然就成为永远的秘密。

蔡思彦跟弟弟大吵一架。弟弟冷冷地说:"如果你想看着我和父亲死在监狱里,想看到母亲流离失所,那么就尽管揭发我吧!我倒想看看,到时候姐夫会不会因为你的功劳而不和你离婚。"

说完,他就摔门而去。

蔡思彦是真的累了。她独自想了很多——

劝席睿夫包庇弟弟和父亲是不可能的,即使他愿意,公司也肯定不止他一个人知晓内情。到时候弟弟和父亲再被检举出来,席睿夫会很难做人。何况现在席氏的继承权都在席睿夫身上,她不过是协助经营打理——如果离婚,她便会一无所有。但是,如果这样的丑事被揭发出来,即使席睿夫千分万分不想离婚,又怎么堵得住悠悠众口。他再坚强,也是抵不住那么多压力的。一旦离婚,蔡思彦便会受尽白眼儿,一面照顾狱中的父亲和弟弟,一面服侍失去安逸生活的母亲,艰难可想而知。何况,她定然会声名狼藉,又可以到哪里找工作?

即使席睿夫愿意抛开这一切的压力带她离开,她又怎么忍心把家人留在这水深火热之中?何况,到时候他们两个靠什么生活?难道要清贫地从头开始?

所以,她的美好生活,她这些年的努力——定然是走向毁灭的。除非真的像弟弟说的:席睿夫去世,她掌握到席氏的大权,可以铲除掉那些握着她们家把柄的职员。那么,她就可以维持这样安逸富裕的生活,永远永远了。

真的想了太多,内心挣扎了太久。所以到了晚上,蔡思彦面色苍白得有些吓人——她是真的累了。

鬼使神差地,她竟然对席睿夫说:"明天……可不可以不要出去?"

那一刻,她竟然希望他答应她。她只想拥有一天的时光了——就那么一天,有丈夫好好地陪着她，她可以幸福地度过。那么，即使之后走向毁灭，她也无怨了。

可他竟拒绝了——这是他自己让自己走上死亡的道路。

她是应该庆幸的。可是，为什么在拥抱他的时候，她还是潸然泪下？

席睿夫——那个清新俊美的少年，那个温柔体贴的丈夫。他真的离开了吗？

是不是，再也没有人会和她四手联弹了呢？

是不是，再也没有人会陪她去普罗旺斯看薰衣草了呢？

14

蔡思彦真的成了一个传奇。

起初，并且持续很长一段时间，社会各界都对她产生了各种各样的揣测。基本上，大家一致认为蔡思彦是没有头脑的单纯少女，如同少女漫画般幸运地认识了贵族少爷席睿夫，所以得以嫁入豪门。即使她之后在席氏的各类社交场合中应对自如，别人也不过以为是席家教导有方罢了。

但是，自从她年纪轻轻就丧了夫之后，她的一系列表现都是令社会各界震惊的。席氏少夫人蔡思彦独自担起丈夫席睿夫留下的各项职务，并做得井井有条。她在公司实行改革，裁掉了部分资格老迈但是无所作为的职员，虽然受到"不近人情"的批评，但是着实提高了公司的效益。

凭着她的经营和管理，席氏的事业蒸蒸日上，做到了比席睿夫在世的时候更辉煌的成绩。

蔡思彦也因此得到了广泛的赞扬。

在家里，她是最孝顺懂事的媳妇。在公司，她是精明能干的CEO。样样事情，她都做到最好。

看似，她过得很安逸，很满足。

她也的确欣慰于自己做出的成绩——希望，这是对他的道歉和补偿吧。

直到那天，她在书房里发现了席睿夫留下的一张便笺。上面并没有很多的内容，只是印着一只斑鸠，四周是艳丽得如同桑葚的红色。空白处，是他飞扬的字迹。

简短的7个字——如同他温情的眼眸，如同他轻柔的低诉。她仿佛看见他微笑着，抚摩她的头顶。

她怔了许久，泪水终于流下来。

原来，他一直都是知道的。

他明知道车被动了手脚，可是毅然出门。他确知已无路可走——于是选择死亡。他怕事情败露后自己会顶不住许多的压力，会负她，于是，他宁愿她负他。他死去，可以成全她的幸福。他知道，只要他在年终总结大会之前消失，蔡思彦和她的家人就会安然如往昔。只要自己把公司的大权留给蔡思彦，以后任谁也无法赶走她伤害她了。

难怪那些应该知晓挪用公款内情的职员都没有再举报，原来是他打理好了关系。

蔡思彦的双眸中闪烁着奇异的光芒，心脏竟然像针扎一样无休止地刺痛起来。

从她第一次冒失地出现在他面前，他便洞悉了她的用心。为她伴奏，教她弹琴……这一切一切他都是知道的，可是他从来不曾揭破。

包括娶她为妻，包括为她赴死。这些，他都是知道的，他都是情愿的。

这些年他们竟一直在斗智斗勇。这样的游戏，她处心积虑，终于还是败了。若是没有败，心怎么会这么的痛？

他用他的死亡，赢得了她的痛悔她的爱，赢得了最美的胜利。

她在炫耀，她有多么不爱他——而他在告诉她，他有多么爱她。

只有席睿夫自己知道，在这场游戏里，他是多么的幸福。因为，曾经有那么一瞬，她竟然对他说，明天……可不可以不要出去？

那时，他便知道她爱上他了。是真的，爱上他了。愿意交付自己辛苦获得的一切，换取他的安好。

他真的很想留下来，陪她四手联弹，继续送她很多的小长颈鹿。他很想陪她去普罗旺斯，躺在大片大片的紫色薰衣草中欢笑。

那天晚上，他拥抱她的时候，感觉到她的泪水打湿了他的肩膀。她，是在为他哭吗？她舍不得他。她心疼他。她爱他。

拥有这么多，他真的足够幸福了。所以走的时候他一无所怨。最后，他吻住了她右边脸颊的小酒窝。他想说，傻丫头，你睡觉的时候真可爱。

最后，他在她耳畔轻声说道："你要记得，我爱你。"

出门的时候他竟然流泪了。不是为了自己即将死去，而是，他真的再也没有机会陪她去普罗旺斯看薰衣草了。他离开之后，她会快乐吗？漆黑的夜晚，她孤独地伫立在露台上凝望皎洁的弦月时，还会不会冷呢？

有些回忆，她肯定不记得了。

她6岁、他7岁的那年，曾下了一场大雨。那天，补课回家的她和逃礼仪课出来的他，恰在同一家商场的屋檐下避雨。小蔡思彦被小席睿夫漂亮的样子吸引住了，竟一直盯着他，不移开目光。

他被眼前这个可爱的小女孩儿盯得有些不自在，但还是微笑着朝她点头，说道："你好，我叫席睿夫。"

她竟"咯咯"地笑起来，笑声如同银铃一般清脆好听。她笑道："席睿夫？那不是Giraffe吗？原来你是一只长颈鹿啊。"

他被她可爱的笑容逗得忍俊不禁，终于莞尔。

她一直以为高中在琴房才是他们的初见，可是却忘了，其实他们很早以前就见到过。曾经，她用银铃般清脆美妙的笑声，那么深地打动了他的心。

所以，许多年下来，他都让身边的朋友喊他"长颈鹿"。他说，这个名字是小时候一个很可爱的朋友为我取的。这些，她不记得，可是他一直都记得。

他真的很感谢大雨——小时候，是一场大雨将她送到他身边。年少时，又是一场大雨，将她送回了他的身边。

她重重吻住他的那一刻，他的周身仿佛遭遇一阵强大的电流。心跳是前所未有的快，幸福的气息温暖地流淌到他的指间。

面对这样一个美好的天使，即使是为她死去，他也是甘之如饴的。

小时候的事情你不记得没有关系。蔡思彦，我只要你记得——我叫做席睿夫。我爱你。

15

流年在指间悄无声息地逝去。

作为席氏的CEO，蔡思彦亲自出面参与一个大型慈善活动。慈善活动中，席氏为贫困地区捐赠了大量财物，还资助本地一所中学修建了新的教学楼和图书馆。

那所中学就是一中，也就是蔡思彦和席睿夫的母校。

与校董们洽谈并且签署了一些文件之后，蔡思彦终于得了空闲，于是在学校里四处闲逛。

她在学校小桑树林的石凳上坐下，静静凝望四周。阳光温暖地普照，树上的桑葚红得如同奔放的火焰。四周的空气仿佛凝滞。

竟然这么多年了。岁月在她的脸上并没有留下太多痕迹，痕迹却尽在心里。曾经她是那么羞涩的少女，如今，她在各种各样的社交场合都应对自如——衣香鬓影，轻歌曼舞，早已成为她生活中的大部分。

她甚至都没有闲暇去顾虑曾思考许久的问题——她，是不是寂寞。

许多回忆一下子袭上了她的脑海。

那天早上，她躺在床上假寐，他轻轻吻住她的酒窝。他的声音那么清晰地在她耳畔响起，可是她不敢睁开眼睛抱住他。她任由他为她赴死。

那天，她百无聊赖地弹琴，他竟然出现，和她四手联弹了李斯特的那曲《普罗旺斯古老的圣诞歌》。她和他的手指在黑白琴键上配合默契。听着那指间流泻出的音乐——她仿佛真的见到了普罗旺斯成片成片的薰衣草，仿佛真的嗅到了沁人心脾的浓郁芬芳。

那天，她穿了华美的海蓝色晚礼服出来，窈窕美丽得如同人鱼公主。他看得怔住。她笑吟吟地问他："是不认得了吗？"可是他答道："你变得再漂亮，还是我的女人。"

曾经，他对她笑言："斑鸠食下桑葚是情愿的。因了那甜美，醉了也是情愿的。斑鸠也是有毒的——可是有个词语，叫做'含笑饮鸩'，听说过吗？"

他在毅然赴死前留下了一张便笺。上面只是印着一只斑鸠，四周是艳丽得如同桑葚的红色。空白处，是他飞扬的字迹。仅仅是7个字："为卿含笑饮鸩毒。"

他为她，心甘情愿，含笑饮鸩。

曾经，他在舞台上为她伴奏《世界末日》。长身玉立的他优雅地向观众鞠躬致意，他的样子简直俊美得令人窒息。

更早的时候，在一场盛夏的大雨中，她闯进了他练琴的地方。彼时，他的指间流泻出风铃般优美的琴音，宛如仙乐。

她还记得，那日，他抬起头来，唇畔带着微微的笑意。那笑容谦逊温和，更加俊美得无可比拟。她的心间仿佛吹拂过一阵和煦柔美的轻风，竟有温暖奇异的力量使得嘴角上扬起来。

那一刻幸福安宁。不知道，这算不算是——他和她的，一生一世。

那年夏天

苏笑嫣

墨色

那片云从天边飘过来,洒下一阵阴冷的雨,又面无表情地飘到了天的另一边去,不知又给哪些地方带去了潮寒的气息。村子里的路上,无论青石板或是柏油路又或是黄土地都无一例外地积满了深深浅浅的水洼。头顶上的树叶呈现倾斜的形状,无力地延伸着,兜不住的雨水止不住地往下掉。

浅袭靠在门的一侧愈发觉得凉了,可又不肯动上一动,只是将交互的双臂更加向内紧了紧。街上还有少许声音,在雨后潮湿的空气中传播得愈显空旷。可即便是如此,浅袭的心还是无法安静,焦躁的火气似乎并不能被雨水打灭半分。抬头看了看天,曙红、湖蓝、土黄和乌涂涂的灰色以并不纯净的色相拼凑着涂抹在一起。低低地向下压了下来。触及树冠、触及屋顶,以浑厚的姿态愣生生地挤向大地。浅袭的心也像是被挤去了大半,她有些喘不过气来。

屋内有人咳了两声,浅袭稍稍回了回神,她侧过身子朝里面看了看,盯久了天空屋内的光线显得十分昏暗,像是被墨绿色把表面都水水地刷上了一遍。浅袭揉了揉眼睛,没什么变化,便也不去管它径自望了过去。

少年的咳声并不是有意的,或许是因为天凉微微感了风寒。他面前是一副长长的桌案,上面铺设着一大张白纸,一支毛笔在少年的手中灵活地飞舞在纸面上,黑色,墨水将纸面晕染上大片的安详。少年像笔下的颜色一般镇定,不紧不慢、灵活自如。浅袭微微蹙起了眉头,唇间似乎动了动,但她还是马上恢复了之前的面无表情又将身体转了回去。

也许是心中实在躁动不安,浅袭实在是无法再站下去,便抬腿向院外走去。只走了两步,身后便传来了声音——沉稳而瓷实的,让人心里踏实——“浅袭——要走了吗？”

少女微微侧过头：“嗯，冗南你接着画，空气很好，我想在外面散散步。有时间来找我玩儿。”浅袭说着便已走到院门，忽地抬起眼眸对走到了院子里的少年笑了笑，笑容有些勉强，然后就迅速地沿路拐了过去，裙脚倏地便消失了踪迹。

叫做冗南的少年手中的毛笔滴落了两滴墨水在地上，很快就被院里的黄土吸收了下去，少年仍是愣愣地盯着门外空旷的街道，眼中说不出是落寞、不解或是什么其他。眼前好像还有那么一个裙脚忽地那么一下从门边上蹭了过去。一下又一下。

纷　乱

桑易一直在担心着，尤其在这个当口他像热锅上的蚂蚁一样坐立不安——事实是明摆着的，作为同门师兄的冗南一直就是模范一样的人物——大街小巷里听到他的消息从来都是好评，像什么“冗南那孩子，有天分又刻苦，真叫人喜欢”，又或是“好喜欢冗南哥哥的画，和别人的都不一样呢”云云，师父也一直是把冗南引以为傲的，每次只有看到这位大师兄才会露出难得的笑脸。于是大家默认的，冗南已经成为村子里甚至镇里的画虎第一人了。

桑易觉得自己的画也是不错的，当然这也是事实，大麦村是国内有名的画虎村，很多关于老虎的画作都出自大麦村，每每到供货的繁忙时期村里都会安排把冗南和桑易作为主力，由冗南负责黑白部分、桑易负责彩色部分，每每都会迎来个满堂彩。对于这点桑易还是很骄傲的，只是他觉得无法展示自己的黑白画法还是很遗憾的一件事，更关键的是他从未看过师兄冗南的色彩笔法，完全不知道这个强劲的对手的实力。

“这很糟糕”，桑易掐掉手中已快燃尽的烟头，缓缓从口中吐出白色的烟雾来。他拿自己的黑白画作和冗南的比过，他在心里承认与之并不在一个水平上，如果冗南的色彩也不在自己之下的话，那么……桑易使劲晃了晃脑袋，没有让自己再想下去。

一直以来，一直以来自己似乎就是超不过冗南了，永远都只能被压在他的下面然后微笑着仰视他，还要对高处的层层光环表示祝贺。已经受够了，桑易想着。

“在想比赛的事吗？”

声音尖细却很好听。桑易蓦地一惊抬起头来,女孩儿的大碎花裙子被风吹得飞舞着微微涨了起来,乱了他的眼睛。桑易放下手中自己正心不在焉地摆弄着的烟盒,他慢慢站起身来,语气平和:“你来了。”

冗南

我叫冗南。今年19岁。

很小的时候父母就把我送到了画院开始学画,我很喜欢这样的安排,因为我喜欢画,非常喜欢。

师父说我很有天分,只画了一段时间他就惊喜地发现了这点,并明显地表现出了对我的器重。他是喜欢我的,对我也是最为严格的,他对我说,冗南你要好好画,你的未来是比任何人都要辉煌的你知道吗。我少不更事,只是点点头,点头而已。但我相信我会好好画下去的,从那时起就毫不怀疑。

然而没有事情是十全十美的,学习美术,我有一个致命的弱点。师父每每想到这点都会叹气,他说冗南这样的事情怎么会发生在你身上呢?我也不知道该说些什么,只是觉得自己都可以无所谓的,但是很对不起师父。于是我更加努力地画,为了父母的希望,为了师父的心血,为了自己的梦。

师父对我的教导是毫无保留的,从小和他朝夕相处便如我的父亲一般。每天清晨起来和他一起晨练,一起走进画室,一起安静地画画,一天又一天,转眼12年。

师父耐心地为我的绘画打下了坚实的基础,但一旦我的错误长期不改一如既往,他也会生气甚至愤怒,往往那些画就会变为碎片零落一地。我知道师父把很多东西都寄托在了我身上,我知道。我永远都记得10岁那年在儿童组比赛中赢得一等奖时师父兴奋的表情,那是我第一次获奖,师父一扫了往日的严肃,笑容竟然像个老小孩儿一样,牵着我的手到糖果店去,说南南你爱吃什么糖果,师父给你买。嗯,这个芝麻糖是师父小时候最喜欢的,南南你喜欢吗?南南,南南……

他不知道那个10岁的小男孩儿已经在他身后红了眼眶。

我不知道我还能做些什么,于是我一直默默地画,默默地画,从未停笔,从未厌倦。心无旁骛。

就在我10岁获奖那年,桑易来了。

画院随时有人离开,进来却很困难,桑易刚进门的那一刻我就看到了他眼中的一种东西，是我没有的。是聪慧吗，还是不安分？学了一段时间，他的画也是很好的，他擅长画色彩，总是华丽而飘忽不定的风格，不像我，总是那样的沉闷，连同画都一起沉闷了下去。那时浅袭总是会看看桑易的画又看看我的画撅着嘴说，小南呀，你就也画一张五彩缤纷的送给小袭还不行吗？留给小袭一张快乐些的。我总是笑笑，然后沉默，浅袭站上一会儿觉得没趣也就一声不响地走开了。是啊，桑易送给过浅袭很多张画的，一定都是她喜欢的风格。师父说她总是穿得像是一块大调色板。

浅袭是师父的女儿，笑声像是铃铛一样，回忆里那样的声音从长廊的另一头曲曲折折一路穿梭过来，我一度为此惊诧，却引为幸福。那样一个笑靥如花的女孩儿。

浅袭喜欢新鲜事物，喜欢发现，喜欢喋喋不休。我们总是在休息的时候，阳光澄明的午后，一起坐在荷花池的边上，浅袭会说小南啊你知道吗……她说话的时候那么快乐，快乐得忘记了周遭的一切，她的兴奋的眉梢、吊起的眼角、翻动的嘴唇和比画着的动作在我看来都是那么快乐地夸张和自然美好。我不是一个善于表达的人，每每只是坐在一旁认真地听着她说，看着她在阳光下水果一样的脸，那样平静幸福的时光。

后来，荷花池边我们的队伍里，又多了一个人，就是桑易。桑易和浅袭很谈得来，他们谈游戏、谈新闻、谈演唱会、谈这个五彩缤纷的世界。这回我成了一个彻彻底底的旁听者，彻底的。即使浅袭总是会记得和我搭话，但这穿插得该有多么刻意和不自然，我们都明了的。

后来，该是浅袭走的时候了。她也是爱画的，但她说她要离开大麦村出去学画，她说她要看看外面的世界，她说她厌倦了。那天她拖着一只大大的行李箱出现在我的门口，说，冗南我要走了。我依旧没有说出话来。她微微颤了颤嘴唇，说冗南你给我画张画好不好，什么都不要，只是铅笔素描就好了。我点了点头。冗南，我注意到了，你把我叫做冗南。

浅袭坐在木椅上，是忧郁的神色。我的心里隐隐地痛了起来，提起笔很长时间都没有静下心来。那是一个靠窗的位置，明亮的阳光洒进来在她发丝上跃动，就像曾经的荷花池的夏天。只是，我面前的这张面孔，我未曾想过它会出现忧郁的神色。小袭……是因为离愁吗？

那天夕阳下的背影一直停留在我的记忆里，那样的坚定决绝。行李箱滑过的痕迹一下下地烙在我心里，轮子与石子磕碰的声音被无限放大，在我脑中留下轰然作响的残音。天际的云和你的影子一同渐行渐远，在我的视线中消失了踪迹……

日子就那样平平静静地过了几年，我和桑易的画愈发好了起来，被大家所承认，也一直被做着比较。我是无所谓的，我只知道只要我画着我就是快乐的。可很多时候一个人沉沉地画着，心里蓦地就觉得空落落的，一阵阵银铃一样的笑声从记忆深处渗发着就飘忽了出来，像一颗颗晶莹剔透的玻璃球，丁零零一声，就砸在了我心中的硬土上，徐徐滚动，余音依旧空空地回荡。抬起头来，窗外是明媚得刺眼的阳光。

眼前一个瘦弱的身影晃晃地被光芒吞噬。小南，冗南……

终于，她回来了。因为那场被传得沸沸扬扬的美术比赛。比赛很权威，分量很重，大麦村只有一个名额，以大麦村的绘画水平，一旦参赛名次是不在话下的，焦点就是我和桑易了，可要怎么抉择呢，我不知道。我只知道她回来了，浅袭回来了。

浅袭回来的那天，被阴雨缠绵了数日的大麦村突然就放晴了，晴朗得令人猝不及防。她依然是喜欢穿连衣裙的，回来的时候她一脸安静，蓬松的头发搭在肩上，不声不响地就出现在了画室。她丝毫没有理会画室里新生们的疑惑声音和表情，也没有去管旧识的惊异声色，她对周围的一切视而不见一般，就不带表情地便径直走向了画室靠窗的角落坐下，拧开随身携带的水壶慢慢喝起了水。

浅袭，浅袭，这是那个离开时的浅袭。你是因着什么变了呢？

又是一个阴雨天，浅袭也已回来了数日，她学会了安静，可我知道，她的心一定不曾静过。我在屋中画着山水，她倚在我的门口，神色纠结，外面的天空辽远却低沉，她像一只挂了线的风筝，目光向着远方。我看见她的裙脚飞扬得很好看。

可是，小袭，你在忧愁着什么呢？你看了看天，你走了，你留下在院中发愣的我。也许刚才我是应该关心地嘘寒问暖，又或是在这个凉秋里给你披上件外衣吧，我知道的，应该是这样子的，可我从来都做不出来，为什么呢，为什么呢？我也在问自己，也许你也是在心中问过的吧。好讨厌这样的自己。可他不一样，他懂得应该怎样去关心你，和他在一起你才聊得开心才能得到应有的爱惜。我只是个木头人，桑易他不一样。

大赛的日期临近了，名额的归属也该有个决定了，而抉择的方法，竟然是浅袭出的。那天浅袭跟在师父的身后来到画室，摆了一个小盒子在师父面前。竟是再简单不过，我和桑易必定是要有一场比赛的，比赛的内容既然师父不能偏袒谁，那就由老天来决定。抓阄。师父若是抓到黑白就比黑白技法，反之若是抓到色彩就比色彩技法。是个很公平的方法。

当师父把那团从盒子中抓出的纸团徐徐展开时，纸上赫然两个大字：黑白。

桑　易

我叫桑易，今年 21 岁。

12 岁那年家人送我去学画，毕竟大麦村是画虎村，画画才是一个好的出路吧。家里人是想让我学出个名堂的，为我找了村里最好的画院去学画，封闭式的一样，食宿都在画院里。我没有说什么，比起其他的农村孩子来说我已经幸福多了，毕竟这是一条出路，我要离开这里，离开这个小山村，我一定要学出来的，虽然我并没有对画画抱有怎样的热情。

师父发现我的色彩感觉很好便收了我。画院里的人并不算太多，他是我第一个记住的人，很特殊，他叫冗南。我到画院的第一天，师父领我进画室的时候，他停下手中的笔看了我一眼，眼神竟然那样深刻睿智，不像是那个年龄应该有的。他看着我的眼睛就像看到了我的心，我不知道自己在慌忙掩饰着什么。真是一个叫人害怕的角色，从那一刻起我就认识到了这点。对视的时间并不长，只是短暂的一瞬他便继续自己的画去了，我偷偷地看了一眼，水墨画，沉寂中似乎埋藏着一种意图迸发的风雨大作。后来我才知道，他是师父的得意门生。听到“得意门生”这 4 个字时，想起他的眼神，心中不自主地恐慌和不屑。我不喜欢这种压抑感。

只是少数几次看到他画画，大多时候冗南是和大家分开画的，这就是“得意门生”的特殊待遇吗？我告诉自己，要走出这个山村，我就必须要像他一样，甚至超越他。我要努力画画，我相信我自己总有一天会成功，我要掌握自己的命运。

还好，画院并不是只教画虎，只不过画虎作为村中的特色是一定要掌握的，但也只是一个旁支，学习的内容很全面也不致使我感到过于乏味。大概是天道酬勤吧，我虽然入学不算早，但凭着努力还是取得了很好的成绩。然而我每次都比他差一点儿，除了画画的技法外，还是比他差了那么一点儿。可这一点儿究竟是差了什么呢？难道仅仅是因为时间？我找不到答案，我翻看很多名家作品集，我发了疯一样地临摹、写生、揣测，可是到最后我都是比不上他。我险些就要放弃了。对我而言在这个时候放弃美术就等于放弃了我所有的努力、放弃了我的抱负、放弃了我的人生。然而，就在我几近崩溃的时候，她出现了。

她叫浅袭，我不知道为什么直到那刻我才注意到她的存在。大概是我平日里一心只在刻苦学习美术上吧，我知道师父有个女儿叫做浅袭的，也经常能看见她在画室里来回穿梭，并未多去在意，觉得与其他女孩儿没有什么不同，印象中大约是很善谈的样子，总是一脸明媚的表情。大概也是知道的她和冗南很好，自小的玩伴吧，不过于我没有多大关系。直到那日。

那日我正苦闷地坐在自己的画前仔细端详却又不知所以。同学们都惊叹这幅画得好，可是我自己知道，这幅画对我的意义与从前那些张一样的千篇一律没有什么不同，那一点我没有找到，一定是缺了什么。

我想得烦闷，心中浮躁不能平静。身体安静地坐在那里，心里却剧烈运动着要爆炸一般，我感到自己的躯壳就要被挣破，我意图像一个野兽一般怒吼。

“嗯，画得漂亮，技法很娴熟，理解得也很丰富哦！”声音清脆动听，突然出现在我身旁。我扭头看去，浅袭不知什么时候站在了一旁，双手背在身后，见我扭头过来便微微一笑，是天真纯净、毫无杂质的笑容，掺杂着那个季节淡淡的荷香，是那样温暖恬适。那一刻不经意间阳光晃了我的双眼。

只是她给的评价，却与他人无异的稀松平常。我摇了摇头，又继续低眼端详自己的画。她的声音却再度响起：“只不过，太模式化了你不觉得吗？”

我蓦然抬头，她犹豫着看看我说：“嗯，你把从别人那学到的东西都搬了上去，可是你自己的感情呢？”

你自己的感情呢，你自己的感情呢……我顿然醒悟，原来是这点。我苦笑，学习美术只不过是我改变命运的跳板，我从未对它交付其他任何感情，这些画不过是没有灵魂的东西。原来如此。究其根本，其他的我与冗南相差的所有，我都可以通过努力学习来弥补，可这点……呵，我刻苦学了那么多年意图超越他，结果却是从开始就注定了我的失败。我感到自己狼狈极了，最终只是一个供他人指指点点的笑话而已，这么多年，这么多年的刻苦学习不过是给了自己一个禁锢的链条！

“不用多想了啊，下次注意这点不就好了，总这样坐在这里闷死人的！一起去荷花池聊天吧，小南也在哦！”

小南？哦，应该就是冗南了吧。也不等我回答，她就兀自把我拽到了荷花池，果然是冗南也在的。

还记得那是夏末的时光,植物呈现疲态的睡意,室外的阳光对我有些刺眼,那些光热强迫地钻进我的毛孔,并在血管中奔走恣意。浅袭欢快地谈论着一些琐碎小事,冗南还是那么安静,但也很轻松闲适。我惊异地发现,原来求学中也可以有这样轻松淡然的时光。

浅袭像是一个快乐的天使,她在生活中的发现似乎只有明媚和阳光,那样美好。此后每个午后的时光便成为我一天的期盼和精神的支撑,喜欢听一个人唧唧喳喳说个不停一脸兴奋,喜欢那刻浓稠的时光。为此我多关注着她的话题并尽量去做着了解,为此我开始关心信息以了解她口中的外面的世界。这样的时光是我当时的一个小小的满足,在我日后的回忆中还是那样不曾退色的奢侈,充满迷离的懵懂和幸福。

她是一个糖果一样的女孩儿,像她的笑容,像她的声音。她喜欢那样糖果颜色的衣物,没有什么固定,只是随意的撞色,总是那样好看。总是有两个耳环在她脸颊旁那样晃呀晃的,晃得一片恍惚,在我的梦中来回作响。

我为她画了很多画,用各种各样的颜色,她看起来是喜欢的,我心中的那份小小的满足感不明成分,就是这样慢慢堆积,像鸦片一样的上瘾。

那些作品……该是有着灵魂的吧。

我知道浅袭一直向往着外面,从她谈话的内容、字里行间。那年她终是决定了离开,很大很笨重的行李箱,她显得那样瘦小却又倔犟。只是“我走了”这样的道别,不能再简短。她转身的那一刻我突然的害怕,不知为了什么。只是心底的扯空和恐慌真切得像一个谎。也许我预见了什么,或是早就得出了某些东西的答案,只是我未曾想下去不敢想下去,可它终是要发生的。

算了,毕竟有些东西只是属于它自己固定的时光,过了,就不再。即便眼睁睁看着,也只能任它渐渐走远。走的不只是浅袭这个人。

我和冗南又开始了苦行僧般的学习,画画,画画,偶尔回忆,这就是我的生活。终于那场比赛要来了,我梦寐以求一直等候着的机会来了,她也回来了,只剩下那一点点我就终于可以释怀地欢呼了,可是那一刻,师父的手中抽出的,是黑白。

浅　袭

我叫浅袭,今年18岁。

父亲是个画师，办的画院是大麦村中最好的，很有名气。总是有很多孩子来找父亲学画，我小的时候就把这当做一件自豪的事情。

家里布满的都是美术的东西，画具、书籍、名画和父亲的作品。父亲是从心里爱画的，从我有记忆以来父亲就一直在画并保持着一种痴迷，那些忘我的安静和沉醉在一个孩子的心底保留，是不可造次的东西。

父亲理所当然地教我画画，我喜欢那些涂抹，喜欢用它们来表达自己，那是一种隐秘的欢愉。但我不喜欢那些条条框框，在我看来，画画应该是自由的。就像心。

冗南来到画院时我们还都是不懂事的孩子，可他画得那样专注，我被那种沉稳踏实所吸引，静静地看着他画，就像静静地看着父亲作画一样，神态与他一样地专注，留在我心里的是一种不容置疑的安全感。

冗南是安静的，甚至可以用娴静这样一个词语来形容。没有浮躁，没有喧嚣，一直以来的内心笃定和从容淡然。就像他的画一样。

父亲喜欢他的画，喜欢他这个学生，甚至安排了他一个人单独的画室。从没有人见过他的色彩作品，是一直保留的一个神秘，但所有人都知道他的画是最棒的，即使没有见过。

冗南的沉默使他的朋友并不是很多，可我想我是了解他的心的，他总是静静地听着我叽里呱啦说个不停，脸上带着干净的微笑。我兀自地说，他默默地听，构筑了我整个童年的幸福时光。单纯透明的时光。

那时的我们一起买画具，一起画黑白，一起玩耍，旁若无人。那时的小南和小袭是彼此不分形影不离的好朋友。

我的内心是不安分的，我对大麦村以外的世界莫名地向往，我渴望有一天能够飞出这个村庄。我不属于这里，我说，我不属于任何一个地方，甚至连我自己都不属于。我的心一直在飞呀，从这里飞向那里，又从那里飞向另一个地方。从不停歇，不知疲倦。我知道总有一天我会跟着我的心一起走的，这是注定的事情，因为我是浅袭。不论有多少纠缠，不论心中有多爱多恨把它装得有多沉，它都是一样要飞翔的，因为这是浅袭的心。

一切都可以归结得这么简单。就是这样，不管不顾，只是跟着心去走。

后来我发现了桑易，也是一个认真画画的人，认真到恐怖。但很难看出他是真的爱画，他总是带有急躁，不知道为什么就是那样浮着，但他很刻苦，刻苦得让我为他惋惜。那天我忍不住告诉了他他的缺点，他似是承认了，眼中闪烁着什么,是我看不清的。我知道这对于他这样想画好的人来说未免有些残忍,可早些知道是好的。不想他在其中沉浸太长时间,想多了会使人自寻烦恼,也许那事本来是很简单的。我把他拽到荷花池与我们一起聊天,我惊讶地发现原来他喜欢的生活是这样。原来无论怎样的一颗心,即使翻江倒海也是埋藏着一份平淡,那是人们最初也最纯洁的东西。

后来桑易送给我许多画,魔幻一样的色彩,我很高兴终于在他的画里看到了他自己的想法,个人气质,那才是美术吸引人的东西。可是,我想要的,是冗南送给我的啊。

冗南那个小气鬼从未送给我一幅画,每次我见到他也只是看到他又在沉沉地画着黑白,每每他也只是一笑,不去理会我想要他的色彩的请求。别人不可以,难道小袭都不行吗?我不知道自己这算不算霸道,毕竟他是没有这个义务的,我知道。可是我竟是无法控制自己的感情,我就是不满就是伤心,就是如此莫名其妙。我甚至一度对我们之间多年的感情产生怀疑。一直是小袭一个人在喋喋不休,那么小南你呢,是否交付过同样的感情给小袭?不用同等的多,只要是这个性质的,多少小袭都不在乎。可是,可是,小南,你是否真的就只是一个旁听者?

我发现自己对这份感情产生了依赖性,但却又对这份依赖产生怀疑,我发现自己的心情和生活竟已不由自己控制,我知道我即将意志低沉。不,我知道没有自我的后果,我需要逃脱。

我要去找自己的那颗心了,纵使是以逃跑的姿态,如此狼狈。可是如果可以,小南你要等我。

城市喧嚣,车水马龙,我带着我所有的行囊在一个又一个红绿灯间怅惘。

偌大的行李箱空空荡荡,只有一张铅笔素描在里面沉默,又或低语。孤单的时候,无望的时候,只有那双忧郁的眼睛迷离地与我相望,陪我感伤。那是你笔下的眼睛啊。小南,那是你送给我的唯一一幅画,是我所有的行囊。

那天,你答应为我画一幅铅笔素描,是我离开的那天。我记得当时阳光漫溉,我不敢看你,不敢与你对视,生怕一抬头就掉下泪来。好强的阳光。室内潮湿的空气将我们包裹,柳条在窗外微微浮动,我轻轻地呼吸,生怕不小心打扰了你。

还是那样的专注和投入,是我一直以来最喜欢看的你的样子。低头修改,抬头观察,俯身到沉重的画箱中换取铅笔……记忆中的每个片段都是那样舒服踏实，那是属于小袭的心底最为珍贵和秘密的回忆。伸手可及却一触即碎。

可是小南，那天画完后你都告诉了小袭什么呀，晚了，晚了，一切都迟了。小袭已经决定要离开了，可是你要等我，要等我啊！

终于，那场大赛临近了，我知道我该回来了。

决　定

比赛黑白，结果没有丝毫意外，冗南赢了。桑易不声不响地走出了画室，此后几天一直不见踪影。浅袭自从回来似乎习惯了倚在门侧，每天只是仰望天空，白衣黑裙一直穿在身上已洗出了皱褶。

冗南走的那天，天空一片高远，大麦村还没有脱离霉湿的天气。行李不多，只简单地装了些东西在军绿色的包里，村里很多人来鼓励被冗南一一谢过。浅袭陪冗南走到站台，没有什么话说，对视了良久只好挥手再见。

火车一声长鸣，女孩儿的身影被湮没在熙攘的人群里，冗南心中空了一下，想起那年她离开时夕阳下的背影。一样的单薄瘦弱，一样的故作坚强。那年的离开是她的选择，他没有给她保护和任何停下的理由，只是眼睁睁地任她奔走异乡。她是一个需要安全感的女孩儿，她是需要他的浅袭。这次的分离是自己能够选择的，也许一旦离开从此的未来都会不同，可是，会发生什么呢，不知道的。但有什么比给她安全感更重要呢？闭上眼，阳光，笑容，荷花的香气，上扬的嘴角……从小到大一幕幕温馨快乐的回忆，每一个，每一个里都住着这个精灵一样的女孩儿。没有，没有！他不能让她一直以来的等候再变为一个人的伤心落寞了，他这次要勇敢果断，他要回去保护他的小袭！

火车又是一声凄厉的长鸣，昭示着它的即将提速。突然一扇窗口一开纵身跃出一个身影，在地上打了几个滚没有了动静。冗南仰身躺在黄土地上咧嘴一笑，小袭，我回来了。

火车搭载着那个军绿色的书包一直向前方奔跑着，将鸣笛声向身后的天空中抛洒。晚霞红艳。

浅袭一个人默默地走出站台，眼前不禁潮湿朦胧。从前的东西，大概再也找不到了吧，比赛归来的冗南又该是什么样子了呢，不知道，也不敢去想。只是无话不谈毫无间隙的时光早已随着年龄的增长而渐渐被琐事所掩埋，冗南还是冗南，浅袭还是浅袭，可怎么就抓不住了呢？液体在瞳孔中变换成各种奇怪的图形，浅袭觉得自己忍不住要纵声了，她要跑开，她要逃离这里——“浅袭！”熟悉的声音梦一样地响起，身子颤了一下蓦地回过头去，泪水纷飞脱离眼眶。

是冗南，是冗南！

“小袭”，我愣愣地听着他喊我的名字，看着他一身泥土穿着被磨破的衣服向我跑过来又愣愣地站在那里。他举起双手又低低放下，他慢慢地一步步走到我面前，他说小袭我不会表达我不知道该说什么但我知道我不能离开你不要离开你，他说和你在一起的每寸时光我都记得它们是我最幸福最珍贵的记忆，他说我知道你是一个孤单无助的孩子需要依靠而我愿意一直在你身边保护你，他说……

那些被极力从心底搜索出来的话语和他一脸的认真激动都强烈地轰击着我的大脑和心，我的头涨涨的，只是愣愣地看着他，眼眶红肿，泪水一直流呀流个不停。我的心底酸涩和幸福一起上涌，我终于无法控制大声号啕哭出了声，冗南的泪也掉个不停，他一把把我拥进怀里，我埋着头捶他的肩哽咽道你怎么不早说，怎么不早说……

他微笑着把我被泪浸湿贴在脸上的刘海撩起，被泪划过的面容还带着他一如既往的安静，这次还带着从前未有的释怀和幸福，晶莹的眼睛很迷人。我突然地挣开他的怀抱上下打量着他说，你怎么弄成这样，跳火车了是不是，为什么要这样做……

他狠狠地吻住了我。

“因为我爱你。我爱小袭。”

我想那刻我一定笑得比任何人都要好看。

我和冗南回去的当天晚上得知桑易死了，卧轨身亡，就是冗南本要搭乘的那班火车从他的身体上轧了过去，我仿佛听见了他的骨骼被轧过碎裂的声音。那一刻我是那样愕然、恐慌、不知所措，满怀负疚的歉意。可是，这份负罪感不会有人来原谅了。

曾经有一个寂静的午后，一个叫做冗南的男孩儿给一个叫做浅袭的女孩儿画素描头像，他告诉她他并不是不愿意送给她她想要的色彩作品，只是所有的所有，包括师父给他单独开画室，包括他不以色彩作品示人都只是因为，他是色盲。

于是这个女孩儿为了她喜欢的男孩儿能够顺利地去参加比赛，为了他能够不参加他无能为力的色彩考试，她为她做师父的父亲出了抓阄的办法又把两个阄上面都写上了“黑白”两个大字。

谁知，谁知……

“我死的时候伤口不痛，只有心隐隐地痛，流了一地的不是血，是泪。”我梦见桑易他这样对我说。

停 留

记忆里还是几年前一个阳光明澄的夏天，3个少年并肩坐在荷花池旁。从左向右是冗南、浅袭、桑易，从右向左是桑易、浅袭、冗南。阳光把3个人的影子拉得很长很长，就那样互相交错在一起，笑声一起传得很远很远，惊扰了整个夏天。

白桦林

——谨献给世上一切热爱和平的人们

易子伊

63岁的伊凡·汝科夫·萨尔尼斯夫斯基再次回到这片白桦林已是37年后的事了。如今他已白发苍苍,眼眶深陷,沧桑的面容上浮着黄斑,左手牵着一个不大的孩子,大约七八岁,右手点着一只枯黄的卷烟。

然而他又很快地捻熄了它,没丢在地上,而是包在口袋里。

“啊,终于回来了。”伊凡默默地说。

“您已经离开很久了吗?”那孩子声音如早春的精灵,他蹦跳着妄图躲避一只蚂蚁。金色的头发在斑斓的阳光下灿灿发光。

“有37年3个月又12天了。”

莫斯科城郊的白桦林挺直地排列,捍卫着一个小小的村庄,树林在深秋的阳光下静静地掉叶,渐渐如雪花般铺满一地,踩上去也跟踩雪一样咯吱咯吱地响,老伊凡沉默地走着聆听着这如此熟悉期盼的咯吱声,不禁握紧了孩子的手。

“这白桦林的尽头有个村庄,村中有一个非常漂亮的姑娘。”老伊凡缓缓地说。

“您是要和我讲故事吗?”小男孩儿睁大眼睛,他显然不喜欢林中寂静的气氛。

“……是啊。一个非常美丽的故事啊。”

“那个姑娘有个美丽的名字,叫做索菲娅。米黄色的鬈发上常常别着一朵野花,知道吗,也许现在你走到的地方就有她的足迹。她常常会经过这片林子去河流边洗衣。阳光星星点点地照在她18岁的脸上,美丽极了。村子里有个小伙子每天要到镇上的石匠店中当伙计,每天与这位姑娘不期而遇,就在这片白桦林里。索菲娅看见他时总会嫣然一笑,道一声早安。不久他们俩关系很亲密,周末的时候在这片林子里聊天,玩耍,小伙子会帮索菲娅洗衣服,而索菲娅拎着裙角在浅溪上戏水。他们关系越来越好,也就结婚了。几年后,有了一个可爱的儿子,一家人幸福地生活在村庄上。”

老伊凡深沉地陈述着,眼睛流离地望着前方,那孩子牵着老伊凡的手,跳过一个个小石头,他歪着脑袋看着似是在沉思的老伊凡,说:“然后呢?”

“然后啊……德国的战火烧进了莫斯科,村中的小伙子都奔赴战场,那个小伙子与索菲娅在这白桦林中惜别。索菲娅眼中充满泪水,那晶莹的泪珠儿颤动地抖落在她白皙的脸上……小伙子身穿军衣,背着配枪,抱起他那年幼的儿子,允诺她,一定会回来,也许一年,也许半年或者也许一个月,回到这片白桦林,回到村庄,然后便头也不回地直赴沙场。也许索菲娅每天都会牵着儿子在林中等他,望眼欲穿地等他……”

老伊凡又沉默了,因为树林里旋起了风,孩子在风中舞蹈着,白桦树纷纷落叶,孩子用他早春般的声音在风中唱着歌,在落叶中跳着舞,清澈响亮。

“埃卡?”老伊凡轻轻呼唤着,眼睁睁看着男孩儿忘我的舞蹈,景象渐渐在落叶中模糊,他天真地笑,身体逐渐变得透明,他清澈地问:“然后呢?”

老伊凡难过地合上眼,哭丧着说:“埃卡,你别走,别像你母亲一样离开。埃卡,你不是一直在存在着吗,别消失,埃卡,我的儿子。”

然而男孩儿被这深秋的风击碎了,笑声响彻在整片白桦林里,树叶在斑斓星碎的阳光下灿灿发亮。老伊凡难过地聆听这笑彻天际的纯真笑声,难过地回想当年。

1941年参加了莫斯科保卫战,1942年参加了斯大林格勒战役,出生入死。

当1944年秋天,德国终于投降,伊凡看着战友们灿烂无比的笑容也无比灿烂地笑。他们为了胜利抛帽子,开啤酒,然而任何一位战士都明白,在这快乐过后都会有泪水和悲伤。伊凡独自一人的时候都会默默流泪,索菲娅与埃卡早已死在德军的枪口下了。伊凡再也没回那片白桦林,他固执地认为索菲娅依然领着儿子在树林中等他,望穿秋水。

老伊凡踏着这深秋的大地,地面上覆满了叶片,他沉默地走着,咯吱咯吱。

他的前方出现一位美丽的姑娘,抱着孩子,宁静地笑,孩子似乎仍想在风中舞蹈。

“唔。”一行浊泪顺着老伊凡深陷的眼眶中流下,步子颤颤悠悠。

“又出现幻觉了吗?”老伊凡想着。

前方什么也没有,只有一排排的白桦树。

远方似乎传来儿童的早安歌，一只只鸽子在白桦林中自由飞翔，时而又栖息在树梢。老伊凡从口袋里再掏出一支卷烟，点燃它，深深吸上一口，吐出的轻烟弥漫缭绕在树林中。

“唉。”一声叹息。63岁的伊凡·汝科夫·萨尔尼斯夫斯基孤独地在林中行走着。他始终相信这悠长的白桦林会有尽头。

后记：

白桦林这个意象来自朴树的歌，朴树的歌总能让我很感动，他说：“天空依然阴霾，依然有鸽子在飞翔，谁来证明那些没有墓碑的爱情和生命。雪依然在下，那村庄依然安详，年轻的人们消逝在白桦林。”听过后很感动，之前看过一个著名的俄国作家（名字忘记了）的一篇小说，感触很深，所以写下这篇文章。

最遥远的云

陆 叶

初见他，是一个天空湛蓝的下午，白色的云朵幸福美好地飘动。老师指着他说，他是我们班的转学生，以后就是我们班级的一员了，大家欢迎他吧！

当时她尚是豆蔻年华的少女，见到他，便口无遮拦地说，这个转学生刘海儿好长，真像个女的啊！

他狠狠地瞪了她一眼，她调皮地对他做鬼脸。

豆蔻年华的少年和少女，就这样成了朋友——经常斗嘴的朋友。

她自负、喜欢恶作剧、喜欢欺负他，他却无可奈何。他眼神凌厉，面对陌生人时俊朗的脸庞常常绷得紧紧的，但遇到她的搞怪恶作剧时他却总会忍俊不禁。

他们之间也不光是斗嘴。

他是篮球场上神采飞扬的少年，她总会在篮球场边帮他拿外套、为他买饮料。虽然她总是少不了抱怨挖苦他几句，但总是坚持不懈地为他做这些。

常常，在她接过他的外套、她递给他饮料时，他会回报她一个善意的微笑。真是神奇的微笑，这可以让她忘却等待他几个小时的劳累，也忘记了抱怨。看到这样的微笑时，她总觉得天空格外的蓝，云朵飘摇得格外自在。

他是骑自行车迎风微笑的少年，他一直无怨无悔地骑着自行车，接送她上学和放学。每当黄昏，夕阳染黄了半边天时，她总是坐在他的自行车上，搂着他的腰，迎着傍晚微微的凉风，幸福地微笑。

那时，天空是晕黄晕黄的，洁白的云朵也仿佛镀上了一层金，景色格外的美好。

中考后他们又考入了同一所高中。她觉得这样纯净简单美好的日子会持续下去，一直一直持续下去，永不结束。她和他，永远不会分离。

他们之间的感情一直游移在友情与亲情边缘，他们像朋友，像兄妹，像父女，像母子，像盛夏的云朵与阳光——那么自然地厮守，那么自然地幸福快乐。

可是，却从未重视过对方的存在。他们觉得，这样，已经很好。

在篮球场上奔跑的他回首时看到全身洒满阳光的她，会拨弄一下自己的刘海儿，睁大双眼凝望她，给她一个习惯的幸福微笑。

她已经学会静静地在场边等待他，不再埋怨，不再生气。她会回报给他一个这样的微笑，如此默契的笑，像云朵伴随阳光般默契幸福。

后来，他身边出现另一个女孩儿，温柔善良的女孩儿。女孩儿不会恶作剧，不会嘲笑挖苦讽刺抱怨，女孩儿只会眼神柔和地凝视他，欣赏地凝视他。

而她，依旧很随意。她会对女孩儿善意地微笑——哈，那小子身边终于有一个女孩儿了吗？女孩儿可以忍受他那张千年不变的寒冰脸吗？她懂得怎样逗他开心吗？

怎么，这样的想法，像是忧虑，像是嫉妒呢？

他仍然坚持骑车送她回家。那个温柔善良的女孩儿总是善意地对他说，我不要紧，可以自己回家。你送她吧。

一个黄昏，他骑车到一个巷子，却忽然刹了车。

她不明所以，以为自行车出了故障，准备下车查看。

他却抓住了她的手。他说，我有意将车骑到这样无人的环境，你都没发现吗？

她怔住，摇头。

他说，你知道吗？我不喜欢她。我才发现，我喜欢你啊。

她再次惊怔。脑海里却浮现出那个女孩儿温柔的微笑。

她说，那她……

他笑，我喜欢的是你啊，我从来没有喜欢过她啊。

背对着他，看不到他的表情。她却听到他剧烈的心跳，感受到了他刻意掩饰的紧张兴奋。

她的心也“怦怦”地跳动起来。

她想接受啊，可是，不可以……

她不确定自己是不是喜欢他，认识了将近5年，她会不会只是把他当哥哥？而那个温柔善良的女孩儿，她不能失去他吧？

她的声音轻如耳语，不可以……

他的血液仿佛一瞬间停止了流动。

他的声音却仍然那么淡然，哦，我知道了。哈，送你回去吧。

他踩动踏板，将自行车往她家骑去。

夕阳映照着云朵，淡淡地洒在少年和少女的背影上。

高考结束。她报考了南部的大学，他却留在了北部，一朝咫尺，就此天涯，再也没有亲昵的话语。他们终于，就此分离。

又许多年过去。

她总是会想起远方的他，他现在好吗？

其实，以前他载她回家，她一直知道，他是有意多骑了一截路的。每天如此，绕了长长的一截路，然后再把她送回家。她却知而不言。真的，搂着他的腰，贴着他的后背，头顶上有洁白镀金的云朵淡淡轻轻地飘摇，澄净简单。这样，真的已经很美好。

那天，她一直知道他有意绕路到一个无人的环境，也隐隐猜到他将说些什么。

但是，她早已答应母亲报考南部的大学，而他是注定留在北部的。所以，她不可以接受他。她怎能让那么自由的、倨傲的、羞涩的、冷漠的，那么需要照顾的他变成一个只知等待、守望寂寞的人呢？

她要他的岁月一直那么精彩，不曾空白。她知道，没有她，他也可以做到。

天空的云一直那么洁白地幸福地飘摇。他可知道，每当抬头看到这些洁白幸福的云朵，她就会想到他，想到那段如同阳光与云朵般的默契。他们在一起，那段岁月纯净得叫人嫉妒，阳光明亮，晚风轻柔，云朵洁白。真的，这样已经很好。

她心里一直一直，都飘着那么一朵云的。

尽管岁月流逝，那朵云已经越来越远，远到看不见。但是，只要它永远不会黯淡——如他们的青春般，明媚过，精彩过，叹息过，这一切就已经很美好。

不管那朵云飘了多远，它已留下了这些痕迹——真的，已经很美好。

逃

涅 蝶

Chapter.1 夏天被饿醒了。

“离开是因为失望吧。那么找到了希望,也就意味着将会回来,可是你知道吗?所有的希望,到最后,也还会变成失望的。”——祭念

1

曹宁躲在沙发后面,躲这个字里埋藏着浓如花汁的恐惧与感伤。

小乐还没回来。小乐还没回来。

她开了电视,无法理解电视里的奇怪对白。曹宁正在码字,趴在地上,睡裙翻起来乖巧地弄成一簇堆在右脚边。啃过的苹果坑坑洼洼,一下掉在地上,沉闷的响声被空调的声音湮没,连衣襟吹起的声音都比它明亮。

这是个幸福的午后,等待像一根小丑脚下的细钢丝,晃啊晃,晃啊晃,仿佛永远不会断。

小乐还没回来。小乐还没被找到。

晴雨表上的数字让人发冷,装满空调气体的室内冷冰冰,透过窗帘是外面一群被纱窗挡住的虫子和敲敲打打的工地。很热,炎热是一种黏稠而反复的记忆。

那个智商有障碍的孩子又跑出去了,她会沿着哪条路走,看到什么风景她都清楚。可是在这个幸福的午后,曹宁想的只是如何给自己的小说一个结尾。小乐那么不懂事,她小时候被人拐骗过她却从没有觉悟。

一个没有自我保护能力的孩子,是一只爬出了壳的蜗牛,它等待生命慢慢耗尽。而我们只是旁观者。清如白开水。

鱼缸里的鱼吐出气泡,你和我,我们神魂颠倒。

艾久想停止寻找了。曹小乐又闹失踪，又是他来找。

艾久想自己是很忙的，来这里出个差开个会，还要“顺便”在将近40度的城市里寻觅一个他找不到的人。不可否认是因为曹宁，曹宁是她小妹妹啊，他那么疼她。

艾久满眼望去都是白昼，阳光鸡汤一样倒下来压住眼皮，昭示着所有的普通和特别，那些隐埋在同样脸色下的波澜。那一年那户养鸽子的人家依然还在，他们的鸽子在几年前飞成一半一半破碎的弧，直到今日，仍然镶嵌在某个夏日以及某个失踪的女孩儿身上。曹小乐。

曹小乐。曹宁的妹妹。一半的血缘关系，没有爱。最后，是个可怜的弱智儿。

他第一次见她，就在安平街的小广场。曹宁约他见面，甩不掉这个小拖油瓶就带来了。那时候，曹宁背对她穿好看的棉麻衣裤和凉鞋，曹小乐就待在喷水池旁边，嘴里含着五毛一根的棒棒糖，手伸进水里一脸纯真。而曹宁转过来的时候抱着一沓的书，别人的文字，看上去那么美好。

他记得她抬起头叫一声哥哥，然后小乐看着他笑得糖掉进了水池里。谁也不知道她在笑什么，她的思维永远不会有人弄懂。

曹宁说她想出本书，艾久看着她温柔地说，你真是个好女孩儿。

小乐又把手伸进水里，把棒棒糖捞起来，拿在手上想舔。曹宁叫一声过去把小乐的棒棒糖丢到很远的地方去，轻轻地打了她的头，小乐就哭起来了，湿漉漉的手搭在鹅黄色和明黄色相间的连衣裙上，下摆几乎要湿透。那时候的小乐就像一棵向日葵，在明晃晃地简单而发亮。艾久只想曹宁的力气还真大，艾久看着小乐想买一块巧克力给她。

现在还在想。

记忆里从前家门口的树已经褪成黑白，是残忍和平静的回望，就像完全浸在水里的宣纸，拿起来晒得再干也是皱巴巴的，而且变得僵硬，变得冷漠，能够轻而易举地划破耳膜，令怀念的人霎时失聪。

曹宁试图赶走所有无关的记忆回到小说里。曹小乐和她的温顺，她的简单和她的棒棒糖，她的眉眼和她的向日葵裙子。记忆里穿过一个巷子给她看一只金龟子的美好，伴随风油精的怪味注入了她的眼睛。

一个人的二人对白含在口里，吃了一半的苹果立在桌子上，阳光变着角度拉出一条胶卷，绵薄而有力地徘徊与凝望，仿佛是一个京剧演员在台上忘了唱词，底下的大碗茶就泛起了泡沫。

记忆里，神色不宁与安然自若。这一切应该要有一个人念念不忘的。

记忆里曹小乐几乎是崇拜她，记忆里她问小乐是你漂亮还是我漂亮，记忆里小乐抓疼她的手，遭了骂仅仅拽着一根手指头，说姐姐漂亮。

记忆里她被拐骗的那几天没人恭维的孤单，记忆里她怕自己走丢在两个人手里绑上的红色毛线，因为堵着血管，她的上端手指几乎成了暧昧的紫色，整根手指麻木，一整夜一整夜地痛到天亮。

曹小乐，和她的不代表爱情的红线。缠绕，勒紧，疼痛，是累赘，也已经生在了肉里。

曹小乐是后妈的女儿，后妈是一个花2000块在农村买来的女人，现在是这个城市鼎鼎有名的一家企业的老板娘，会去参加舞会会去购物会嫌弃小乐会想再生一个。她难道没有想过吗，曹宁想，她自己也就值2000块。而且依她想，这已经够多了。

我记得所有夏天。曹宁想。

我忘了保存好她的红线，以致它退色。曹宁想。

手机突兀地响了几下，她茫然起身找不到手机，也忘了把手机到底放在哪里。你看，记得住时光不代表记得住时光里的所有碎片。起来四处走动和寻找，被开关线绊到小心跳开，没有摔倒，摔在地上的是自己充着电的手机，还有对从前残忍的隔岸观火。

不想曹小乐，想她总是要让自己不舒坦的。

艾久想自己要走了，会早开完了今天下午他得回到自己的城市里去。

现在走还赶得上到那个城市的最后一班火车。他拦了的士，像所有事业有成的男人一样用优雅的姿势走进车子里去，衣摆甚至没有折痕。副驾驶座的座位很烫。女司机朝他瞟了一眼，他很想转过去优雅地笑，结果没有。

他看到对面的楼房上有株植物在烈日里萎蔫了，他拿出自己的Zippo打火机，摆弄几下又放了回去。曹宁和她的城市，宁静祥和，城市西边的西海，城市某处无辜而天真的曹小乐。曹宁说过小乐被拐骗过，后来又找回来了，和她妈妈一样被买了回来，仅仅500块。这个惹人心疼的孩子仅仅值500块。

而曹宁也说，她觉得，这已经够多了。那时候窗帘飘起来，艾久第二次看到揪着白色纱质窗帘的曹小乐，并且知道这个仿佛把窗帘的纱穿在身上的女孩儿的名字。他看她笑颜粲然，身上的纱质窗帘上有花，花瓣是白色，蕊是黄色。他感到曹宁在拽他的衣服，他转过去敷衍地安抚她，他感觉到的东西他不会说。

曹宁是他的妹妹，很多年了，当他打开邮箱看见她的信她叫哥哥的时候他都会感激。但他知道这种情况是不会发生在曹小乐身上的，小乐是活在围城外的没有思维的女孩子，小乐没念过书因为学校不让，小乐只会写自己的名字。

她不知道艾久的“艾”是哪一个，但艾久希望她相信那个“艾”和爱是一样的。

他希望她同样需要,因为她太缺乏。

艾久很心疼,他心疼一切脆弱的物品尤其是孩子。

艾久叫司机绕城市一圈再开去火车站,他想要小憩一下但要睁大眼睛找他的曹小乐,找曹宁爸爸的500块和血肉。

城市里很多乞丐小孩儿,艾久想利用孩子乞讨真是无耻的,那些乞丐小孩儿们,和小乐一样有着过于繁多的纯洁因子,好像从来没被玷污过,可是脏得一塌糊涂，好像是被反复浸染之后呈现出来的，他们和黑心棉的枕头是不一样的，相反的。

艾久抓紧口袋里的巧克力,巧克力似乎有融化的趋势,并且很快软下来,随着他无心的摆弄成了不伦不类的样子。

小乐,我想给你。

上火车的时候艾久把自己的笔记本电脑提上去,然后坐在卧铺的床上往外吐口水。他感觉太阳已经落下去了,实际上它还在半山腰苟延残喘,天空被烧成橘子色,看上去很舒服。然而艾久的眼睛很疼,似乎有只小蛾子在眼睛里面张开翅膀。

飞蛾飞走他就看见小乐,在火车站的一个柱子后面。她的小腿结实地露出来,身上依旧是向日葵蓬蓬裙,温顺地贴在膝盖下面一点儿。她伸出脑袋,眼神明亮,像是星星,又像是太阳。艾久想了好一会儿,觉得更像是午夜的华灯。她笑,安稳,干净,好像一尘不染的漂流瓶。

然后幻觉中听见隔壁或是更远的地方,玻璃器皿清脆的破碎声音,零零散散钻进每一个细胞。他深呼吸,驱走可怜的幻觉,尽力地对着小乐微笑。他叫小乐的名字。小乐看到他笑起来,跑近火车。

她的双手拽着裙子的下摆,望向他。

艾久把手伸进口袋,却怎么也找不到巧克力。

然后火车开走了。他转过去想看她,发现她似乎没有发现火车开了,似乎她只是在惊异，艾久温暖的笑容被绿色的流动的车厢淹没，在海藻的延绵里任何追寻都是多余。她往前走一小步，然后往开车方向的反方向奔跑，艾久继续宠溺地笑。

那是小乐回家的方向，以及她即将的路。

2

曹宁来找我的时候我并不打算接待她。

她偏一个身进来按我家客厅的电灯，电灯“啪”的一下烧坏了，她右手抓着自己左手的小拇指对我尴尬地笑。

我不喜欢曹宁这个女孩儿。但当她坐到我的沙发上要给我讲故事的时候我已经打开了我的电脑，我知道我会写下来。曹宁和她的故事，以及我主观上黑白的删改，请相信我并不想这么做，然而我必须，否则会伤害到更多人。

包括已经不知身在何处的曹小乐。

我和艾久一样爱着这个女孩儿。并且都相信她在某一个地方一定过得好，非常。

现在曹宁坐在我家的沙发上，手上是退了色的手带，是一种暗红，好像完全凝结的血，我从手指开始颤，细微得让任何人无法感知，而我的感受亦是一种猜测，非常盲目。然而她十分平静，就像一种我看不到的华丽的鸩毒，温柔而安然地逼近。

我的花瓶突然从橱子上掉下来，水洒了一地，伴随着曹宁的声音和几个人的哀伤，慢慢地袭击我的地毯。而花枝，它们俯倒在地上，凌乱并沾有宁谧，像是被砍断了头颅，妥协而温暖地躺在地上。

四周是温暖的。我的手心里沁出同样温暖的汗。

我想安慰曹宁。让我们开出花朵。

让我们接着回到故事里。

曹宁一直相信自己是个很好的女孩子。世界上没有完美，而她是接近完美的。

不漂亮，却有自己应有的模样，会唱歌会跳舞会写东西，有欢乐的种子和美满的感激，以及永远装不满的内心的空城。一个好哥哥，很多关系暧昧的男子，好的家境和好的衬衫，甚至连所有的污点，都有巧克力的花色。

她走在大街上，告诉自己要变得更好。然后微笑爬上嘴角和眉梢，变成无线电波传递到废墟的残壁断垣，接着反弹回来，射落更多的果子，落进嘴里变成满满的甜蜜。

她相信自己会变成不老的形体，相信自己的音容笑貌将会被人怀念，相信这些盲目行走的人们会停下来听她的哼唱，然后不鼓掌只微笑。

这些是在 17 岁以前，那个还需要别人拯救的季节。

这种完满的时候，她看见躲在墙角舔手指的曹小乐。

“小乐——小乐——”

她看到曹小乐那样平淡地看了她一眼，然后恢复沉默只是不断地扯自己的向日葵裙子。曹宁她看见小乐的笑残忍而脆弱，看见她的眼角有大块的泥沙，看见她的手指上有黑色的污水。她的美满终于破碎如泥，曹宁感觉她的呼吸像是临死之前的弥留了，回光返照一般。

她的手指缠绕起来，她看见小乐，躲在墙角，那么安静。

而眼睛里流下来的血滴在地上有声音，变成暗红有声音，四下溅起有声音，凝固成为过去有声音。

然后她便醒了。然后她的意识流终于流淌而不是被拦腰截断。

应该要醒了。小乐回家了，在隔壁的房间里。陪着她一整夜，不曾说话不曾发出梦呓，然而她今天非常想听。曹宁下了床，没有找到拖鞋，于是光着脚，她走到小乐房间的门口，静静地按亮灯，她知道小乐不会醒的。

她进门，看见小乐的身子蜷曲成奇怪的形状，仿佛还待在她那乡下妈妈的子宫里，隐忍，防卫。蜷曲成一个豌豆的形状，紧紧抓着毛巾被，电风扇把她前面的刘海儿吹起来她抖了一下，她那么好，那么令曹宁不敢怠慢。她看见小乐就像死了一般，停顿而且苍白得发黑。

但她呼吸的罅隙里的美丽颤抖得那么厉害，那么像是一场战役的开端。

浴室里。升起水雾，满眼氤氲，黑夜在热水里显得阴湿，暧昧，温暖。水流划过她的胴体，像是烙上了印，将她已死的外皮剥下来摧毁掉。这就意味着重生，即使只是一种莫须有，只是自欺欺人。

曹宁。这个人儿。

她告诉自己这不过是再普通不过的一次失踪，她告诉自己这事一个月发生数次。然而没有一次，是小乐自己回来，这次却是。她害怕自己找不到理由说明自己是接近完美的，她觉得那个要苏醒的睡美人，似乎不再是童话里帮公主提鞋的沉默的背景色了。

她曾在成长的每段路途中因为各种各样的原因怀疑这一点。如果曹小乐有一天变得正常,如果她不再是依伴在她身边的洋娃娃,如果她能够清楚地咬字告诉她的父亲她有思维,如果有一天她苏醒过来。

像是被仔细擦拭过的杯子发出圆润细腻的光。

于是曹宁稍有恐慌,非常想哭。是的,她看上去是张牙舞爪的,有几人能想象这么一个美好的女孩子整天自我怀疑着,自己一个人幻想着四周的墙壁凝起冰刺,然后再用理智融化,在融化的过程中由于失热而冷得颤抖。

有人吗?我听见一片寂静。

3

2004年7月26日。我带着小乐出逃。

以上是曹宁给我看的日记的第一页。

2004年7月26日,曹宁带着自己的小妹妹离开家。她把它称之为逃离,就如同僧人们遁世一样。我听了笑笑,其实僧人遁世本身就是一种逃。

逃是弱者的姿态,逃是弱者的脚印。

曹宁的逃,是一个非常之漫长的过程。

在这个过程之前,她所有的感知在于她是非常好的女孩子。优秀而且美好。她还记得那时候艾久摸着她的头发叫她好女孩儿的样子。然而这个说她是好女孩儿的人已经到了另一个城市,所以他没办法在她极度自疑的时候出来给她安抚。

曹宁的小说一直都没有结局,曹宁一遍一遍地看,看得自己发霉了还拿不出主意。她不敢写。她害怕决定手中人物的命运,她未曾如此害怕过,仿佛是食指已经触到扳机,却被冻僵以致无法扣动。半死不活地卡在那里,企求生亦企求死,两面苍茫。

她撰写了无数个结局,答案是一地的纸末,一瞬间看起来像是冲天的冥纸。

曹宁在去书店的路上,突然有了一个奇怪的念头——假装我是一个好姑娘。

假装。看这个词语是多么的滑稽。

曹小乐被绑在家里,她房间的门被锁上。家里每个人都有钥匙,却没有一个人想打开她的房间的门。小乐是乖而且体贴的，她一心一意在那里数布娃娃，即使知道数再多遍也不会多出一个。曹宁每天和厨房阿姨去给小乐送饭，小乐拉着姐姐的衣袖要和她一起吃。

姐妹俩扒饭，然后曹宁和厨房阿姨一起出去，小乐继续留在屋子里。

夏天过去一半。

她计算好了今天没人在家。

她手心里的钥匙已经有金属味儿，甚至于她要怀疑那些味道是不是沿着血脉要渗透全身。她给自己随便抓了几件衣服，带上《飘》和日记本，把爸爸给的银行卡小心地塞进钱包里，塞到她和艾久的照片的后面。

她把空调开到17度，房间里有些微的冷意。窗帘垂在地上，帘脚沾上了灰尘。房间里有很多艾久和其他人送的小说，崭新的没有翻过，今年暑假的作业全部做完了，是的，这些都有了最好的安排，对于这些没有什么舍不得。

任何顾虑在一个坚定的人面前都是一道朽烂的晨光。

她要走要离开要去学着做一个好姑娘，在这些面前最站得住脚的是她要去见艾久。她觉得恐慌她需要艾久安慰。但是她不敢去，于是她带上曹小乐。

她抓起钥匙，打开小乐的门。小乐的表情毫无防备，她很开心在除了晚饭的其他时间看到自己最喜欢的姐姐。

曹宁蹲下来问："小乐，想不想走？"

曹小乐没有点头或者摇头，只是看着自己的姐姐不说话。

曹宁疯一样地抓起小乐就走，手心里曹小乐的手腕柔软纤细而且冰凉。小乐不知道有没有被抓痛但究竟是没有发声。她低头看着姐姐笨拙地帮她绑鞋带，站着没有动。

她不是慌乱的。她平静地看着姐姐又抓起她的手将她拖着走。

她。她。她。她。她和她。

每一个停顿就像一滴血，一颗露珠，一颗流星，掉下来，掉下来。

让我们找到安慰。让我们找到爱。

Chapter.2 水草划破我的脸。

"如果有一天，你身边的人都已经离开。那么你也可以放心地走掉，因为留在最后等的那个人，只会是最傻的傻瓜。"——曹宁

4

曹宁靠在火车站的柱子上，望着正午的太阳一脸被烧灼过的苍茫。

银行卡的密码被人改过了，她手边可以摸到的是300多块钱和两张吃饭的嘴。书包里精装的《飘》在此刻不代表安慰，她没有思嘉的土地，她无法开垦自己要的东西。

她要钱。

曹宁已经在火车站上来回行走了40多分钟了。在此之前她带着小乐在路边一家还算干净的小店下榻。店主是一个年轻的女子，面目干净声音苍老得像古钟。她要了最便宜的单人房，因为害怕钱被偷而把书包抱在手里悄悄合眼。

而曹小乐背对着曹宁，头上扎的皮筋儿在睡梦中不知去向，似乎是掉进了床板里。所以她现在披散着到肩膀上的长发，抓着姐姐的包带，在人群中拥挤，拨开落在眼前的头发，沉静地仰望她那个不知所措的姐姐。她看见曹宁在哼歌儿，没有唱词。有人经过的时候把肮脏的手放在她的头上，她求助似地望向姐姐，没有得到眼底的光。

曹宁做了一个决定。

她走到售票处，看了一下所有班次的票价。离艾久的城市最近而她能负担得起的火车票是130块。她计划着先到那里去，打工赚够了钱就去找艾久。

她买了一张票，到旁边的店铺里花两块钱买了一个不大新鲜的茶叶蛋，剥了皮给小乐。火车站的东西就是贵，而小乐完全没有价值意识，她捧起茶叶蛋安静地吃，小心地把沾在蛋上没弄干净的蛋壳弄开。

这个动作太用力了，蛋整个从塑料袋上滚下来，在地上弹了一下然后布满灰尘。

曹宁抬起眉眼看曹小乐，她焦急地看着手和蛋，松开曹宁的手走过去，把蛋捡起来，抹掉灰尘，想往嘴里塞。

曹宁一手打在她的手上，手被迫疼得松开，茶叶蛋又掉下来，在地上摔坏了，不新鲜的蛋黄里的汁水在地上拖成一个不整齐的圆点儿。小乐的手发红了，她用另一只手擦着自己被打红的部位，眼睛里升起酸涩，却始终没有掉下来。

然后她看见曹宁又拿了一个茶叶蛋给她，她怯生生地接下来，安静地开始吃。她饿了。

买的是硬座票，曹宁坐下，厚脸皮地请邻座的男子移个位置，把曹小乐给塞在了里面。邻座的男子拿起了三五牌的烈烟，看了一眼小乐没有点起来。

曹宁很渴，嘴唇干裂得发疼。刚才的茶叶蛋花完了她计划要买水的钱，于是她安慰自己，到了站下车找个旅馆讨杯水喝就行了。

她这才发现自己的准备不够完善。首先她没有给小乐带衣服，钱也不够用，更重要的是她发现自己没有带内衣。她身上穿的内衣贴在身上已经湿透，不知道何年何月才能换下来，也不知道换下来的时候是不是已经把污垢深深印在自己光滑的背上。

她伸手帮小乐理了理头发，手指弯曲像鸡爪，帮小乐扒头发的时候看见邻座的男子使劲憋着笑。男子当时正在喝水，笑得一口水喷在车厢的窗户上，顺着玻璃流下来，窗外的景色瞬间模糊起来。

曹宁发现她自己在为一口水心疼。

前座的一个女孩儿好心地拿皮筋儿给她，示意她帮小乐把辫子扎好。曹宁也不知道自己怎么想的，转过去向那女孩儿又讨了一根，女孩儿愣了一下还是把皮筋儿给了她。她小心翼翼地把小乐的头发分成两股绑起来，因为不好绑，常常是拽得很厉害。

小乐在龇牙咧嘴，又不好喊出来，就看着她，楚楚可怜。曹宁假装没看到。

然后她整理了一下自己的头发，皮筋儿快要断了。正在想把皮筋儿绑上去，前座的女孩儿又把一根皮筋儿递给她，她没道谢，慌忙地扎起来。

女孩儿很有礼貌地叫了男子，跟他换了位置坐在了曹宁的旁边。她非常瘦，也尽力靠里坐，给小乐留下足够的位置。她解开小乐的辫子，拿出梳子给她重新梳。小乐用眼角看看她姐姐，看见她无力地倒在座位上。

“我叫绯唇。”

“哦。”

“你妹妹？”

“嗯。”

对话到这里停止，绯唇也看出曹宁根本无心与她对话。只得递上水杯，她知道她渴了，也知道她没带够钱。曹宁这回谢了，客气地抿了点儿水，递给小乐，小乐在她的指示下喝了一大口，满足地咳嗽了一声。

绯唇是和同学一起出来旅游的，目的地是一个尚未开发出来的小镇。她绘声绘色地给曹宁讲那里的景色，曹宁“哦”、“哦”、“哦”地应声。绯唇也终于看出她的不耐烦,并且在小乐跑下位置的时候帮曹宁把她拽了回来。

绯唇叹一口气,然后跟曹宁一块儿静坐,而小乐不停地动来动去,试图到车厢里走走,一次次被抓回来。

然后曹宁终于不耐烦地想打她,绯唇立马抱住小乐。

她拿水果出来,曹宁终于忍不住了。绯唇的每个姿势每个动作都像是施舍,并且对于她和小乐接过嗟来之食感到非常兴奋, 她的耳朵上的耳钉亮得刺眼,她试图提起的话题音色让人讨厌。

“你去哪里?”曹宁问,同时挑起了眉毛。

绯唇在这时却摇摇头:“我不知道。我是跟他们出来的。”

“你不知道?那你出来干吗?你爸妈会同意吗?!”

绯唇咬了咬她粉红色的嘴唇,脸上的神色开始尴尬,她望向曹宁:“他们不知道。我是背着他们出来的。”

曹宁把下巴枕在抱起的膝盖上,轻轻笑出了声。因为她想起了自己,也是逃出来的,在陌生的路上笑话一个陌生的好心人。

“我爸早死了,我妈她管不住我。”绯唇又补充,曹宁的笑让她不安。

然而曹宁也只是笑,并没有说什么。

绯唇以为曹宁在讥讽她,低下头,手摸着耳垂,急忙开口解释:“我,我也是想出来看看而已。”然后在10分钟之内她就一直在摸自己的耳垂,小乐在她怀里把眼睛从肩胛骨上方露出来,带有防备的侦察意思地向后看。

绯唇在一个叫默家镇的地方下了车,曹宁看见一个男子在车站的拐弯柱后面与绯唇接吻,绯唇红得妖艳的嘴唇毫无防备地被人肆意着,一双眼睛透过空气望向曹宁和小乐。曹宁喝着绯唇留下的水,在喝水的时候把眼睛露出来,带有笑意。然后把绯唇留下的水果拿起来削皮,割破了手指。

血是红色的,就像绯唇和她的嘴。

茶花烟,与君初相识,犹如故人归。

5

我走下楼梯,曹宁立在防盗门旁边,用一种几近决绝的眼光看着我。

现在是大中午,外面的阳光像是滤干了一切的水分,呈现出暴虐的姿态来,映出一片的金黄，钻入每一个罅隙里映衬出太阳的光圈。一切看上去就是干巴巴的，曹宁在中间苍老得像是已过半百，她突然想了一下，然后转过头来。

“我后来又有碰见安闲。”

“是吗？”

“在火车站，他终日在那里等安晚。”

“我猜到了，他无法困住安晚，正如他无法看到爱的全貌。”

“祭念，那些注定的东西，可能都会在人猝不及防的时候爆发出来。一定会。”

她说完这句话，然后打开门走了出去。她最后叫我的那声“祭念”温柔得可以挤出水来，我往回走，上楼梯开门，脚下似乎踩着隐蔽得极好的莲花，平稳并且凝重。回到家里我打了一个电话给临忘。

临忘来接我，我坐在他车的后座上拉好衣服，让他载我去火车站，我要去涟水镇。

临忘问我跟家里人讲过没有，我说我老家就在那儿。他皱了一下眉头，便把机车发动起来，我拽紧他衣服的下摆，衣服上的褶痕和风一起一道一道向后刮来。我始终坚持着不肯抱他的腰，他也不问我，他知道我有那么多的历史和他无关。

只是到火车站的时候他坚持要和我一起上车，他买了票和水，走到我身边。

他握着我的手，我想起他跟我说他叫临忘，濒临的临，遗忘的忘。

他说希望每个和他在一起的人都学会忘，把所有的回想碾碎在浮游生物的体内，拖到深海里。在该回忆的时候，能平静地回忆，这才是最好的状态。

他知不知道呢。其实，忘，都是久远的。

临忘的手非常大，很粗糙，指甲修剪得很整齐，我被他从后面推上火车，在人群里我闻到恶心的汗臭味，甚至还夹杂着尿臊味，我既而往后退一步，又被他推上前。我忘了跟他说我憎恨人的体味，尤其是男人。

找到位置之后他放开我的手去茶水室给我洗水果吃，我盯着右手发愣，上面布满了男子的味道。临忘有洁癖，这一点令我感觉良好。

当初曹宁去的那个小镇就叫涟水镇。我想走一遍他们走过的路。曹宁，小乐，安晚，安闲，还有环只。我想找到他们，找到失去了的财富和弥留的时光。

涟水镇，我要来了。

6

曹宁在路上。曹宁也就在路上忘记了绯唇。

绯唇红得像血一样的面孔和心,亦或只是血像绯唇而已。她的善良和她的软弱,她怕被人误会,她想满足自己想好的心。这些渐渐隐埋在火车咔咔咔的行走的声音里,于是就像所有的记忆一样,在不停地行走的过程中一步步被人肢解和忘却。

这么这么安静,那么那么尖锐。

曹小乐睡着了,身体曲起来,靠在座位的扶手上,手垫在自己的屁股底下,湿漉漉的,因为热。天渐渐暗下来,从窗口里进来的风带着沿路麦田的气息,迎面而来的人们手臂上开出液体的花,车厢里装满的食物的香气,曹宁拿着绯唇的面包,竟然一点儿也不饿了。

她叫醒小乐,给她面包。小乐摇摇头又昏睡过去。大概是不习惯坐火车。

曹宁咬了一口,觉得牙龈在痛。

涟水镇似乎是快要到了,而天压下来。坐了将近一天的车,腰早已经是痛得要命了,座位非常热。而意识也渐渐模糊。

她把包拿下来放在腿上,把脸埋下去合眼,没有忘记告诉新的邻座叫自己起床。

曹宁走下车,这一站仍然是有很多人上来。

然后她便看到了安闲,他在她视线边缘,新戴上的眼镜边框挡住了他的大半张脸,换了一下视点,他就在眼睛里面,棉麻料的衬衫和洗得发白的牛仔裤,脸上的表情是容忍的,亦掺有愤怒。

他用左手抓着女孩儿,而女孩儿不断拉扯。

曹宁下火车的时候天已经全黑了,曹小乐睡眼惺忪地跟在后面,握着曹宁的一根手指头。曹宁注意到他仅仅是因为整个火车站的人都注意到他了,他拉着女孩儿的手,看上去很使劲,而事实上后来证明了并没有多疼。

女孩儿在尖叫,她身后的一个男孩子显得非常脏乱,也没有出手帮忙。于是女孩儿被整个从火车里拉下来,脚一触地就被拖离了车站。

曹宁有点儿忙乱,天黑,涟水镇没有熟人,想找旅店也不知道在哪里,只能出了火车站的门,看见刚才那一对男女在门口没有走。他看向曹宁后面,曹宁有些奇怪地回头，然后他走上前来。

“你要住店吗？”这是安闲对曹宁说的第一句话。

曹宁坐在出租车的后座上，安闲在前面的副驾驶座，而刚才的女孩儿就坐在自己身边。刚才安闲介绍了自己的名字还有她。她是安晚，他妹妹，总之不断离家，总想跟某一个男孩儿走，但每一次都会被他找到拉下各种交通工具，从未离开过他和他的城市。

私奔爱好者啊。曹宁心里想，也在心里笑。

安闲告诉曹宁，他是一家旅店的伙计。他的旅店是一座公寓式的房子，有很多有趣的人和他们有趣的经历。生活亦可以自主，老板不会干涉，有足够的自由，而且是老房子，环境很好，正门面对一大片苜蓿地。

“我看了你很久。你和我的旅店的客人有一样的气质和感觉。”他说。

在他解释公寓的时候，曹宁一直安静地听，看面前的男孩儿眉飞色舞地讲他的旅店。她注意到他一直用“我的”这一个物主代词，仿佛他不是伙计而是那间公寓的所有人一般。他讲起他的旅店有很强的自豪感。曹小乐仍然迷糊着，和曹宁一起听着，样子非常专注。

在他提到苜蓿的时候，她忍不住开口了：“苜蓿是什么？”

“三叶草啊！你不知道啊？”他笑起来，眼睛眯起来但不成一条缝。他的眼睛相当漂亮。

她是喜欢三叶草。然而败兴的是她居然不知道三叶草就是苜蓿，她并不知道自己在爱什么。这亦等同于一种盲目。就像以前和经过的许多事一样，她只知道自己在找，在寻觅，在等候，在杀戮，却不知道自己这样做到底为了什么，亦不知道那些找、寻觅、等候、杀戮真正的意义。

但是人需要这种盲目。

安晚像换了一个人，不是刚才在火车站意图私奔，却失败而尖叫的人了。她安静而天真，站在哥哥的身边，两个人的手臂靠在一起，她微笑着，和他们一样意趣盎然地听。在上车的时候拉起曹宁的另一只手，把脸贴在她的上臂，像是小动物一样，挽着曹宁的手非常细腻美好，触感和香气让人欢喜，还有她的鼻息。

“我喜欢你。”安晚在这天晚上临睡前这么跟她说，一双眼睛异常明亮。

Chapter.3 天空含着一抹烟云。

“我是真的很想知道，是不是从我手里滴下去的水珠，就只可能变成云，高

高在上。而我身边的东西，都是水里的倒影。”——祭念

7

烟水巷很热闹，我站在天桥底下，看着两旁没有扶手的简陋的天桥，等临忘他给我买牛肉丸。涟水镇的冬天非常冷，我已经找不到当初曹宁来的时候的炎夏，找不到那种站着不动一分钟就自己找上身的蚊子包，找不到那种内衣粘在身上的浑身潮湿的感觉。

我接过临忘递过来的牛肉丸，这种习惯已经维持了一个多礼拜。他买牛肉丸给我焐手，只是因为我们刚来烟水巷的那天，他要牵我的手走过烟水巷，发现我的手很冷。

我小心地抿了一口汤，不敢喝太多。临忘说这些小吃味道都没变，可制作起来比过去不卫生太多了。他就这样禁止我喝牛肉丸的汤，然后让我焐着，一路穿过烟水巷，走到我们的旅馆前面，花一些时间发呆，然后两两相对，各忙各的。

我还记得他那天带我下火车的时候，抓起我的手往前大步走的样子。我在后面沉默地跟，也不跟他说是不是太快了，就一路跟。穿过火车站的大厅，我没有来得及看到曹宁眼中的漂亮男孩子安闲，也不知道他坐在哪张凳子上——亦或是躺，等一个人和他共享那一张凳子，特别有耐心地数绵羊。

烟水巷最深处，是一个旅馆，没有招牌也不知道叫什么名字。临忘走进去，开了一间双人房，放下背包。

“祭念，老实说你要待多久？”

“等我找到一些东西就回去。”

“你丢了什么？我带你去找，然后我们回去好不好？”

“你带我去找？”

“是啊，我在这里长大的。14年。”

“……是吗？”

他牵我的手，皱一下眉头：“你手怎么这么冷？”

“你们这里有没有一家店的老板叫环只？”

他想一下，说：“没有。我不记得有这样的地方。”

“哦，”我说，走到厕所里梳头，头发乱得很，一次性的梳子一下断了，我回过头看他，他坐在靠窗的地方，整理行李，“也许是最近几年开的吧，那时候

你还不在。”

他没吭声，等我出来，拿着自己的衣服又进卫生间洗澡去了。

临忘是不爱说话的，他不爱说话是因为他不太会表达。

然而今天他要说的话其实也很简单，我握着遥控器一台一台换，看不到5分钟就换。他在我后面，坐在凳子上看一本新买的杂志，表情像变态的解剖医生。他就像是在跟我说杂志里的内容一样头也不抬，硬生生地来了一句：“我们回去吧。”

我关了电视。转过来，腿盘起来坐在床上看他。他依旧头也没抬地看书，就好像他刚才是在问我“男式香水很贵吗”一样。

“现在我们在上学，如果你只是想来走走，一礼拜已经够了，祭念。”

我提高了声音，把抱在怀里的枕头摔下床：“我说了我来找东西的。”

临忘拿起床头上凉得差不多的牛肉丸汤喝一口，然后放下杂志，对着我一字一字清晰地说：“祭念，有些东西找不到是因为它不想被我们找到。”

我笑一下，他讲话第一次这么有哲理。

却是无论如何我都听不进去。

2004年11月7日。临忘叫来我的爸爸妈妈，把我押回了家里。

又或者，我的日记上也应该来这么一句。

8

好看的男孩子安闲的女朋友是那家旅店的主人，比安闲大3岁，不算很多，可看上去就是特别老的样子。从前有句话叫做差3岁一个代沟，曹宁是很同意的，特别是在她和安闲兄妹聊天的时候，环只总是站在周围插不上话，偶尔加点儿茶水就像酒店里的服务员。

环只真的是特别老的感觉，也许真的再没有一个二十几岁的女孩儿会看着比自己小3岁的男朋友说“真是可爱的孩子”了。这话怎么听怎么像妈妈对自己的儿子说的话。

生活很像一张旧唱片。

嘎吱嘎吱地响。

业余的时候环只帮小镇里的画廊画点儿画，总是画白色、血红、黑色，或是惨绿，颜色明亮刺眼。

安晚每周三五出去约会。安闲总是在那天晚上故意把晚饭的时间拖得迟迟的，然后恶狠狠地对安晚说“晚上 11 点之前回来，不然不给你开门”，那样子就像一只老狼对他的兔子说你给我早点儿回来我早点儿让你投胎。

曹宁不记得安晚什么时候在 11 点之前回来过。

曹宁工作也在画廊，负责把环只的一些画卖出去，每卖一张就特别开心，因为盯着那些大块大块的鲜艳的图画，总是要不停地搓眼睛。没客人的时候，就在玻璃台上放饼干碎末，然后等蚂蚁爬上来，就用手把它们压住，再擦几下，看着蚂蚁动啊动怎么也死不了，这样的蚂蚁上了公交车你都得给它让座——残疾到了是人的话曹宁死十遍都不够的地步。

工作很无聊，薪水也不多，但只要一个月的工资就可以支付去艾久那儿的火车票钱了。

曹宁买了一瓶花露水对抗蚊子，夏天的晚上，风穿过窗帘带着蚊子一起偷渡进来，它们一晚上在耳朵旁边庆祝登陆成功，身上的蚊子块怎么也消不完，甚至到了没被咬都会觉得痒的地步。小乐常常拿肮脏的手去抓，抓得身上一条一条。曹宁想起以前妈妈说用口水涂会好得很快，手触到嘴唇，却没有下一步动作了。

这些微薄而有力的兴奋一点点支撑起来的时候，曹小乐就在旅店的房间里，看电视，喝开水，陪安晚干坐着听她炫耀又交到的男朋友哪里特别好，或是抱怨约会居然 AA 制一类的。说了是白说，这谁都知道，安晚却很愿意这么做。

曹宁会偶尔想起安晚所说的“我喜欢你”，每次想都起一身的鸡皮疙瘩，然后又总觉得那句话不是说给她听的，说给谁听的曹宁自然不知道。

琐碎很平常，拼凑在一起也许会成就一个漩涡，进去就出不来。

又或者是根本进不去。

曹宁回家的时候，在门口看见安晚和一个男孩子在一起。安晚凑过脸去，然后两人亲热一会儿就散开了。安晚看见曹宁大声地打了个招呼，告别她的男孩子，揽过曹宁的手笑嘻嘻地进了旅店。

旅店里很安静，客人们都有自己的事儿忙，这很平常。但是安闲和环只，他们也不在。安晚也不叫一下，拎着自己的手提包上楼梯，然后叫一声跑下来。

曹宁问她看到了什么她也不说，就是一直捂着嘴笑。然后安闲和环只走下来，安闲说：“我去煮饭了。”然后就走到厨房里去，把围裙围起来像个妇女一样。环只又倒水，还是她喜欢而其他人都不喜欢的野草加凉茶，她说这清凉去火，说的时候像极了曹宁以前的老妈。她说曹宁你干了几天了？

曹宁如实地回答，然后怂恿着安晚上楼。

安晚点点头先上去了。没等曹宁想上去，环只就拦下她，很平淡地说刚才她和安闲在接吻来着，脸连红一下都没有。

曹宁想想也没什么，安闲走过来喝了一口曹宁杯子里的茶。

这一样也没什么。

曹小乐从楼上跑下来，往姐姐怀里钻。

然后听到安晚在楼上踩着高跟鞋走来走去的声音，走下楼梯和安闲说她今天晚上有个约会。安闲听了就把手里的菜往桌上使劲一扣，菜汁倒下来，曹宁的白T恤被弄得绿绿的。今天是星期二。

安闲还是没说什么，他又重复了一遍连小乐都会背的话："晚上11点之前回来，不然不给你开门。"安晚倒是没像以前一样说句"知道了"，急匆匆地走出门外，一会儿坐上一辆小车就不见了。

曹宁盯着自己的T恤，想开口怪罪又闭了回去，夹了一点儿菜给小乐，起了身就往楼上走。

红色的云是祥兆还是不祥之兆天知道。

反正烧起来所有的东西都像淌着血水一样，你闭上眼可以看见所有屠杀的经过，睁开眼睛，剩下的一地散乱的记忆整理不起来。

搁在那儿，人从上面走过去，它闷闷地响。

Chapter.4 草莓血淹了它的筋脉。

"希望总是对的。但希望，不一定会变成真的啊。"——曹宁

9

这一个晚上曹宁她们没有吃安眠药，却睡得格外安稳。

半夜没有敲门声，没有一个好看的男孩儿在漆黑的夜里若鬼魂一般下楼的声音，没有。安闲没有起来，没有四处摸眼镜，没有穿着拖鞋一边下楼梯一边说"来了"。曹宁在半夜起来上厕所的时候蹲在马桶上听小乐的呼吸声，一下一下很安稳。

走到楼下看到安闲不知道什么时候已经躺在凉椅里睡着了，长长的睫毛，双手交叉，腿平放，呼吸均匀而柔和。漂亮的男孩子。她叫醒他，他眼睛张开眼角有眼屎，冲她笑笑，然后起身说回去睡觉了回去睡觉了。

“她没回来？”曹宁在他背后说，他正在整理皱巴巴的衣服和裤子，听了冲她笑一下。

“是啊，”他说，“没事，晚上没有火车开，明天去火车站抓她吧。她又想走了。”

“你为什么不说私奔呢？”

他又笑一下，嘴角有皱纹，月光打进来曹宁看见他的左脸上有一条缝补的痕迹，细细的，软软的，伴随着他表情的变化轻轻地颤。

“她懂什么呀。她就是想走。私奔是什么？私奔是和自己爱的人一起离开，为逃避某种禁锢人的教条，在现实或是家庭中以不妥协的方式妥协。她哪有什么爱啊，不过是想离开我逃走罢了。”安闲说。

曹宁不说话。安晚是一个会爱的女人，曹宁从未见过任何一个人像安晚那么容易爱，她对爱的轻信以及奋不顾身是一长串的午夜喧嚣，愈演愈烈，彻底得可以。

而安闲，只是一个背面的角色，只为压制她的汹涌。

生命里有很多定数，在未曾预料的时候就已摆好的局。

那么沉稳地等在渡口，等在河心，等在每一条河的第三条岸，等在虚无，等在手心的模糊里映出裙摆的颜色。

他伸个懒腰，干脆到厨房去了。几分钟之后煮了西红柿蛋汤，端出来放在餐桌上，招呼曹宁过来吃。西红柿皮和蛋花浮在上边，汤很淡。喝到胃里变成暖暖的大块散开的心事，各自的，埋在各自的抬头低头间。

午夜喝汤，是一种罪过加一种幸福。

而午夜离家，亦说不清是什么，或烦琐或简单，不过是由于发生在午夜罢了。

天上地上，那么黑。

从画廊走出来的时候，曹宁的脸是紫色的。

到了车站，看见那个蹲在地上眼神锐利的男孩儿，胃更是痛了起来。

他转过来，依旧是笑，笑得跟昨天晚上一样自信。

“没找到？”

"嗯,没事,你先走。我一会儿就带她回去。"

曹宁走出车站,看看天。被辞退了。没有钱拿。……

然后她又走回车站,对着安闲生涩地笑。他也不问她干什么,就让她坐在凳子上,他自己起了身站着,眼神像是一根针一样在中间穿来穿去。曹宁心里在较量着,看着他不知道下一步该做什么。安闲依然在人群中搜索,搜索一个从网里跑出去的猎物。

"你回去吧,别找了。"曹宁挪了挪位置,"她已经走了。——我是说,她来过电话。"

然后她看见那个男孩儿,确切说已经变成一个男人了,凶狠的。他看着她的眼睛,静静地不说一句话。然后"哦"一声,抓过曹宁的手走出车站,曹宁手背上感觉到偏冷的温度。她不知道该不该庆幸,他没有吼出来。

回到旅店,在他猛灌白开水的时候,曹宁终于明白过来,是不应该庆幸的。

你看海底的火山,海面那么平静。

然而有些东西改变了,有些东西过去了。就在人的眼前,隐隐约约。

10

星期六的课上,在发试卷做,翻试卷集的声音在铸造一层压抑。

我撕着考卷集中间的一张,内心亦惶恐而不可言,我看见曹宁的卷子撕下来之后整本崩溃散落,仿佛柏林墙的塌陷。我在做题中逐渐麻木,看错了一个单词然后发现眼睛在痛。于是起身交上,往门口方向走去。

老师低头在改我的考卷,我站在门口不知道方向在哪里。我的手臂靠在门框上,我就像嵌在画里的19世纪的女子,静谧之中带着古老的神色。

回望,便看见曹宁对着一地的考卷和空荡荡的手发呆。

一朵云掉在身上。正在下雨。

不知道为什么,下了雨还在上体育课。从教室里走下来,楼梯上都是雨伞滴下的水,一路斑驳。有男生校服湿透,头发上的雨水掉下来,连睫毛上都挂着水珠,眨眼睛的时候掉下来。走廊的左边,一排一排的人在说话,雨从外面稍微打进来,所有语言都湿漉漉的。

我不记得我什么时候记得带雨伞过。若曹宁不打个电话到我家提醒我,我是根本不会带的。她每次都在我面前撑开伞,就像撑开庇护我的屏障,回头对我笑得特含蓄，我进去，抱住她的右手臂，尽量让自己不弄湿。

她撑她的伞，我躲在她的庇护里，我们都活得好好的。

她从来不问我 10 月份的时候我到了哪里做了什么，她似乎是明白我只是去捡回她的脚印的。我仍旧在心里默默地讨厌她，但是仍然在雨伞底下紧靠。

临忘到教室里说还要上体育课，我们就诅咒着下楼来。他和其他男孩儿很早就下去了。

其实体育课是不必要上的，真的。老师也就让我们自由活动去了。我看着一个可爱的小女生在那儿欢快地呼吸新鲜空气，脸上的表情很天真，她们拿出平时不敢拿的漫画书，彼此还在讨论着，树丫上的水掉下来的时候她们回头问我要不要看，我说不要，然后拉着曹宁到操场上去。

操场上都是积水。对面的人在清旷的地方喊“你好吗？我很好”一类的台词，做作地仰起脸，表情很鲜艳。我的手里只有曹宁的手指头。看到的彼此的人样，就已经不用问什么“好不好”之类的愚蠢话题。

我就站在你眼前，你说我好不好。

活着就是好的。

曹宁牵着我，我手里是她的手指头，一根根饱满圆润地待在我的手心里，像筷子一样自然而妥帖。她带我到操场边缘，是用水泥做的小道，一只脚横着勉强可以站稳。

我闭着眼睛站上去往前走，曹宁在一边扶着我，告诉我什么地方有障碍。

“祭念，你在涟水镇住在哪里？”

“烟水巷。曹宁，环只的旅店在哪里，还有，为什么我一直没有看到安闲。”

“我怎么知道，大概是他们都不想被你看到吧。”

“曹宁，小乐到底是怎么失踪的，她失踪在哪里？”

“我不知道，我是弄丢她的人，而不是找到她的人，她在哪里我又怎么会知道。她就是在我买票的时候失踪的。我一回头找不到她，就自己上车走了。”

我睁开眼：“你为什么不去找她。”

“我又怎么找得到。”她松开手，绕过一个大水坑又过来。她看上去没有一点点的心疼，我想不通为什么小乐走丢了，她就直接上路而不去找她。

只是一个上路的人，弄丢了她的一件行囊。

又或者，正如曹宁小说里写过的一句话。

——我如此沉顿地自知。

——自知有些东西反复,有些人留恋,定是不再回来。

她拿这句话给我看,然后走回去。我就站在操场的边缘上,像是站在一个世界的边缘,幻想着若罪恶从上到下掉下来,若世界除了边缘都是反复,都是反复又反复过的狡诈。而我在边缘,如同站在一个边缘的佛陀,是一种遁世的状态。

我觉得,这地方,还是不能待。至于为什么,我不知道。

从明天起,要做一个快乐的人。

但学会过快乐的生活对普通人,也算不得什么。

曹宁向环只借够了钱,要走了。这地方再不能待。

有一个像犯人一样逃跑的女子,她好像逃逸在空气里的鱼,守护者从天堂鸟瞰却找不到;有一个沉默静止的男人,仿佛活在时间停顿的瞬间里,然后被巨浪带走从此剩下了无生趣的生命机体;有一个像服务生一般只提供凉茶的老板娘,苍老,平和,一切波澜不惊,却又像一切活在她的胃里,受她心脏的驱使。

这地方不能待。

她把本子垫在自己的脚上,趴下去,又直起来。

下雨了。她写。然后合上日记本,绝口不提,有一样暖若春天的东西,和早已经过去的春天,一同砸在商店门口的雨棚上,然后像尸体一样滚下来,消失在整块玻璃的朦胧之后。不见了。消失了。

如此安静,这样轰轰烈烈。

Chapter.5 碎在枕头底下的野花。

“总会有人安然无事。没有耳洞,也没有刺青。就好像,他们最拿手的,就是遗忘。其实在心里最深的地方,终归会有点儿什么吧。而这些东西,是不足为外人道,外人也无法看透的。若真的活得没有过去,那就好了。”——祭念

11

总会有可以解释的错觉。

当山丘已经起伏延绵得让人厌倦,远去的时光就像云雾在山后面的地平线上哀悼并且自我遗忘。那些走过的年年岁岁,那些轮廓中刚硬或是柔软的部分,终于平和而且减速,止于最需要它的地方。

那些壮阔和波澜,正如水里无意兴起的涟漪一样的层层颓败。没有人刻意

想，也没有人刻意隐藏，于是就在一瞬间当初藏匿在后面的意义全部不见了。我们眼见只剩下一幅一幅浸了水的画，浸染开来之后，我们全都在水中央。

原来 Siren 并没有歌唱，Medusa 也没有凝视。我们都安好地活着。

所有的惊心动魄，都只为了最后一个温柔而含蓄的结局。

有多少磅礴，定有多少安逸。

那个带我回家的男孩儿在我面前。他看我我不看他。

我知道他嘴角都起血泡了，我知道他衬衫口没折好，我知道他肯定穿了球鞋来不及穿袜子。我低头看我的右脚袜子上的洞，像个神秘的入口，没有洗干净的指甲油以及破了皮的脚指头，这些琐碎，比他的脸好看多了。

“祭念，一起去。”

他说，拉着我，左手插进口袋里找他买好的票。

我想我躲不掉，在他跟我说“祭念祭念，我不会再跟他们讲”的时候，我就已经知道他总要跟我去的。

我没说话上了火车。我开始想念我的曹宁，她在哪里，她的卷子做完了没有，她还是不是自知，她还想不想曹小乐。她终于得到内心的平静了吗？还是她除了丢失，并没有什么得到。

我挖空心思地猜测着，我觉得我身边过去了一个男人，我听见他说“绯唇”，我转过去，除了玻璃窗什么都没有看见。透过玻璃窗，是不是可以看到另一个出走的好姑娘，她是不是还有鲜嫩的嘴唇，说起话来还会摸自己的耳垂，亦或是她已经买了耳坠，在地铁站里来来往往，吹风，并透过玻璃窗，看自己的脸。

默家镇的站牌，还有广播里默家镇三个字。

有一只飞鸟飞过去了。

从此，任何故事与它无关。它置身事外，它旁观者清。

12

有些东西和十指一样连心。

曹宁在火车站的大厅快步行走，很多人穿过身边，体味刺入鼻内让人讨厌。她走下楼梯，感觉手心和脚底一定有什么在滋长，把手拿起来看，发现一根头发，尾端是沉默的栗色，不知道是什么时候，哪个人遗留下来的。

她一甩手，头发遗留在整个城市的午后。

那些不属于自己的东西，请上帝一并带走。

艾久为她买了机票，所有的话在上机之后随着口香糖被嚼烂。艾久最后摸曹宁的头，也只是说了一句“安”，曹宁一个人非常安静地想，在鼓膜受震开始的那几秒里，有几个人，听见她心里浮躁的回音。

而心里终究只剩下飞机的声音，一下一下那么用力，就好像小说最后的Theend的字样之前，所有人心中最后的残念。发展到以后，一切就都是定局，而且都残破不堪，像是闪着光的一地的玻璃碎末。

飞机降落的时候，曹宁没有捂耳朵。耳朵受到的强烈刺激，让右边的大脑异常清醒。其实所有的质疑也都仅仅是质疑，其实所有的回望不过是因为眼前没有相似的景。

13

他的离开不是偶然。

谁的离开也不是。

所有的离开都仅仅是因为失望，总有些失望一旦扭转，就带来的回归。如此这般解释，更让人有理由相信。那些曾经活在身边的如今不在的生命体，总有一天像轮回一般回到起始点，还可以拥抱，还可以微笑。

这就好像是一个定理，不可推翻，也无从论证。

很多年以后，每当我想起这些，就会备感温暖。这是最后的慰藉，任何人都不能抽去。如果像抽丝一般抽走，就只能看见丑陋的真切的痛。

要被纪念的只有这么多，却能带来巨大的安慰。

旅店里，临忘和他的所有消失。

或许是他真的无法忍受这样的日子。游手好闲，无所事事，终日奔波在大街小巷，找一些消失的和我们毫无关系的人。

临忘是乖的，他本来就不应该跟来。

我只是想找到一些消失的东西，这只是一个信念。信念是不足以支撑起这个生活的，没有人可以用一个信念作为自己生存下去的理由，总有更多的事实在你猝不及防的时候击倒你，最终，信念总是不堪一击的那一方。

原来这些都是真的。

失去的东西，真的永远都找不回。我看着临忘放在床头上的信用卡，眼泪掉下来。

几天后，接到一封信。

寄信的人，是和所有逃离毫无干系的、活得最正常的人——艾久。

他在信上这样说："你好，祭念。我知道你是曹宁的朋友。曹宁希望你来见我，她说，我会是你旅途的终结。这封信里，附着曹宁给你的话。我希望你下个礼拜四来，我们或许可以好好谈一谈。"

抖抖信封，掉下来一张黄色的纸。

曹宁，她知道我的旅途的终结在那儿。那么，为什么，我不知道。

Chapter.6 回到终点和原点。

"不要到处找人撒娇，不要放太多醋在小吃里，不要不听话，不要和临忘闹别扭，不要总是想满足自己，不要一个人走夜路，不要总以为自己可以，要走斑马线，要尽快回来，要来找我。我的手机为你24小时开着，你知道的。"——曹宁

14

我去银行取钱。站在自动取款机的面前，我就像是它的玩偶。

我拿出左手，上面什么也没有。那种字写上去的感觉，异样的痒，已经被水全部洗去了。我想起以前临忘跟我说，不在身边的东西，是因为都进入了自己的大脑里。

我在那里输入他的生日和他的信用卡的密码。

买完票，我蹲坐在花坛的旁边，低着头耐心地看走过的路人的小腿。我想把他们分成像临忘的和不像临忘的。但我最终还是站起身来，弹掉不知道什么时候降落在裤子上的小昆虫。我把手往裤子上抹了一把，手心和身体一并湿润着。

其实，我最终哭出来，并不是因为找不到任何一个人像临忘，而是因为，任何一个人都无法让我再想起他了。我已经把他忘了。

忘记掉的，是他皮肤的颜色和瞳孔的大小，是裤子的皱褶还有鼻子上的汗，是说话的语气和站立的姿势。永远永远，不会被想起来。

"不在自己大脑里的东西，是因为进入了自己的心里。"

那年，你是这么讲的吧，临忘。

在我看见艾久的那一瞬间，我突然觉得，曹宁是对的。一切追逐的开始，就

是因为我视线里面的这个男人。他绝不是我们应该为之放弃任何一样东西的人，他已经告别了他的学生时代，就不会再明白，作为一个女孩儿，我们的逃，其实只是因为四周都是墙壁，只有一个出口可以出去。

艾久和我说，既然是一个小姑娘，就要做小姑娘应该做的事。

寻找这件事要留给已经苍老的人们，怀旧不应该总被我们提起。他说你有理由做任何事，但不要让别人担心，不要给自己一点儿疑虑。

这个男人非常好看，说起话来比安静的时候更好看。他只是在说一件和自己无关的事，谁和谁都不用他来操心。我不知道在他年轻的时候，是不是也曾经像我们一样为着某种说不出来的原因，离开身边的一切，如受了挤压的蚕豆，跳出了自己的生活范围。

没有沿铁路走过一遍的人，是不会知道那种“在路上”的感觉的。

你总会觉得有前方，总觉得山穷水尽是不可能的事。即使是在拐弯的时候，都在期待射进眼睛里的一道光。刺眼的疼痛饱含一种真实感，让人相信是在活。

会冷静地阐述曾经的人，必然已经苍老。我真的很想，在提包离开的时候，对艾久说，喂，你去找小乐吧。

坐在对面喝咖啡的艾久，这辈子都不会知道，我曾经这么想过，带着这么深的向往。

我回到我的城市。

这个城市好像已经不属于我了，我的游戏存档由于长时间的断电荡然无存。城市里奔波的人们谁也不会知道我也在这里生活过。

我在曹宁的眼睛里面，看到了我想找到的所有的东西。

曹小乐、安晚、安闲、环只，还有临忘和艾久。

我们并没有错过什么啊。

我回来了。我和我的城市说。

好姑娘祭念，她回来了。

穿过流动在指尖的梦境

（我们的渴望）

像南瓜，默默成长

张牧笛

夜晚静寂，菜园里却很热闹。洋葱、萝卜和番茄不相信世界上有南瓜这种东西，它们认为那只是空想，南瓜默默不说话，它只是继续成长。——取自《当世界年纪还小的时候》

铁轨·成长

“无数次，我看着那条延伸到远方的铁轨，想着它能带我到多远。永远到底有多远呢？那时是春天，我穿着白棉衬衣和牛仔裤，洗得很白。我是一个时常感觉寂寞的人，我有预感会离开这里，然而有一天我真的离开了……”

不清楚自己为什么会喜欢安妮宝贝这段没有说完的话，并一定要拿来放在这一章节的开始。读安妮宝贝的文字，我时常生出一种物是人非的感伤，还有，浪子般的离愁别绪。在一个无法表达的陌生世界，流动着水一样清澈、隐忍的文字不足为奇，然而，在茕茕孑立的孤独境地，仍能将流光溢彩涂在岁月的脸上，将暖融融的太阳扛在肩膀，菩提树下，让神圣的佛祖与卑微的蒲公英混杂在一起成长，就着实令我感动了。我看到了一个漂泊的灵魂对美好生活的向往，这就是我喜欢安妮宝贝的原因。

我也曾穿着一件洗得发白的衬衫和一条退了色的牛仔裤，梳着极其淑女的麻花辫，寂寞地站在铁轨旁向远方呼唤流浪，每一次都是，天不刮风天不下雨天上有太阳，每一次都看到，四处的灯光亮起，宛如一处处的玻璃天堂。偶尔驶过的列车豪迈地吞吐着烟雾，凝聚成绳，直上九天，我便突然想起聊斋里那个关于杂技的故事，我甚至会想，如果我可以循着这条烟迹行走，说不定也能把王母娘娘的蟠桃偷出来。而听那“咔嚓咔嚓”的火车的声响，就仿佛站在古迹的边缘，穿越时间和空间的积淀，听秦汉盛唐传来的歌舞升平。对我来说，这不是单调乏味的轰鸣，而是诗人的歌咏，作家的寓言，音乐家的倾诉。枕木下的每一粒石子都是诗句，是情节，是音符，是用灵魂可以交互的精彩。

在斑驳冰冷的铁轨旁，我曾送走生命中挚爱的亲人，可我不知道他去了哪里。爱到极致，便潜藏在心底，变成一种美好的幻觉，如同童话，经久地令人怀念。我的衣衫在风中猎猎作响，深情的记忆似一颗沙粒，落进眼里就掉出泪来。泪是最透明的，因为它起源于最清澈的心灵。

我是个怀旧的人，觉得记忆是世间一种无私的温柔，可以抚慰所有的伤痛。我时常守着这个不知名的小站回忆，思绪飞来撞去，像是某种催化剂，加速一个人静思的内涵。当列车呼啸着与我擦肩而过，我把时间之谜埋进土里，祈祷大自然将其风化成厚重的化石。

我曾很想很想去铁轨的另一端，看看山的后面是不是还是山，田野的前方是不是还是田野，而路的尽头，是不是还是路。我相信，即便在闲云野鹤的栖息处，在阡陌归隐的地方，我也一定能够找到我的幸福。但始终，我没有如愿地登上列车，原因是，我的车票作废了，上面打印着醒目的5个字：目的地不详。

离开小站，我茫然无措得像个小孩子，唯一能做的事，就是让幻觉在日记里得到如实反映，让记忆的混乱与时间的真实相互争斗。我拜托风为我丈量远方与我的距离，随即，我以子规啼血的虔诚等着下趟列车的到来，而我的故事也在这种等待中不断地向尾声驶去。我像个成人似的失眠，在辗转反侧之中，悄悄地落泪。我想，总有一天，在这个小站，我会送走我自己，疾驰而去，看历史的微尘在我身后轻轻飞起。

风说，孩子，你已经在车上了。在你看风景时，难道你没发觉吗，你的青春已经带着无比的纯美沿着生命的轨迹走过了很远的一段距离。

我之所以没有发觉，是因为我既背驮着未来，又怀揣着过去，却独独忘了现在。

停电·成长

天色暗沉沉的，暮色从四下里升起。仲夏夜如同一只巨大的水杯，咕嘟嘟冒着泡的雾气，淡而持续地播散。我坐在电脑前，先将QQ隐身，再打开《仙剑》，体验着率先的轰毁或者光与色的庆典。时间犹如致幻的药剂，键盘敲击声、背景音乐声、机箱风扇的转动声热火朝天地混杂在一起。正当逍遥兄被困迷宫凶吉未卜之时，只听得轻微的“啪”的一声，霎时间，迷乱的音乐、缤纷的幻影、闪烁的头像，全都不见了。我暗自叫苦不迭。这可不单单是GAMEOVER，因为，就连苍白的日光灯也消停地闭上了眼睛。

我怀着侥幸的心理在一团闷热中等了3分钟，无所事事，也不知所以。时间仿佛也停摆了，四周陷入一种黑暗的静寂，只有夏夜的虫吟时断时续。突然，楼道里传来“咚咚”的脚步声，如冰雹般急促有力。紧跟着，三五个孩子便冲到了院里，袅袅萦萦，在花下的阴影里扯着亮嗓。鸟儿被惊起，在树冠间飞来飞去。虽然看不真切，我还是能感觉到这鸣叫的动听，这飞翔的美丽。窗外深邃的风景，仿佛是带上编钟余韵的飞鸟和花草，植入我置于黑暗中的心灵，让我看见了黑色隧道中闪烁着的全新的、温柔的光亮。如果没有停电，我一定是沉浸在那个虚拟的世界中乐不思蜀，又怎会呼应这自然的召唤？

而此时，不知从哪个窗口传出小提琴的声音，轻柔中蕴涵怆然，却又隐约得仿佛从遥远的星空而来，时而跌宕，时而舒缓，凝神谛听，我的心弦被触动了，不禁醉在这股缓缓流淌的悲泉中，这绝美幽怨的旋律，像是暗夜中的跋涉者，引领着我，像诗人那样，在大地上画满光明的窗子。如果不是停电，我也可能正在光怪陆离的动漫里忙得不亦乐乎，又怎么会有如此静谧安宁的心境来享受音乐呢？不错，正是黑暗给了我心灵一种别样的风采，使我在经受夜的洗礼后，更加热爱生活中的绚烂。

一切都安静如初，我和爸爸妈妈在时间的长河里打捞着往昔的故事。我拿着蜡烛在屋里走来走去，妈妈说我像一个秉烛天使。妈妈第一次说这话时，我大概只有五岁吧。那是个满手握着忘忧草的年纪，在父母营造的童话屋里，就像光良唱的那样，幸福和快乐是结局。如今，我每晚躲在晃眼的台灯下编织大段大段的文字，我其实并没有意识到，在成长中，我丢掉了什么。幸好停电了，才使时光和周围的情境都变为值得追忆的一部分，才使满屋子都是安静的味道，才使幸福的感觉，经过反复的摩擦、碰撞和动荡，终于像平稳的呼吸一样，在体内心间安营扎寨。

愿时间的沙漏就此停止，停止吧……相信当黑暗如潮水般退去时，那些搁浅在心底的梦想和情感都会令我的青春暗香浮动。这也是成长。

畿米·成长

畿米的画单纯、浪漫、唯美，像一部都市童话，明媚又变幻无常，却因变幻无常而愈发的明媚。无论是三头六臂的魔怪还是憨态可掬的神兽，无论是天空的快乐还是丛林的忧郁，无论是生命的沸腾还是心灵的寂寞，都被畿米用水果般的颜色演绎出了万般风情。而如今给快乐下定义真是越来越难了。忙碌穿行于钢筋水泥中的人们在微笑的时候，恐怕连他们自己都不能确定，这微笑是不是出自一颗快乐的心灵。

森林唱游：记得畿米说他自己是这样画树的："决定它在哪里分枝，长出什么样的叶子，是刚刚发芽的新叶，还是即将飘落的枯叶。一边画一边想，画完了一棵再画一棵，森林也就慢慢跑出来了。"充满幻想的森林果真美妙。我们可以播种一棵大象形状的树，也可以把自己装扮成一棵绚烂的花树，还可以爬上高楼送月亮回家；我们听风的叹息，占领爱的城池，搭上森林的最后一班巴士四处兜风；我们学那些骑士和仙女，挤坐在同一辆南瓜车上，赶赴一场盛大的宴会；我们在沉默的城市里，寂寞的窗子下，静静地幻想在某个遥远的地方，会有这样一方神奇的圣土，心田重生了绿芽，微笑如花绽放，树影与月光的合音耐人寻味，而我们，则一同在森林唱游，享受这幻觉般的美好时光。

布瓜的世界：布瓜的世界里，充满了疑问。"如果真有上帝，为什么我看不见？""如果真有魔鬼，为什么它从不出现？""如果真有天使，那么她躲在哪里？"孩子喜欢问为什么，大人也喜欢问为什么。只不过孩子喜欢问大人，而大人，喜欢问自己。布瓜的世界里，每一缕空气中都充满了明亮的趣味，每一段旋律都激荡着古雅的风情，每一种幸福都氤氲着潮湿的忧伤。或许在黏稠的烟火人间，只有内心的安宁才是极具味道的，如红木，在永恒的怀旧情绪中，活色生香，并且，美丽得高高在上。

照相本子："那一夜，河对岸的烟火光彩耀眼，震耳欲聋的声响，振奋着年少苦闷的情绪，我们目不转睛地看着瞬间出现又消失的奇幻瑰丽，然后想起我们迷茫的将来，想起我们如花火般的青春。"事实上，我们摁动快门就像我们眨一下眼睛那样简单。照片中的你我都没有笑。照相本子的记忆可以是单纯的,也可以是深沉的;可以是抒情的,也可以是喧闹的;可以是奔放的,也可以是内敛的。无论怎样,保存久了,都会滋生出快乐的心情。生活中并不缺少快乐,缺少的,只是提炼快乐的温度。记忆或者忘却,其实都不如你每一天活得快乐来得更为重要。

人的成长,是不是意味着诗意的迷失?不过,还好有巍米。因为有他,至少,可以让“所有的悲伤,总会留下一丝快乐的线索;所有的遗憾,总会留下一处完美的角落”。在我成长的路上,会永远记得这样的一幅画面:一个忧郁天真的孩子,提着一盏明亮的灯笼,走在黑暗的路上,照亮了花儿、草儿、大眼睛的小动物,照亮了忙碌的都市人心中被诗意遗忘的角落。

幸运的是,在纯净的子夜,依然会有诗人和孩子,幸福地走着,让人羡慕,也让人感动。

星晴·成长

“乘着风,游荡在天边。一片云掉在我面前,捏成你的形状。随风跟着我一口一口吃掉忧愁,戴着你,仿佛戴着阳光。不管到哪里都是晴天,蝴蝶自在飞,花也布满天,一朵一朵因你而香。试图让夕阳飞翔,带领你我环绕大自然,迎着风开始每一天……”

这是周杰伦原唱的《星晴》,也是我非常喜欢的一首歌。其实,我算不上是一个时尚的追随者,在我知道这首歌之前我并不知道谁是周杰伦。我不喜欢偶像崇拜,不过,这也不意味我的感觉在流行元素的面前都会失去触角。我喜欢《星晴》,因为它的旋律就如一片晴朗的星光,在朴素和宁静中,把我记忆的门轻轻推开。虽然我抱着厚厚的《辞海》都没有查到“星晴”这个词,但因为喜欢,从不把它当成一个病词。我愿意按自己的理解解释它,星晴,晴朗的星光,多么温馨美丽的意境,干净,透明,澄澈,一下子就将我紧紧抓住,让我有种“飘飘何所似,天地一沙鸥”的奇妙的感动。

有人第一次给我唱这首歌的时候,我正傻傻地望着天空。可,究竟是谁呢?我想不起来了。每次灵光闪现时,只记得对方的眼睛诚实透彻,如清凉的星光,如暗夜涌动的潮水,来了又去。这是夜的深度,孤独的深度,记忆的深度,深不可测。星星的后面还是星星，天空，也总还是那个天空。

记忆，像一部古老的无声电影，忽而幽暗，忽而明亮，忽而干涩，忽而又闪动着晶莹的泪水。而没有比音乐更能寄托怀念的了。当我钟情的旋律在耳边响起，我就好像找到了过去的影儿。那种似曾相识的感觉，像漫天青铜色的星光，冷峻、明亮。我静静地站在晴朗的星空下，一遍遍问自己，要怎样来追忆呢？那一个个似水流年的童话，那一面面布满爬山虎的绿油油的墙头，那一只只荡着笑声的秋千，还有，弥漫在天地间的那一片片淡紫色的欢腾。

都说女孩子上辈子一定是只猫，投胎转世后，骨子里还遗留着猫的优雅、清高、温顺、灵气以及奔跑时头颅画出的动人的曲线，即使有意地"放电"，也是一脸的清纯和无辜，让人顿生爱怜。而我，却自愧不够淑女，总是在阳光下张着嘴巴大笑，笑声如疾风劲草一样混乱、奔放，且一时半会儿停不下来，也不在乎露出一口既不洁白也不工整的牙齿。我是个任性的孩子，任性却也柔软，不会讨巧和撒娇，不肯轻易认输，可心里又很湿润，细细气气的，像是隐隐的隔膜。与世事的大混沌相比，它清晰；与世事的大清晰相比，它混沌，总而言之，说不清道不明的意味。

我一边写着安静的小散文，一边自学三脚猫的功夫，以备男女混战之需。我曾苦练长跑技术，以不断改善的耐力和不断提升的加速度，在追打别人或被别人追打时尽显身手。我还数次萌生了学跆拳道的念头，可说到底我不是个喜欢运动的人，所以，到现在，也只是对着朋友晋级黑带夸张地大叫："哇塞——好酷哟！"我喜欢穿男式的T恤，帆布鞋，牛仔裤是那种洗了多少次已经泛白了的，这样的着装对于我，有一种亲肤的感觉。相比于唇彩、指甲油和风花雪月，我更喜欢裤链、护腕和宗教。

我是满族人，祖上是八旗中的哪一支，到我这里，已是不知。电视上嗲声嗲气的那些格格，也实在是远得不能再远的幻象。在我看来，那华丽亮泽的绫罗锦缎，不及我一条破洞的牛仔裤；那柔风飘柳的娇媚，也不及我在软垫上一个闪亮的后滚翻。

一个不算淑女的女孩儿，在14岁的花期，心中是否贮藏了成片成片的灿烂，灿烂的中心是否还流淌着一条清清浅浅的小溪，丁冬作响，讲述着光阴的故事，这些我说不清楚，正如我说不清楚是谁第一次给我唱了这首《星晴》。虽然说不清楚，我还是愿意站在星光的深处，对着青春拼命地招手，以一种忘记悲欢的姿态。而如星光一般流泻一地的，是我甜蜜喧嚣的少女时光，这酸酸甜甜的果冻的时光，这纷纷扬扬的雪的时光，这生命中最好的时光。

“一步两步三步四步，望着天，看星星，一颗两颗三颗四颗，连成线，背对背默许下心愿，看远方的星星是否听得见，它一定实现。”

当星光点点，从我的鼻尖上轻轻划过，我的身后蓦然间就开放了几朵最美丽的花，娇柔的花瓣上刻着星星点点的名字，如清澈灵动的青春的碎片，在被记忆洞穿的岁月情怀里，微微晃动，如手语，丝丝缕缕都缠绕着细小而安宁的幸福。

抬头看天，数一数星星究竟有多少颗——

一、二、三、四、五、六、七……

我们的时光就是这般简单地流过了。

初恋·成长

这个季节悄悄地来了，这个年龄也悄悄地来了……

短笛轻唱，吐露心中些许的萌动。每个精致的音孔，都是我凝视你的眼睛。心事，从音符中脱落，那渐淡渐浓的，全是你的名字。

梦绕之时，你温暖如早春二月的阳光。啊，你是远方那座发光的岛屿吗？你是老橡树的枝头向我呼唤的黄手帕吗？你是我胸中温柔又汹涌的浪潮吗？我躲在羞怯的背后读你，这里的空间好小好小，小得只有我的心在轰鸣。我小心翼翼地守着秘密，守着风景，守着玫瑰色的梦。在开满鲜花的幽谷，我的呼吸间全是你香醇的味道，我青色的期待遍布你的爱怜。

你的目光是晴空的潮汐，为此，我变成了一只海鸥，一只蔚蓝色的海鸥，披挂着闪亮的海风在空中低回，岁月的悲欢在我的羽毛间飞快地穿过。我是海鸥，沉默的海鸥。春来的时候，我不问你花期；故事开始的时候，我不问你结局；同行的时候，我不问你明天有没有风雨。我一次次地寻找你温馨的港湾，寻找来自你心海的消息，寻找你还未来得及展露的那片绿洲。鱼群会告诉我吗？灯塔会告诉我吗？渐近的桨橹声会告诉我吗？

我们做着同样的漂泊的梦。我们在梦中走进西藏，真正星晴的地方，回来之后和别人大谈经幡、酥油灯、格桑花、大小喇嘛，还有一句虔诚的“阿嘛呢叭咪哞”。但梦中，只有风景，没有故事。我说，没有负担和牵挂的流浪才是正常的生活。你微笑，点头，表示同意。而我们，既不可能没有负担，也不可能没有牵挂，所以，我们至多不过是坐在屋子里面想一想，却始终不敢迈步，不敢离开这个既不令我们特别讨厌，也不令我们特别喜欢的灰色的城市。

徘徊在季节的篱笆之外，我的心情会突然间泪雨纷飞，我的眼睛会突然间大雪弥漫，曾经一季又一季的浪漫会突然间开始衰老。“我们正年轻，我们需要上路！”晴空中响着凯鲁亚克炽热的呼喊。爱与自由，在我的心底交错挣扎，都欲破茧而出。想飞出你的掌心，又依赖于你的温柔。我的心夜夜澎湃如海。当你还在梦中轻呼我的名字，我却在自己的心里复活了。此时正是春深之时，生命的复苏给本已绚烂的空间又平添了一层浮华。杏黄、烟蓝、竹青、水红，各色的花瓣在阳光下挺秀吐香，纷纷扬扬，结成了一张玄妙精致的网。生活如网。惆怅的风中，谁与谁的呢喃零落。从幸福中走出来的幸福，其实，只是一本薄薄的小书。

初恋被不断成长着的青春刷新，在时间的荏苒中短暂如同落花。而青春，很快也会散场，所以，我的天空，永远在远方。我的向往，被新的风积蓄；我的心灵，被新的梦想收容，但如此寂寞的飞翔中，依然还倾注着我不曾退色的记忆，纠缠着我隐隐的痛楚，也还停留着我不曾远走的心情。

用你给我的翅膀飞，无论斜掠，还是滑行，都在蔚蓝的水的肌肤印下灰色的波纹，都让落日的余晖凸显金属的流韵。我是海鸥，是大海的精魂。

一度低下去的我的思想开始昂起，此时阳光，也正在慢慢攀上你的脸。

再回首，已是往事如歌。

14岁·成长

站在14岁的门槛上，左看看，右看看，一种阳光般的感觉遍布全身。14岁的日子是多么的响亮光彩啊，花的呼吸、鸟的翅膀、彩虹的颜色都在不经意间悄然降临。14岁的心，以亮抵暗，它装满了浪漫和幻想，轻易敞开，时常感动。14岁的回忆，萤火也可以启示、诱发我们的情愫，足堪玩味，历久弥新。而流年的浪花，更是趁我们不备，渗入灵魂深处，融入情感、意志、精神和情绪，让我们不禁惊异于，天地苍茫，竟与我们浑然一体，尽是禅定，无非槃若，14岁的时光，也如风雨也如舟。

周国平说过，安静是最丰富的色彩。于是，在14岁的年龄，我试着享受心灵中的安静，享受安静中的孤独，并从中体味守望的坚执和幸福。每当夜幕低垂，风满窗棂，我的心就长出了翅膀，以蝴蝶的翩跹，随星光飞翔。我坐在夜的怀抱，在黑暗的隧道点灯，在内心种植太阳。14岁，还没有完全从蛹中醒来，但关于未来的梦想却已化作了蝶样的企盼。

14岁，开始用自己的眼睛看世界，并对世界上美好的事物充满了好奇，充满了爱心；14岁，亲情很暖，友情很真，快乐很醇，孤独很美；14岁，既渴望长大，又留恋童年。14岁如海，平静中蕴涵汹涌；14岁如树，懵懂中初露成熟。14岁，如诗人所说，是一本太仓促的书。

14岁不懂忧郁。虽然青葱岁月，一岁就是一季的花，但了无遗憾的花，即使只开一次，也将在心中永不凋零。14岁，最重要的是，要在生活中学会生活，要在爱中读懂爱。

14岁，诗词中最美的一段抒情，电影中最美的一个片断，记忆中最美的一个故事。14岁，我读到一本很感人的书，《夏洛的网》，便梦想自己的年华，像一只小小的蜘蛛也好，以生命全部的热情，编织爱的网络，关爱他人，帮助他人，并从中得到幸福。

小小的梦想还在，而我的14岁，已是回不去了。

红荷的呼唤

刘禹婷

夏天，故园的小池塘，应当是一片红绿相间、生机盎然的情景了。

池塘四周，婆娑的垂柳，像一亘碧绿栅栏，遮掩着层层翠叶间蹿出的红荷。那红荷，或许还生着淡红色的长桃形花苞，或许已经悄然露出嫩黄的莲蕊，或许还羞涩地躲藏在田田的叶下，打着绿阳伞和着暖风娉娉婷婷地走来……

故园的小池塘不止红荷，不止翠叶，也不止清凌凌的池水。那一池恬淡与绚丽完美的结合，好像一首美好的歌，唤来了蜻蜓环绕，鱼儿穿游，唤来了我们孩提时代的尽情嬉戏。记得那时，常乘着自家大木盆，撑一支竹篙，向荷叶更青处漫溯，以蛙声为背景音乐，演绎“荷叶罗裙一色裁，芙蓉向脸两边开”的场景；我们常挽起袖子，弓身钻入密密的叶子里，伸手追逐水中的游鱼；我们也甩掉新鞋子，小心潜入水中，好奇的眼睛搜寻童话里的水精灵。

还记得我和泱泱去摘红荷的经历。那日，惠风和畅，天朗气清。老远，我一眼就看见了那朵红荷。在阳光下，它那么孤傲神气，“出淤泥而不染，濯清涟而不妖”，挺着纤长的颈脖，仿佛在召唤着我们。整个上午，我和泱泱对那朵红荷都垂涎不已，最后打定主意去采。扎个马步半蹲在池塘边，两双小手紧紧地拉住，后方的我打直了胳膊，前方的泱泱尽力往前探出身子，伸长手臂去触碰那红荷。

“快点儿，手再伸长点儿啊！”我急切地说，心里盼望着她的手能像木偶人皮诺曹说谎时的鼻子一样越伸越长。

“你以为我是长臂猿呀，你再出来点儿呀！”她也急切地回应，说着加大了前倾的力度。

“别，这池边的泥滑着呢！你稳住——哎——别拉我啊！”正说着，“扑通——”我俩一同栽进了池里。

我恍恍惚惚地飘在水里，像失去了重量，掉入一个绿渺渺的梦境，觉得世界寂静无边。忽然间,好像捡回了意识。我,不会死吧?我极度恐慌地闭上眼,手开始乱抓,终于抓住了一个可以给我生机的东西,一块有质感的布。我使劲一拽,只听头顶上传来泱泱夹杂着欢笑的大叫:“救命,哈哈哈,你别拉我啊,哈哈!”睁眼一看,泱泱站在水中一起一伏,笑得喘不过气来,没有丝毫惊慌。湖水,绿绿的,受了惊扰,几枝花梗在水里慢慢乱摇。我也慢慢站起身来,有些恼又有些乐地埋怨道:“别瞎嚷嚷了,幸好这池水浅,否则我俩可就因‘贪图美色’丢大脸了!”话音刚落,周围一阵哄笑,我扒开密密的荷叶丛一张望,岸上全是村里的伙伴!我的脸腾地红了。“瞧你胆小的。算了,我们玩水?”泱泱率先倒腾起水花提议。池水的清凉一丝丝浸透心脾,最初的期盼和当时的不满都被抛到了九霄云外,我们嘻嘻哈哈地在水中打闹开来,仿佛已经融入水的世界,化作了两尾自由自在的鱼……

我羡慕水中的鱼儿自由自在,有时又可怜它们成为被捕捞的对象。

因为又有一次,泱泱建议去小池捞鱼,那时红荷尚繁盛。我们早早地来到池边,好不容易钻进花叶的缝隙间,又经过漫长的等待,终于捉住几只笨拙的鱼儿。泱泱突然想起没带桶。于是,她把鱼用荷叶围在水中,千叮咛万嘱咐要我在池边等她,然后一路小跑回去拿桶。

我一个人百无聊赖地待在池边,守着鱼,等着她。从艳阳高照等到夕阳西下,等到宛如红荷般绚丽的晚霞铺满天空,等到满池青叶红荷鎏金一般烁亮,等到家人扯着嗓子唤我回家吃饭,我心心念念的泱泱终究没有回来。故事的结尾,我只好扔下鱼,悻悻地离开,剩下满池红荷沉默无言地守候。那时,我想我一定不会原谅她的。

后来得知,那日下午,最疼泱泱的奶奶去世了,泱泱一回家就哭得一滴泪珠碎成几瓣。每一句诺言,说出来时总是饱含热情,不过有的掷地有声,有的随风飘散,还有的因为更重要的情感而被丢弃。我于是又原谅了她。再后来我想,即使那日泱泱提着桶来了,即使之前我和泱泱在水里多逗留一会儿,结局最终都是悻悻地离开。因为怒放的红荷总会“金尘飘落蕊,玉露洗残红”,因为清澈的小池也会干涸,因为夏天的日子总会如红荷的清香般徐徐散去,因为童年的时光总是如淙淙流水般一去不返。

要开始读中学的时候,为了一所重点中学的就读资格,我举家迁到了城里。

水泥房的森林里没有“树阴照水爱晴柔”的小池，夏天也生不出“翠盖红幢耀日鲜”的红荷，泱泱和众多童年的伙伴一样，寻寻觅觅中遗失在岁月里。那时看电视，演到有人因为摘一朵山花失足坠谷身亡，我既不惊奇也不叹息地想：那人，前生必是一个花精，用生命去爱一朵花，也是极自然的事情。就好像我和泱泱曾经为一朵美丽红荷的呼唤跌入水中，出尽洋相，或许我们前世就是水藻。

在干燥的城市气候里，我也尝试着结识一些新的人和物，逐渐把自己从“水藻”提升为“陆生植物”。也在家人的帮助下，买了个青花瓷缸，顺利找了一垛红荷苗子、几尾小鱼放入，将就养起荷来。但我的红荷总是养不长久，心里也就总是怅然若失。

假期外出旅游。多少好风景，像平平淡淡的小电影中突然跳出的夺目镜头，转瞬即逝。就在那样的好风景里，就在星罗棋布的水稻间，忽然冒出的一口池塘，挤满野气十足的荷。跟故园那一湖狷介孤芳的荷相比，这里的荷似乎是隐于山野中疏狂的少女，以夺目的红热烈地呼唤着我！也难怪，得天独厚的山野宠溺，一向从容淡定的荷，也绽放了性情中蓬蓬勃勃的粗放一面。两种荷的风情，真像我和泱泱。那时，忽然就想起一首诗来，“山光忽西落，池月渐东上。散发乘夕凉，开轩卧闲敞。荷风送香气，竹露滴清响。欲取鸣琴弹，恨无知音赏。感此怀故人，中宵劳梦想。”开始懂得，有些花树，长在山野；有些花树，长在我的心里，长在生活和生命交错而过的时刻，我将永远留恋。

不多久，在杂志上发现一篇署名同泱泱大名的文章，写得竟也是那一池红荷。文章的末尾这样问道，“自一篇《爱莲说》横空出世，古往今来，留下了多少荷的诗赞。晨昏晴雨，由萌至败，万千风情，难以言喻。这一生，最美的荷，在哪里？”

我想，正如她所说，那朵红荷，不在周敦颐的笔下，也不是佛祖拈在手里的那一朵，却是在彼此心中盛放的那一朵。我们总是沿着生命的轨迹永不停歇地向前走，从一座城市到另一座，从一个人到另一些人，从一缕时光到另一缕，从一段回忆到另一段。既然无法使青春留驻，不能让时光逆转，为什么不在黯长的时光隧道里，把我们最爱的那一朵红荷，开在心底无尘之处，开在记忆的明亮一隅？

如果我们筋疲力尽，就用那红荷的水分滋养我们的生命；如果我们精神空虚，就用红荷的美丽引出我们的回忆；如果我们垂垂老矣，就让那红荷的呼唤带我们的灵魂回家。

我的朋友，如果有一个夏天，你路过某汪陌生的小池，发现有熟悉红荷如星星般明亮地开放，请你侧耳倾听。请相信，那花里，有红荷最真挚的呼唤，有我曾经最执著的守候，有你我共同的温暖的灿烂的回忆。

致玛格丽特的一封信

易子伊

亲爱的玛格丽特：

第一次遇见你是4年前的冬天，你出现在我的脑海中，我触摸不到你，我感觉那是梦，你一定有一双巨大的白色翅膀，轻飘飘的羽毛洒落天际，那时云雾缭绕，看不清你的脸，我想你大概是淡淡的笑吧。4年，你从未开口说一句话，而我却滔滔不绝地对你说心事，高兴的、惊奇的、气愤的、忧伤的，向你敞开心扉，你总是笑着，笑什么呢？笑一个女孩儿怎样从12岁长到16岁了吗？

再过几天我就快16岁了，感觉时间总是这样悄无声息地流着，流过我的指尖，流过皮肤、流过每一个不经意的一瞥，流过每一次被遗忘的擦肩。

很小的时候听着那首《17岁那年的雨季》总觉得十六七岁是个很奇妙很美丽的年龄，在这个年龄里鲜花处处开放，沾着雨滴，沾着露珠儿，女孩儿的脸朦胧而美丽，唱着诗意的旋律。

我很喜欢那首歌，他说："当我还是小孩子，门前有许多的茉莉花，散发着淡淡的清香，当我渐渐地长大，门前的那些茉莉花，已经慢慢地枯萎了，不再发芽。"可是每次听了后总觉得有一种很清新、很明朗的忧伤。玛格丽特，当我一个人的时候，坐在空荡荡的巴士上，看着旁边同样是空荡荡的位置，我就会想起很多人、很多歌。我不是个干脆的人，我从不肯放弃过去那些失去的事情，这便使我容易感伤。

15岁这年我又经历了一次离别，却又接触了许多新朋友，我的新朋友都很可爱、颇具个性，可那些使我牵挂的脸庞却渐渐消失了。

"那片笑声，让我想起我的那些花儿，在我生命每个角落静静为我开着，我曾以为我会永远陪在她身旁，如今我们已经离去在人海茫茫，她们都老了吧，她们在哪里呀，我们就这样，各自奔天涯。"

朴树像个大孩子，他的声音，空灵而青涩，像是夏天里一方湛蓝的天。姥姥去世那一天，我站在老家的田野里，天空没有一丝云彩，金黄的油菜花，小小的独木桥，布满栅栏的菜园子，远处后山上偶尔传来几声老黄牛的叫声，我坐在篱笆旁边，几株向日葵对着我，像是开心地笑着，我想起《那些花儿》，田野里传来空灵澄澈的声音，我静静地哭了。

而15岁的夏天，初中毕业，大家咔嚓咔嚓地拍照，开心地解散了，我想再一次看清每一张脸，那些曾经无比熟悉的笑脸。小学时候的同学我许多都已忘却了，可我不愿忘记这里的每一个人！那些我无比珍惜，和我并肩走过学校旁所有大街小巷，吃遍所有美味的女孩儿们就像蒲公英似的离开了我，做着新一轮的旅行。

我突然意识到，我对于她们，只是个美丽的过客，匆匆地来，匆匆地去。在生命的某个旅程里，我们搭上了同一班列车，度过了一个难忘的夜晚，破晓之时，我们互相告别，各奔东西。我的朋友，我是你生命里一个匆匆走过的过客，可我希望你们永远记得我，我的花瓣或许随风而去，可我希望我的种子能留在你的心里。

我虽会莫名其妙地感到忧伤，但我也对这个美丽的季节充满期待，我期待天空是粉红色的，下着花雨，落在我白色的大衣上，有苍穹也有麦田，你像个天使缓缓降落，在我身边。

这是多么美好的一件事。

“时光真疯狂，我一路执迷与匆忙，依稀悲伤，来不及遗忘，只有待风将它埋葬，我们曾在路上。”

玛格丽特，我将我小小的忧伤消散在风中，去面对下一个美丽的日子，我真的非常快乐。

玛格丽特，我就快16岁啦！

你忠实的Chris

2006.2.7

后记：我非常喜欢安妮，她将她的日记取名为凯蒂，凯蒂陪着她度过了那个黑暗的时光。

我也有我的朋友，在12岁的一天清晨，她降临在我的身旁，她说她叫玛格丽特。

迷 光

周冰洋

2007年夏季的某一天，阳光密布天空，风穿行而过。有一小束遗漏了，消失了……

建宏坐在靠窗口的桌子边修指甲，窗外的鱼尾葵在风中“哗啦啦”响成一部乐章。建宏抬头，无数条绿色的鱼尾摆动在浅蓝色的水中。

水从窗玻璃边缓缓穿行，不间断地流着。

而很快流动停止了，鱼尾停止摆动，安静地指向某个方向，闷热趁机偷袭。

有一小束光线穿过林子，经过一条漂亮的弧线，正落在建宏放在桌子上的作业本上。高二年级的“二”字被光亮的圆圈罩住。建宏不打开本子，而是盯着它出神。那个晃啊晃的小圆点，恍若相识。

他知道这个光斑下面有复杂冗长的数学题，讨论线性回归之类的。虽然对他来说这并不算什么，不过此刻他听到了思绪翻滚的声音，忽然百感交集。他奇怪地觉得，那束光携带着某种信息，它从遥远的某一天的一瞬，穿过时间的断裂口，跌落在他面前的桌子上。

他想到女孩儿的眼睛，漂亮的女孩儿都有的那种大而水灵灵的眼睛。睫毛上沾有美宝莲睫毛膏的味道，而从眼睛的光泽来看，这女孩儿的年龄并不大。你可以嗅到她身上的其他味道：香水，粉底，防晒油。她那时一定会穿类似学生装的浅色连衣裙，看上去比较纯情的那种。

那个时候的女孩儿像所有肥皂剧里的情节一样站在一片开有淡紫色小花的草地上，眼睛迎着下午5点钟的光线，里面漾着亮亮的光点；下午的草地有潮湿的香气，建宏盯着她的双眼，感到自己渐渐迷失。她对他说话，他听不见说的什么。他应该珍惜和女孩儿在一起的时间，他躲过了大人们的眼睛，然而他心不在焉。他像一个飞上天的风筝，在天上他更加看不清女孩儿；而他唯一记得的是，女孩儿的眼睛里有光，那样一小束光线让她的双眼变得炽热。

他正这么想着，女孩儿就哭了，他发现人的感情比光影的变化更快。眼泪使他想起女孩儿说的话，那大概就是和感情有关。眼泪不停打转，光点在跳动，接着泪水落了下来，流动的水。她的双眼一片黯然，像突然关了灯的房间。建宏感到天黑了，他低下头，寻找水珠流动的轨迹。

现在那个光斑又一动不动了。从某个角度看它，似乎可以看到光影的轨迹，长长的光线连接到天边某个位置。现在是很好的晴天，天气预报说过两天会有台风。气象台的预报虽然总是失误，但建宏此刻真的企盼一场台风快点儿到来。

他闭上眼，让台风穿过他的胸膛。台风，台风，然而他没有遇到台风。他脑子里被关于选择气旋或反气旋，冷锋或暖锋的读图题目弄得一塌糊涂。接着有个新闻播音员的声音：12 级台风××已从××海岸登陆并正面袭击我市。由于市领导部署得力，我市并未受到严重损失。突然，插进一个话外音：有两个人被刮到非洲去了，海边还发现三具尸体。建宏觉得自己身体一阵摇晃，转眼已盘旋在好望角上空。他一边随气流盘旋一边感慨：像我们这样的穷学生，遇到点儿事就是大麻烦。下雨时总是穷人被淋湿，发水时也是穷人被先冲走；现在刮台风，居然被刮到了非洲。建宏想到自己莫名其妙地来到非洲就十分懊恼，他后悔花钱买了CD、衣服，现在已经少了两页的杂志和只剩半瓶的汽水。他当时应该将钱拿去买一个玻璃罩，将自己严严实实罩起来，而后在里面听着呼呼的风声，看着外面的一片叶子起飞啦，一辆汽车起飞啦，一个老太太起飞啦，一个小女孩儿起飞啦，觉得格外的心旷神怡。他当时为什么没有发现自己是个穷人呢，就好像他隔壁的姑娘自从穿上一件冒牌 Dior 之后，就觉得自己富可敌国了。

太热了。现在闷热已经像一个罩子紧紧地牢牢地将他罩住了。建宏盯着那个光斑，感到自己仿佛置身于一场大火之中。他需要水，让那眼泪，让那流水流过来吧，将它熄灭。

那流水的去处是一片静谧的湖，湖面波光粼粼，可以将一小束光线隐藏得严严实实。湖像一面镜子，那是一个散步的地方，休闲轻松得可以让人睡觉。老人和孩子沿湖而过，情人相互依偎。园子里播放着 20 世纪 80 年代的流行音乐，音乐像另一片湖水，将整片园子都淹没了。建宏躺在木头长椅上，仔细辨认空气里流动的歌声是邓丽君还是蔡琴，罗大佑还是李宗盛。他对他们的分辨仅限于是男人还是女人，那个时代离他已经有一段距离了，那是属于他父母的时代。他面朝天空，视线被光织成的网阻断。他感到杂乱无序，心情烦躁。他看不清天上有什么，但他听得清飞鸟的声音，甚至它们羽毛抖动的声响。

像草鱼的男人坐在旁边的石头上看报纸。一定是草鱼。建宏可以这么想象，即使说不出原因。他的头有点儿尖，小眼睛肉身子，没有表情的脸。他手里的报纸日期是3月27日。日报或都市报。他大概是个老师，学者或者公司白领。他们都喜欢在街头买上一份报纸和面包，坐在长椅上边吃边看，显出忙里偷闲的认真。

这么一个不足为奇的男人。然而在建宏一偏头的时刻，男人的金属镜框上映出了一小道细而刺眼的光。他捕捉到了，清晰的，独一无二的。它从某一天某一刻被遗留下来，跌落在男人的镜框上，锐利的反射，正中建宏右眼。

反射的光。没错，他一定是个牙医。建宏肯定地点头。牙医身着白色长衣，戴着口罩。他帽子上的一面小镜子对着窗口，手里的小电钻在病人嘴里打磨；一小束天边而来的微光撞在他头上的小镜子上，一晃一晃的，病人因此闭上了眼。

牙医刚刚输了麻将。他一面转着小电钻，一面琢磨着刚才如果摸到一张白板就能和个大的。白色长衣衬得他的脸格外黑，唇上的小胡子拧得像一丛杂乱疯长的苔藓。建宏讨厌小胡子，看他那架势恨不得从病人嘴里拔出个白板和了它。建宏数了数医院张贴的表彰公告，那里面竟有13个小胡子，剩下的还有大胡子。他决定以后不再来这家医院。在小电钻“吱吱”叫着伸进他的嘴里时，他的思路又一次中断了。

建宏意犹未尽地找出一面镜子，观察自己矫正过的牙齿，补好的蛀牙。他的记忆努力去摸索牙医头顶的小镜子，却无结果。

建宏又低头看那个光斑，它已经移动了，从“二”移到了“高”上面。人的意识可真是讨厌，在你不需要时，它变得不受控制；在你需要时，它又不见踪影或混乱不堪了。建宏打开思绪，试试看对于一小束光，他首先想到了什么。凡·高、向日葵、窗子、松林……对于绘画，他并没有研究，植物学也了解不多；对于向日葵，曾经确实在一节生物课上观察过，不过那是很久以前的事了，当时建宏还沉浸在捕捉蝴蝶的乐趣中。窗子太平淡了，对，一定是松林。松林。

在太阳下面。松树的影子斜长，光影在地上忽明忽暗。墓地。松树下面有一排排整齐的墓碑。而奇怪的是，没有一块墓碑上有松树的影子。阳光汇聚到了这里，那块墓碑上面刻的字稍微模糊，一定是酸雨的作用。那上面刻有建宏爷爷的名字。不错，光从天空深处，像一片摆动的叶子，飘飘忽忽落在他的名字上，让他的名字变得光芒四射。他能感到老人站在松影中间笑了，他的白胡子也变得金灿灿的。

那是1933年的气息。那个时候他多么年轻或者是幼小，他在摇篮里摇啊摇的，他还没学会坐，他躺在摇篮里，一束光映在他脸上。现在，那束光才移动了一小步，他却已被深深地埋在地下了。

建宏推开门，老人在喝新采的春茶。他的老花镜笨重，旁边放着报纸。他脸上的皱纹就像一圈一圈的年轮。他拍建宏的脑袋，嘴巴微微颤抖着。他在说话，是啊，他见到建宏总是有说不完的话，苍老的声音让建宏想到剥落的树皮。在那些凌乱的话语中要找出点儿头绪来，可真不容易。关于他的英语成绩，关于他的家校联系本，关于老师评语以及下一次考试……老人说你呀你，老人说你得去……老人还说你要做个有追求的人。是啊，要做个有追求的人，这是一句多么应该牢记的话。建宏品学兼优，应该算是有追求吧。然而一想到这里他就有些悲伤。眼前出现一闪而过的光，接着那光停留在松林里的墓碑上面。

建宏的思绪一到这里便感到疲惫，不对劲儿。他又一次跌落在一个梦魇里，那个梦里他从顶楼的楼梯向下奔跑，一层又一层。他置身于一座高塔里或一栋高楼里，然而不管置身于何处，命运都是一样。他身边有很多房间，他打开一扇门，里面宽敞而明亮；再打开一扇门，依旧如此。他只是拼命地向下跑，有一小束光跟在他身后。他耳边响起一句话："做个有追求的人"，"做个有追求的人"，那声音就像"一二一"的口号。然而怎么跑不到底呢？建宏觉得该到底了，再往下看，那楼梯盘旋着向下转向一个更深的他看不到底的空间里。建宏急了，要是永远到不了底，他是怎么上来的呢？他一着急冲进一间屋子，从窗子上腾空而起。他感到一阵眩晕。

追求。就像散落的阳光一样，从遥远的30万公里以外或更远处来到。建宏觉得苦恼，他看着整个城市的人们，觉得看见无数辆火车；火车"呜呜"地跑，"呜呜"地跑。它们装载得满满的，钱，电视机，手机，MP3，零分试卷，布娃娃，幻想。它们疯狂地相互碰撞，谁也不肯放过谁。建宏看到了城市扭曲的脸，它的脸被飞奔的火车撕碎了。

他在心里想，离开这鬼地方吧。让人们回到村子里去。回到遥远的地方去。在村子里，他们都不说话，耕作，纺织。青年人去牵黄牛，姑娘们去河边洗衣服。小孩儿们去和小兔子玩儿，少年们坐在一棵树下。让人们都回到一块石头里去。一块石头。那是真正的家园。那里不需要区分男人女人，快乐悲伤，不需要区分生命和死亡。让石头将人类的声音关闭住。

这一切都太疯狂了。太疯狂了。大风呼呼刮了起来。刮台风了。好大的风。

风把一切都吹散了。光被吹散了。

那一小束光线被刮得很远。随着北大西洋暖流或西风漂流。随着徘徊于南北回归线之间的阳光。它在印第安酋长头顶的羽毛上打转,在美洲豹光洁的皮毛上打转,在黑人雪白的牙齿缝里打转,在南极冰层上打转。它迷失了,它被时间遗漏了,跌落在湖边一个男人的金属镜框上,跌落在牙医头上的小镜子里,然后这一切被拉成一个平面,手忙脚乱地同时上演着一切。唯独一小束光,在它们之上徘徊。

建宏脑子乱成一团乱麻。所有的思绪都上涌。疯狂得像一场海啸,他的大脑被挤得水泄不通。

建宏睁开眼,才发现天已经黑透了。他打开灯,日光灯的光线均匀地布满每一个角落。

他将桌上平放的练习本翻开,回到那有一篇小学生日记那么长的线性规划问题上。

他不知道天黑以后,那一小束迷路的光将去向哪里。

只愿沉醉不愿醒

王黎冰

几年前，爸爸写过一篇《畿米究竟有多远》的文字之后，曾有那么的一段时间，我疯狂地喜欢畿米的作品，喜欢他作品中透出的淡淡哀愁，美丽的孤独以及恬淡的心情。

事隔两年多，一个宁静的夜晚，我一人独自在家，突然心血来潮，翻出了畿米几年来的作品，又仔细地重读了一遍。再读畿米，仍然为作者惊人的创作力和多变的叙事风格所折服。

很喜欢畿米的绘画，他的画面是充满创意的，每一页的构图都可以独立成一张漂亮的桌面，色彩的表现力很广，特别是那些超常现象的夸张、比喻、烘托、形容都恰到好处地表现在画面上，很符合文字所要描述的空间特点。

畿米的画也透视出畿米本人的内心世界，畿米的画是随意的，是由着自己的性子来创作的，心境到哪里便画到哪里。他的大象可以是粉红色的，他的大灰兔可以是飞起来的，他的大鱼是可以游进地铁里的……读者看他的画时会常常忽然醒悟：对啊，生活本来就是自由的,我们为什么要给自己制定各种框架呢？

还记得 2006 年第一次接触畿米的作品，是那本名叫“月亮忘记了”的彩色图书，至今仍清晰地记得那些被简洁线条勾画出的树干、楼房、铁桥以及那嫩绿的草丛、橙黄的月亮、形态怪异的毛毛兔、憨态可掬的棕熊和机灵的小狗等，这些不同的角色相互陪衬、点缀，营造出想象无限的情景氛围，画面明亮美丽并充满了稚趣。

畿米作品的成功还在于他充满哲理的语言。

每一本畿米的作品都弥漫着强烈的哲理性思考，但他又并非让人感到深奥难明。如《听畿米唱歌》里所写到的：“小丑的世界，总被一分为二，一半阳光，一半阴影；一半欢乐，一半凄凉。我真想知道，那一条神秘的分界线究竟是什么？”这究竟是畿米的一种哲理，还是他人生的一种写照？

不过我又常在想，或者畿米的本意并非如此复杂，或者小孩子阅读他的作品时理解得更简单，更容易。是成人，是成年的人在阅读他的作品时引起太多的共鸣，引起太多的感怀，不自觉地把畿米的意图深度化了，也因为如此，更多的人认为，畿米的故事、畿米的漫画是写给大人看的。

畿米的故事是忧伤而充满童趣的。

比如阅读《地下铁》、《照相本子》、《森林里的秘密》、《我的心中每天开出一朵花》等故事时，人的思绪都会不自觉地游离了自己置身的城市，飞向了遥远的家乡，想起了留下自己足迹的山和水，想起童年、少年以及那时的伙伴。

畿米的故事总让人想脱离城市的束缚，回归简单，回归最初。就像《森林里的秘密》所说的，“没有梦的城市，好寂寞。”“我在森林里，藏着好多好多的秘密。我看到了我遗失的梦，在黑暗中微微发着光。”

的确，有时候，尘埃和梦幻会遮蔽我们的眼睛，都市疏离和空间的隔离会麻木我们的神经，行走的匆忙和爱情的短暂会让我们丢失仅有的梦和真，于是有一天，我们也真的会像《微笑的鱼》中讲的一样，觉得自己不过是一条鱼，微笑着在海洋里游泳，以为自己自由了，而当手指触摸到了海的岸，才知晓，海洋把我们装在它的鱼缸里了。

读畿米的故事是需要心境的。不是所有的人都能够读懂畿米。不同的心情读畿米的故事，也有不同的感受。很赞同一个书评者对畿米作品的评价，他说：

读畿米，是在读一种轻松。

在梦一样的画面、诗一样的文字间游走，心轻飘飘的，只愿沉醉不愿醒。

读畿米，是在读一种思考。

一种风清云淡的冷静，一种可触可感的深邃，一种感同身受的亲近，一种若即若离的怀念。

上帝宠爱的人

——纪念沃尔夫冈·阿玛迪亚斯·莫扎特

易子伊

阿玛迪亚斯，上帝宠爱的人。

我毫不保留我对他的喜爱，即使他是生存在两百多年前。

他是天才。3 岁时就会作曲，钢琴无师自通，6 岁时写出第一部歌剧。

这样的话，我都会说。

我喜欢想象，但这似乎是真实的故事。在阳光灿烂的午后，维也纳的小花丛里，一个懒惰的少年正倚着棵大树睡觉，却被树丛间传来的一阵阵优美的提琴声弄醒。他看见树丛的那一边，有个年纪挺小的孩子练着小提琴，可旋律动人得使少年惊叹，少年高兴地与那个孩子交谈，小鸟儿悦耳的声音使他们彼此都非常愉快。

我喜欢这个场景，因为这是两个世界上最著名的艺术家的相遇。

那个孩子是莫扎特，而那个少年是歌德。

歌德晚年说：莫扎特是 18 世纪永远无法理解的谜。

无法理解他的天才，他是真的天生拥有才赋，他没有碰触钢琴却懂得钢琴的一切技巧。

无法理解他的毁灭，他是青年才俊，获得无数赏识，为何 35 岁便死在没有任何温暖的贫民窟？

莫扎特是上帝创造的艺术品，我一直是这样理解的，他是上帝宠爱之人，他是阿玛迪亚斯。

可为什么他会毁于一旦？谁杀死了上帝钟爱之人？

莫扎特年纪轻轻地来到维也纳，国王赏识他，他豪放不羁，年少轻狂，他带着孩子般的神情，在钢琴上变成了一个神奇的魔术师，或是精灵。旋律在他的点拨下变得如水波的轻快。他令当时皇家音乐师萨列里咋舌，萨列里心底深深佩服崇拜这个才华横溢的年轻人。

正由于他的狂放不羁，深深刺激了这位努力刻苦一步步走上来的萨列里，他曾羡慕,可更多的是绝望,为什么上帝倾爱于一个狂妄的孩子而不是一个刻苦努力的人,不给这个人半点儿才华。

罪恶是黑暗的毒蛇盘踞人的心灵,嫉妒是一种可怕的情感,它可以使人的良心荡然无存,它可以毁灭一切。嫉妒心充斥于这个音乐师的心,他便忘记了上帝,他便憎恨上帝,憎恨这个上帝钟爱的人。

他在精神上摧残莫扎特,使他失去一切机会,使他贫困潦倒,使他在恐惧与病痛的折磨下,颤颤抖抖地握起笔,写下最后一部作品《安魂曲》,莫扎特脆弱的灵魂在恐惧之中崩溃,完成《安魂曲》的那天清晨,他离开了,离开这个冰冷的世界,这个充斥着黑色的恐怖的世界,可他只有35岁!

出殡的那天没有音乐,只有漫天的风雪,刺骨的寒风,一个掘墓老人把那口薄木棺材埋进了贫民坑,几天之后,他病弱的妻子从外地来寻找,找不到墓碑,她问掘墓老人：

"您知道我的丈夫埋在哪儿了吗？他叫莫扎特。"

"莫扎特？没听说过。"

看到这里彻骨的心寒。为什么？为什么一个如此伟大的艺术家要如此卑微地死去?！连一块墓碑都没有。

是什么,如此的可怕,将他摧残致死?

是嫉妒,是疯狂的嫉妒,我从未感觉过这种感觉的可怕,人与人之间诞生出的这种罪恶竟能侵蚀美的存在,竟能变得强大无比,而美,艺术却在罪恶下显得如此脆弱!

我不明白,我深深地厌恶,伟大的人所创造的财富,踩在平庸的人的脚下,惨遭蹂躏。

我深深地爱着莫扎特,在两百年后的今天。

我也深深地感叹着命运的无常,嫉妒的可怕。

即使他是上帝宠爱的孩子,阿玛迪亚斯。

夜晚流动的思绪

高　璨

月亮上流动的，是暗的风冷的痛还有所逝去时光的坟墓。常常在夜里回首，就是因为那许多往事都长出翅膀在你的面前翻飞，我们看不见它，心里却感觉到了，于是只能回想。

夜晚因月亮的叹息而变得深沉，清澈是因为夜晚只有一种颜色，不论那些月光星光或是灯光，属于夜晚的只有那种深邃的黑，似乎将一个石子投进夜色就永远不会听见石子落地的声音了。

所有的石头都在思索，自己到底是活着还是已经死了，这个问题石头们也说不清，它们看天空中的云，云说自己活着，但云分明掌握不了自己，风什么时候失手就足以将它们散掉，又怎么能说是一种存活呢？但人不是也一样吗？突然间就可以从生命中脱轨，然后再也不会回来，谁又说人可以掌握自己的生命呢？

石头们认为，人最区别于其他动物的，就是他们会思考，这是一个小学生在石头旁朗读课文时石头们听见的，这真是一个奇怪的说法，石头也会思考，为什么它们看起来和人类还是如此迥然不同。

石头们最初是很开朗的，自从它们从鸟儿那里听说人类把那些很不活泼、很沉默的人就叫做“石头”时，虽然石头不知道沉默有什么不好，但它们感觉到石头在人类的心目中是一个并不褒义的词汇，从此它们真的成“石头”了。

只在夜深人静的时候，只在夜的眼睛呈纯黑色，比黑宝石还要亮的时候，它们才开始思考，但也是沉默思考着一个问题，自己到底是活着的，还是已经死了，它们从不相信自己从没有活过，它们坚信自己的过去，只是对现在疑问罢了。

只是死神总喜欢举着镰刀，它的后面是长长的枷锁，枷锁中有人，有动物，唯独没有过石头。石头们想要高兴地欢呼，认为石头是唯一的永生者，只是它们喊不出来了，也许从来就没有喊过，石头不相信，它们对自己的血统是十分自信的。

这自信自信出了一种冷峻，夜风学会冷笑。

旷野上的草到了夜晚都会飞翔，它们有薄而透明的翅膀，在夜晚，当听到晚风来临时的脚步，它们就纷纷起飞，从人类的窗户潜入，讲述自己上世的经历，并不总是日有所思，夜有所梦。大多梦是由于你在思索青草讲述的梦，如果一个夜晚的梦十分长而繁杂，那绝对是一株枯黄但还没有死去的草在告诉你，因为它经历得太多太多了，想要将一切都告诉你。

城里大多是“日有所思，夜有所梦”，甚至有时就不做梦了，因为旷野中的草离这里太远了，它们过不来，即使在后半夜过来了，也不能保证在黎明之前回去，而且城里的窗户太密封了，草不可能轻易闯进去。

城里的草被灯光囚禁了，它们无法在比白天还要亮的情况下起飞，再加上城里的人入睡时间总是很晚，如果一些回家晚的人都发现院里或是公园里的草突然不见了，那岂不是又要将外星人或是鬼连累一番。

这总是一个矛盾的问题，于是草也开始在夜晚思索，自己究竟要不要到城里去。

整个夜晚都陷入沉思，夜空因为思绪太多而向外凸着，但它永不会爆，因为它不是一张皮，它就是一种思绪的网，它吞吐思绪，却从不告诉你答案，阳光也不知道它用了半天的时间在干什么，白天的颜色总是清澈而浅的，抛出的石头任何人都可以猜到降落的时间及声音或地点。

我没有戴表，不知道此时的时间，只感到天是格外的黑，我扭过头去随便抓起一块石头穿透自己的思绪(其实是随着思绪)扔了出去，然后回过头来继续沉思。我并不打算听见落地声的心十分平静， 然而突然间竟有了落地的声音，很快，而且响亮。

我惊讶地回头，眼前令我战栗的光芒，并不是那块抛出去的石头，而是在我的身后，分明已经升起了一个黎明的太阳。

在森林里

高 璨

冬林

那许多黑色的树叶,都在漆黑的林子里凋零了。

岩石上依附着星辰,像伤疤一样永远驻足在那里不动了,蝙蝠吮吸着夜色,那星光、那月光一同滑进蝙蝠的嘴角,这,也许就是蝙蝠在极其黑暗的环境中,会偶尔闪亮点点银光的原因吧。不是声音赐予它形象,就因为这夜里,没有什么比夜更为漆黑,所以蝙蝠就亮了。

这是冬天来临的第一个晚上,冬眠的动物不会误时,都去冬眠了。时常在想,会不会有谁一旦冬眠,就再也醒不来了,永远沉睡下去,那些已经靠近死亡门口的生命,用冬眠作为自己死去的借口与伪装,让为它难过、伤心的人少一天心碎。

光

在这森林中穿梭自由的,也许是光了,它有着阴影的翅膀,栖息在森林中央最高的那个枝头上,试着让自己的影子投遍整片森林。

光的影子是光,是比光更为明亮的视线,看到一切没有遮拦的地方。每一朵蘑菇的伞,稳稳撑着,站在那里永远也不再走动了,也无法抬头看一眼那带给它们光明的天空中的太阳。

一生就这样默默低着头,它所看见的地方是光所看不见的地方,不知这属于幸运,还是无奈,直到一朵新的蘑菇,看到了这朵蘑菇所看到的地方,大概是在转季节的一场大雨后吧,就会有一个生命不会再为光所照射不到而悲哀了。

然而这世上是不会缺少任何事物的，刚刚说过的，那新的蘑菇也许不仅仅是继承了上一朵蘑菇的视野吧……

镜　子

如果森林中什么时候添了一面镜子，我想，镜子所在之处一定格外美丽。

每一棵树、每一株草、每一朵花，在镜子中看到自己后都会努力使自己看起来更美丽一些，这也许与人类有什么相似的地方。然而镜子背面的花草树木却茫然地看着自己对面的同胞努力地漂亮一些，当然不会知道那里发生了什么，所以依旧我行我素地生长，这样说来，是不是每人都要拥有一面镜子去时时刻刻修改自己呢？

告别在路上

（我们的心灵）

16岁在日本

易子伊

小的时候曾读过黄思路的一本书《16岁在美国》,当时我特别羡慕她。小小的年纪就体会到了异国他乡的魅力。而有意思的是,当我16岁的时候,也已经穿梭在东京繁华的街道上了。

时间虽短,但足以让我领会到日本这个国家的魅力。领会到与书本上、电视里、电影中描述的不同的日本。

第一次出国,对异国的一切都感到无比新奇。老师说,这时候的我们是最敏感的,最适合发现中日两国所不同的东西。印象最深刻的是第一天在东京王子酒店的那天晚上,我和同伴们反复地提醒自己:"我们现在在东京了!""我们现在在东京的酒店里呢!"念着念着,那股激动、兴奋的心情就油然而生了。呵呵,因为太过激动,我将果汁打翻在床单上了。我用蹩脚的英语找来服务生,想想看,那个高大的服务生是我第一个交流的日本人呢。现在想来,我当时还真是激动失态了呢。

我们坐在大巴车上,看着车外的东京。出乎我所料,东京的街道异常地窄,我想因为这里是一个拥有两千万人口的大都市,街道建筑也会建得比较紧凑吧。街道两边的建筑都比较高,而且都十分精致,整体是方块状的,似乎都像艺术品似的。街头一群群学生嬉笑地走过,寿司店的老板忙着招呼客人,清晨的东京无比惬意。

在东京的时候,我们见到了安倍首相夫人。我真的十分荣幸被选上与安倍夫人聊天,她是一个十分优雅而温和的女人。我终于找到机会介绍自己,我说我来自毛主席的故乡,她笑了。我又问她对于中国学生有什么看法,她笑着回答我,她说了些什么我忘记了,或者说我压根儿没用心听,光顾着凝视她的脸去了,呵呵,现在想想还真傻。

我们这一次旅行受到了很高的待遇,不仅是安倍夫人,还有日本外相、岩崎夫人以及每到一个地方那里的县政府机构都对我们表示欢迎。最让我感动的是在爱媛县政府大楼的那一次，在说明会结束以后，整个大楼里都充满了掌声，我们一行人还在纳闷儿，出门一看，那个场面真把我震撼住了——在并不宽敞的走道里，所有的政府工作人员全部站成两行，微笑地鼓掌给我们送行。多少的人啊，整整齐齐地，他们都是政府精英干部，而我们只是一行学生，可我们受到的待遇就跟国家领导人似的。因为我们一行100多人，一个接一个走，所以掌声足足持续了十来分钟。我被深深感动了，他们如此友好是我意料之外的。我们一行人走出大楼后都陷入了深深的思考：我们大部分中国人所厌恶所痛恨的日本人竟是这样的友善懂礼。我越发觉得自己被这个民族深深吸引了。

这一趟旅行真的让我受到了许多心灵上的震撼。我无法忘怀在民宿的时光，无法忘怀那些淳朴善良的高中生，我想与他们交流是我这次日本之行感动最深的吧。

我们参观了松山东高中和启明高校。我被日本高中有趣而热闹的社团生活所吸引：茶道社、网球社、射箭社、剑道社、棒球社、篮球社、俳句社、国际交流社什么的，他们都开展得多姿多彩、有滋有味。那些从前在漫画书里、动画片里、电影里见着的东西现在都在我的眼前。日本的学生对我们特别友好很热情，我的名字被大大地写在黑板上，旁边写着个大大的“大欢迎”。我觉得自己的心被温暖着。有许许多多的日本学生和我们一起玩儿，带我们参观他们的学校。

晚上在民宿家庭里，民宿的爸爸妈妈都非常亲切。我和那个女孩儿每人拿着纸和笔，还有电子词典，努力地和对方交流着。虽然这种交流有些慢，但我们都十分高兴，因为这表示我们都十分渴望了解对方，至于聊了些什么，呵呵，什么都聊了，连那个女孩儿所暗恋的男孩儿我们都聊到了呢。因为我需要买几本杂志，那些杂志很难买到，他们一家人就满大街地帮我找，我觉得太麻烦他们了，终于找到后，他们竟将那几本杂志送给我了，价格不菲。我当时说什么也不肯，那个父亲微笑地看着我，我想我永远都不会忘记那个表情吧，特别温暖，他说：“今天你是我的女儿，这是给你的礼物。”我一个中国女孩儿，站在这陌生的土地上，听到这一句温暖无比的话，你可想象我那时的心情吗？我感动的泪水在眼眶里转着圈儿。我想我是真的爱上这里的善良的人们了吧。当我回国后，听到还是有许多人说讨厌日本人，我觉得很难过，他们都是一群没有真正接触过日本人民的人，他们怎能想象到在我们海峡的那一方，生活着怎样的一群可爱的人们。我这样说并不是忘记了国耻，但是仇恨并不能存在我们两国民间友好的交往上。

在日本我们参观了震灾纪念公园、毛巾美术馆、垃圾处理厂、矿山等等，都是一些很有趣的地方。看到日本人将1995年地震的悲伤化为动力，10年之间又造起美丽繁华的神户；看到日本人将一个毛巾制造厂改建成美术馆，里边的毛巾都是令人赞叹无比的艺术品；看到松山市三分之二的垃圾都在处理场里变废为宝；看到日本的街道干净而安静，垃圾桶却少之甚少时，我们都陷入了沉思，10年以后，与我们竞争的是这样一群人。我们要感谢他们，感谢对手，这样才能提高自己。在隋唐时期，日本派来了遣唐使，在明治维新时期，日本积极地向西方学习着，他们就是这样地虚心向比自己强大的国家学习，才促成如今的日本。我们在他们身上应该学习到什么呢？我们难道不能学习他们优秀的品质吗？

16岁在日本，真的感受了太多太多。旅行真的是个很好的东西。我在这片神奇的土地上，看到了那么多的美丽风景，那么多可爱的人，那些笑容，那些感动的心情，一定会深深地珍藏在我的心底吧。

告别一座城市

周冰洋

我说不上来为什么打算离开这里。

今天我收拾好了行李，一些零零碎碎的小东西塞满了我的旅行包。太多的东西拿不走，而关于记忆，我更不知道能带走多少。我翻出了以前的日记，看了两遍后将它埋在了一棵树下。还有影集，我看到我和爸爸妈妈三个人贴得很紧密，还有我小时候——那个样子于我来说已像个陌生人，我和明荃不知为何笑得如此灿烂。影集我一本也不能带，那里面收录了很久以前出现在我头顶的天空，或者坐过的一张藤椅，或者一片草地，不过现在它们变成了占地方的没用的本子。

窗外有小孩子的笑闹声传来，那像是一个皮球，在我空空的房间里来回蹦跳。让我想起那个遗失已久的皮球——在我上小学时的某一天失踪了，我为此大哭了一场。若干年后的今天，在我临行前收拾房间的时候，它竟然又出现了。它周身披着历经多年的时光的尘埃，安稳地站在那儿，像个沉默的旅人。我对着它望了很久，最后把它清洗干净，塞进了旅行袋的最下面。

我时常认为自己过了一段毫无意义的日子。在高二那年的夏天，天气最热的时候，马上就要进入高三，我的同学们都绷得紧紧的。我坐在教室里看着大家紧张的身体，幻想他们变成一排拉得紧紧的琴弦，稍一拨动，就会发出响亮的声音。这种幻想也只是我脑子里乱七八糟的想法的一小角。我无法集中精力，仿佛世界被幻想与现实一分为二，我坐在中间的分界线上摇摆不定。在梦境和现实之间，一天的日子很快就打发走了。这一度让我很苦恼，有时我甚至难以将梦境与现实区分开来，我对于真实的事物开始漫不经心。数学老师讲的题目在我脑袋里钻来钻去，而后变成一条绳子紧紧勒住我的脖子，在我痛苦不堪的时候，它又变成老师喷出的一缕烟雾，渐渐消散。我就不再在乎沉溺于网络这件事了，在我坐在窗前眺望满城灯火时，我差点儿以为自己仍坐在一个虚拟世界里。

城市像一张网，网住了形形色色的鱼。

我可以肯定没有人知道我打算离开的意图。作出离开的决定是在我见到一只猫的时候。漆黑的夜里，它像是一团滚动的油漆。在楼梯口我看见它，它的轮廓逐渐呈现，两只眼睛像突然亮起的灯。它低声叫，那声音带着动物身上特有的味道，在夜里若隐若现。它直瞪着我，大概是一只迷路的猫。它用审视故人的目光审视我。我们相识吗？我们曾在什么地方相遇吗？在这个纷繁杂乱的城市，一切都面无表情地匆匆掠过时，在一个安静的地方，一只猫为我停下了脚步。而后它的身躯消失了，眼睛却像关不掉的灯泡。在它眼里的光终于消失时，留在空气里的体味却挥之不去。在气味也无从寻觅后，我又开始怀疑自己是否做了一个梦。但是一种害怕的感觉如此清晰地出现了，我不知道这是不是那只猫带来的。我的确会为一些寻常的东西而感到不安，比如电视机，洗手间里的灯，吃了一半的面包，然而没有一次像此刻一样，急切地想离开我生活的地方。

是那只猫让我想到离开的。如同内心深处某个不易察觉的影子，那天它晃了晃，在我眼前，令人惊悚。这影子隐藏好久了，还有那明利的眼睛，还有那惹人发毛的体味。这真的令我害怕、不安。

在6月缺乏阳光的干瘪的下午，我跑步。跑得气喘吁吁，我就安静一些。我似乎总想消耗掉一些什么，让自己处于疲倦的状态。在出现阳光的早晨，我坐在教室里埋头做功课，我希望以此来忘掉一些什么。后来一个新的想法吸引了我，我将它记在日记里，很久以后才开始阅读：我知道有一天我一定要离开，并且不再回来。我别无选择，那就像在等待明天的报纸，阅读必然发生的新闻。我不能选择，踏上这样的旅途，如同无法选择当初我的到来。

当害怕的时候我一定会想起南城的Santa Claus。在城市的一个角落，有这样一座酒吧，从20点营业到3点。在我离开这座城市前，要和明茎再去一次。那里出售较为廉价的Whisky，Chiverse，Martinis，还有放了冰淇淋的自制果酒。

在我们刚懂得出去消遣的年纪时，就来到了这里。那儿看不清东西，耳边会有各式各样的音乐。最重要的是在隔间里会放映小电影。午夜空调开得很低，大部分时间画面里出现一些制作粗糙的鬼脸。

我们又一次坐在里面。

我多么喜欢这里。我说，我以后一定会想起这里。

明茎说，会想起一同在这里的我吗？

我说，当然。

当然，无论如何，过去总有那么多无法甩脱的东西。我趴在一张冰凉的桌子上，仿佛小时候玩累了趴在冰凉的栏杆上，仿佛又回到以前。然而这种记忆一瞬间就模糊不清了。现在我知道为什么童年是美好的，那是一段模糊的时光，如同停留在人心头的一片柔软的小雾。因为如此朦胧，所以愈觉美好。

关于我和明荃的记忆，大概也就是泡吧的事了。这也是我对这座城市最深刻的记忆。我一定会想起我们第一次在Santa里邂逅陌生的金发女子，我还清楚地记得音箱里当时正放着《Loving you》。像混血儿的女子一直哭个不停，明荃就尝试哄她。用普通话说不通，明荃着急地使出他另类的英语：no cry no cry，cry is no good for身体。那女子居然笑了。

明荃如此迷恋夜店，这个学钢琴的孩子有自己的琴房，他常常在练琴的时间锁了门偷偷溜出去玩儿。我就问他，这么学还能学有所成吗？到时再说吧。他回答。可是你干吗学琴呢？他说不知道。兴许以后可以成为著名音乐家出人头地呢。他说。可是你现在什么也不缺嘛。我说。他说你别打击我，我什么也不知道的，我很无辜。

我想起一次夜晚的漫游。我骑单车在路上，经过一条全不熟悉的街，由于是黑夜，加上眼睛近视，便无法判断街的长度。我从一盏路灯骑到下一盏（它们之间相隔很长），但我从来没想过自己要去哪儿，在哪里停。当我看见又一盏灯的影子时，便又骑过去了。在一个拐弯的街口，我才发现它们正一盏一盏熄灭。

我想起以前在Santa Claus里看到的一部电影，里面一句台词让我印象深刻：没有人知道自己想要什么。

那么，或许人们想要的东西根本不存在呢？

现在我希望在离开之前，能让我的想象在记忆之城里再次游走。我停留过的十字广场，匆匆穿过的街道，百货大楼和书店。还有我丢过一只风筝的中心花园——那个没有围墙的花园里风是如此的大，我的风筝断了线之后就消失不见了。我所能想起的就是这些，那个圆形的十字街广场像一枚随手扔出的硬币，周围的十字街像拴紧的绳带。

拴紧的绳带。是的，那令我头疼的十字街。在我徘徊于此时，便感到自己不能脱身。汽车“呜呜”地开着，像许多头被激怒的野牛；人群从街道的一头走到另一头，又转回来。我看着他们，如同仰望天边的一朵云。偶尔起风的时候，我们的衣服被吹得鼓鼓的，我才发现原来自己也就像天边的一朵云。什么东西牵着我们，风刮不散，我们便无法脱身。

很早以前我想如果有一天我离开了，我便再也想不起它们，我知道我一定是做了一个梦，梦的内容我不记得。

在我将要离开的时候，我的朋友们，还有明荃都问我，这儿没有什么让你留恋了吗？

于是我开始短暂的回忆，我需要弄清楚为什么离去。似乎一切都是那只黑猫的提醒，它让我想起小时候的样子，让我觉得几乎是与生俱来的念头，让我想起看月亮的晚上。

月亮躲在楼房的背后，头一偏出现了，稍一转又消失了。看不到月亮时我很无奈，便想，若一直朝着能看到月亮的方向跑会跑向哪里？那大概是我第一次以为知道了自己想要什么。在城市灯火阑珊的夜里，我需要寻找到月亮；月亮的方向就是我的方向，这是多么简单！在我还没来得及奔跑的时候，白昼就来了。白昼又多么令人不安，仿佛退潮后的礁石暴露无遗——我想要的一切在一片晃眼的白光中，无影无踪了。

也许这都是偶然。人们就像被放入篮子顺水而下的婴儿来到这里，我也是如此。我偶然漂到了这里，偶然碰到一摞书，认为自己该去上学了；偶然在上学的路上我迷路了，偶然发现我很想离开这座城市。那么城市的存在是不是偶然呢？很多年以后，如果这里如同被冰封一般，不会有人想起在以前很偶然的，这儿亮起的灯。

我想起在日记上写下的一句话：就像一只虫子，一出生就被放在密闭的罐头瓶子里，有一天它突然意识到，真正的世界不应该在这里。

我的爸爸妈妈也问，你决定要走了？我盯着他们的眼睛，没有回话。不知从哪一年起，这眼睛已经不再清澈了，它让我深陷其中，让我想起一次溺水的经历。

那是很小的时候，我在小河里游泳时被湿泥滑倒。我被水流冲走，混浊的河水包裹着我，让我恍如坠入一张疯狂扑动的大网中。我感到妈妈不断拍打河水找我，但我并不害怕，也就不挣扎。我不能呼吸，感觉快要睡着了。我试图伸直身体，以便这睡眠来得更快。人们说俄狄普斯正是被放在篮中顺水而下的，我们从哪里来就回到哪里去，告别正是一件如此自然的事。那时北方的天空变得模糊不清，细小的光线扑簌簌地落在我头顶，大概如同我第一次见到它们时一样。

现在我把行李打点好，剩下的事就是等着去机场。我仔细地将父母看了一遍——我们不再靠得很近，那样看电视，或者讲故事。我转过身，仿佛又一次走进了水里——那次溺水的经历再次回到我身边，然而妈妈没有拍着水找我。

我躺在水中，不感到冷，也不害怕，只是困倦。我想伸直身体，又或者紧紧蜷缩起来，像婴儿一样；时间被水冲走，我需要沉进一场失去时间的睡眠中。

我不感到冷，也不害怕。我在没有时间的睡眠里，依然梦到了这座城市。城市也是一座迷宫，我变得杂乱无章。

我梦到这座城市，它钢筋混凝土的外壳，它涌动的车流和人流，晚上耀眼白天熄灭的灯火；一间水泥厂，一个建筑工地，打桩机"砰砰"的声音让我想起打在我脸上的拳头。上晚自修的学生开着灯，黑暗的街道上妓女在抽烟。

行走在城市里，人往往就丢失了自己的影子，往往就迷路。我在城市里迷路，是在小学的时候。放学的傍晚，我并没有走惯常回家的小路，而是改走了宽敞的大路——既然路有这么多条，为什么不值得试一试呢？

夜晚悄悄降临了，灯一盏一盏亮了起来。高楼大厦仿佛一下子披上了华美的礼服，霓虹耀眼。车流依然没有间断，它们瞪着两只黄黄的大眼睛，仿佛急着赶路的大甲虫。我发现自己迷路了，然而让我奇怪的是，周围的人在我眼里都跟我一样，似乎没有人能看清脚下的路。他们只是走，到了另一头又拐回来——他们走不出一条街道。

如果让我们爬到楼上去，如此高的楼，在俯瞰一切的时候，隔着一层微薄的雾，世界平了，声音和光线都平平整整地压在这张平面上，只有无数细小的影子，混乱地移动着。

之后我看到一个盲人在走路。对于他们来说，也许没有黑夜白天的概念。盲人能找到方向吗？也许黑暗是所有人必须遵循的方向。

然而不管是盲人，还是那些仿佛迷路的人，我们都是被放进篮子里漂走的人。篮子漂流的方向就是我们的方向。当我们回到篮子里，我们就又是婴儿。

我以一种无法言说的心情站在大街上，听到"轰隆隆"的声响，以为听到了城市的心跳。

夜幕四合。我坐在去往机场的车子里，城市在一寸一寸向后退，不久我将离开它。我过去的生活原原本本遗留在了这里——我的学校，我的爸爸妈妈，明荃，在一个很远的地方向我挥手。

我又想起那句写在日记里的话：一只虫子，一出生就被放在密闭的罐头瓶子里，有一天发现，真正的世界不应该在这里。

这是多么令人感到无望的偶然。然而我又想到另一个假设：一只虫子意识到真实的世界不在这里，它逃出了罐子跳到外面，发现真实的世界也不在这里——现在它该去哪儿？

然而这个问题困扰了我不到10分钟。在车子快要停下来时我想，一切原本都是简单的。我们是谁，从哪里来要到哪里去，这并不是无解的答案，只是一个无须探讨的问题。

因为我知道10分钟后有一架等着我乘坐的航班。我跑到机场左侧的精品店，往自己左耳上穿了一个耳洞。

蓝色的，是海

苏笑嫣

与海有关的事物，似乎总有着一种华丽而又忧伤的气质，那淡淡泛着的忧伤，一如岸边的野花的盛开，平静得不易察觉，却潮湿着一个个观海人的心。回来的人总会说，海水是咸的。

那样静静地看着海，看着海的那边，总会觉得从那海天相接的淡蓝处，会有一个美丽而又忧郁的公主缓缓走来，披着一头湿漉漉的长发，湛蓝的眼睛一如海水一般，迷离而又伤感。

当涨潮、退潮，当波浪汹涌，当天地辽阔，当周围的一切都是那样的宁静，似乎世界上只有海的呼啸这一种声音时，海水向两侧拍打，海浪留出一条小路一直通向海的深处，脚下的土地在恍惚间后移，而此刻，我愿拖着那早已被打湿的长裙，像中了某一种神秘的魔法一般，一步步，一步步地走进那片海，那片天，那片蓝。

也许，那个时刻的我就是某一个公主，不同的是，我们的方向相反。

“要点儿什么吗？”

“一杯咖啡。”

“要加海水还是眼泪？”

要加海水还是眼泪？我不知道。都是咸的吧。

当苦涩的咖啡遇到某一个饮客咸咸的心，它芳香浓郁的味道才被发挥得淋漓尽致。喝的人会醉，是优雅的心醉。品着与心情一样苦涩的咖啡，有着淡淡的无奈，也有着朦胧中的安慰。不同于酒醉。忧伤，总是华丽优雅的。即使我们心中泛着那样隐隐的疼痛，我们一样昂起头，轻轻扬起嘴角，带着我们与生俱来的骄傲。像个公主一样。

海水温柔地拍打着岸，它日复一日地冲刷着浅浅的脚印与伤痕。许多承受不住的旅行者选择把疼痛丢弃到了这片眼泪的海，然而他们从未轻松过，因为他们这次却背负了这一片海。他们选择了丢弃，却又不舍地抱住这些回忆不放。也许只有这些回忆才是这些游离者的归宿吧。不同的故事，都被埋藏在了海底。

于是,我选择一路前行,背上那一只旅行包。可是日子久了,我也记不清包里都装了些什么。也许,有一声鸟鸣、一抹阳光、一个小女孩儿欢快的笑声,又或是一个关于蓝色的梦。总之,背着就对了。

不紧不慢地前行,一路上看看小花,想想心事,可在蓦然间一声响动在身后悄然而至。于是;我转过头去看见了一树芳华烟消云散,而澎湃的海水似乎在涌来。我笑了。拿出一只玻璃瓶,轻轻地灌上一小瓶咸咸的水,贴上一个标签:海。

于是,背包就这样又重了下来。

我不知道独自一人在平静的海上泛起小舟会有怎样的结果,但我确实这样做了。挂上一盏黄色的小油灯,背上那只时轻时重的背包,就这些而已。白天,我轻轻地摇着桨,看海,然后,还是看海。夜晚,让小舟随着海水走吧。我躺在小舟上,仰起头来数着星星,一颗,两颗……有月亮的日子,海里也会有星星一闪一闪的,而我,会做上一个星星的梦,嘴角挂上一个很好看的弧度。小油灯,就让它在小舟上摇摇晃晃地摆动吧,它要做的事,谁管得了呢?

日出又日落,这样的日子很适合发呆,偶尔又多了些许忧伤,却也纯净。但就这样走着走着，直到有一天，我看到天空中赫然出现一块很不自然的白,于是,我又笑了。

那片白上突兀着一个稚嫩的字:海。

突然觉得自己很狼狈,原来自己才是那个溺水的人,躲在那个密封的空间久久不愿走出。然而,是该离开了。我拼命地抓起瓶子逃离。突然间,我回首,转过身去又将瓶子抛进了海,我张开双臂,让海风把头发和长裙吹起,而前倾也许是最完美的姿势。

天亮了。我艰难地拔起脚走出这片让人窒息的蓝,身后,是脚下这双湖蓝色低跟鞋留下的一排整齐的鞋印。蓦然间,我潮湿的黑发被镀上了金红色。抬起头,朝阳在眼前。

“啪嗒、啪嗒……”身上的水珠还在间续地滴落在地上。头发紧紧地贴在我的脸颊，当又一颗水珠划过我的嘴角，我看着那团金红，突然哈出一口气，笑了。

我带走了一片海，却带不走一抹蓝。也许，无力时才能懂得承受。而我坚信，我就是那样一个公主，带着属于自己的忧伤与骄傲，一路向前，昂首微笑。

那一片蓝色，埋藏在我的心底。而同时埋藏的，还有那一轮朝阳。

游城记

李婷

在小说《看不见的城市》中，忽必烈对马可·波罗说："从今往后，由我来描绘城市，而你则在你的旅行中验证它们是否存在。"合上书，才猛然发觉我已经置身于一个描绘好了的城市，她的每一个字都经历了沧海桑田的无情变迁，每一滴墨都凝聚了中华五千年王朝更替的刀光剑影。

在这样一个城市旅游，心情不见得轻松。即便旅行者是4个小孩儿，没有任何羁绊。

大约是为了缓和历史给北京强加的厚重感，我们避开了长城故宫等传统的旅游景点，我们选择了后100年内的北京，通过后海，西单，在那些地方，北京仍像个初生的孩子。

行了很远的路，来到了后海，后海的夜，就像一杯永远也喝不够的酒，拥有的不止是迷醉。你可以说她很斑斓，也可以说她很妩媚，或许还有那么一点点的艳俗。

华灯初上，正是后海苏醒的时候，我们租了一条小船，在后海温柔的水中徜徉，水上随意地漂浮着几盏用蜡烛点缀的小灯，漂浮不定，自在流转，很好地烘托出了后海的随意与别致。与各种充斥着金属味的bar不同，两岸栽种的全是古典的杨柳，风起，柳叶摇曳浮动，慵懒得让人可以丢掉所有的曾经，所有的事与愿违。bar也是很随意的场所，门口总是萦绕着水果熏烟，老外在这儿不用担心异样的目光，因为后海bar中的异国人占了很大的比例，随意在一家bar外驻足，左边是大不列颠的绅士们，右边则是大韩民国的太极旗军，但大多都是用慢速的英文交谈。

找一个靠湖的位置坐下，典典和小泉要了Cappuccino，我的是Mocha，小卜则是简单至极的牛奶咖啡。在后海，喝的是什么已经不重要了，那一种种平时向往的液体喝在嘴里也不过化成了后海迷蒙微醺的空气，但就是这些醉人的情调让后海成了小资们趋之若鹜的地方。每个人，在后海，都会成为她的一部分，都会为这块文化地抹去单调，写上丰富。

依依不舍地离开了后海，便在天安门广场等待日出和升旗仪式。

深夜两点，北京的风，比想象的还要冷。很快，小卜和小泉便哆嗦着睡着了，他们背后的天安门被一串串小黄灯点缀得金碧辉煌，两人匍匐在路灯下，睡得那么恬静。昏黄的路灯太高了，一点儿也感受不到它的暖意。我盘绕着双臂，一个人在空荡荡的大街上游荡，满脑子全是疯狂的念头，也许是过惯了循规蹈矩的生活，总想一晚上就把所有疯狂的事做完。

天空很澄净，泛着明丽的光朵，大街很干燥，弥漫着大理石特有的坚硬气息，头则很重很重。具体旗是怎样升起来的，已经被迷迷糊糊的头脑丢得差不多了，回到宾馆，倒床闭眼，微笑着释然。

也许我们等一个东西，念念不忘的大多只是等的过程。

接下来的几天便留给西单和王府井那几条似乎永远也逛不完的街道。人海中紧紧盯住前方领路的朋友，那一瞬间好像同她(他)们有了一种微妙的维系，之后才恍然觉悟：人总是恋家的，同行的好友便是我在这陌生的城市里所寻找的归属感。

心中有一份归属感，仿佛永远也不会迷路。

回旅馆时乘坐的是地铁，也是我最喜欢的一种方式，充斥着小资的 freedom 和 liberty 候车的地方阴冷而安静，人拥在一起，夹杂着不好闻的味道，可你却那么喜欢它的真实。列车呼啸而来，像风一样，各种画面转瞬即逝。站在那里等车的时候，我突然想起了 Vivian，那个安妮笔下的人物。我不知道我怎么会想起她，有时候我很难分清现实和我的幻想。它们总是交织在一起，让我无从辨认。Vivian 是很边缘的人，有着很边缘的情感，也许，即便是生在北京的人，也对北京这样的大城市缺乏归属感吧，北京所拥有的大城市印记，那么强烈，就像一闪而过的地铁，孤独和失落猛地涌向你，你知道，北京永远也不会为谁停驻，为谁沉睡。

然后的然后，便真的离开了，3 天，等到我们开始熟悉北京时，已经结束。这时才渐渐发觉，在北京旅游，想要忽略或逃避北京的历史是不可能的，北京的一街一巷，一草一木都浸润在悠久历史所带来的文化氛围里，北京的文化是历史走过留下的沉重足迹，是无数精神与灵魂积淀下来的厚重财富，我一直想好好感受一下它，但是因为我的浅薄，终究不能感其皮毛。站在北京的街头，我是一个无知的孩子，抬头看着天上溜过的流云，或是用手触摸斑驳的墙壁，《北京一夜》唱道：百花的深处住着老情人缝着绣花鞋，面容安详的老人依旧等着那出征的归人……不敢在午夜问路怕触动了伤心的魂。离开北京的人，或多或少都会滋生出一种北京情结，我想，也许是两年后，也许是更远的将来，总有一天，我会走到她的心里去，只要用心。

天　津

告别了朋友，一个人只身来到了天津。别了10年之久，儿时里天津的片段已经模糊不清，然而却能肯定天津仍保留了大部分过去的风貌民俗，传统的街道，依然游人如潮。

去了趟镇东，去了趟食品街，览尽了天津的风情。

古楼门口仍是芳草碧连天，有那么一瞬，心中忽然安静了会儿，我听到了久远的鼓声，一声声颤动着历史的脉搏。走马观花地看了杨柳青的年画，毕竟是大艺术，看了许久仍看不出妙处。只是那绚丽多姿的风筝却令人爱不释手，累了，便拣一个柳道旁的位置坐下，浓香四溢的茶汤才真正让人感觉来到了天津。再走几步，170多年五代相传的泥人张依旧心灵手巧，古老的岁月为精雕细琢的工艺品添了几分素雅，一件件均泛着古朴幽幻的光辉。以前读过冯骥才的小说，那些发生在天津卫的故事，一个个都离奇极了，但没想到它们真的存在过，哲人说：“传说中的城市很大部分是它实际存在需要的，而实际存在的城市却比传说的实际要少。”我不禁莞尔，传说，也许就是好多年前的真实扩写而成。

最后一天，去了图书大厦，五层楼的书光是名目就看不完，细细挑了两本当地没有的书籍便下了楼，暖暖的阳光懒懒爬进窗，清新的味道无处不在，感觉真好。

天津很大，一点儿也不逊于北京，通常两个目的地之间要坐30多分钟的公交车。破旧的公交车汽油味很浓，踉踉跄跄地行驶在公路上。在天津，最常用的交通工具是自行车，机动车的数量很少，因此交通不大拥挤，晃了许久，就到达了目的地。

天，渐渐地黑了，路灯绽放出昏茫的光，光线散落于前方的路上，我的视线突然迷惘了——没有看见熟悉的建筑物，更确切一点儿，这个地段连建筑物都很少。我滑稽地站在路中央，四周是宽广的视野，一个傻乎乎的念头浮了上来——大概,是迷路了吧。

顿了顿,又突然很想笑,甚至有种莫名其妙的惊喜,第一次迷路了,而且是在人生地不熟的异乡。我就这样傻乎乎地走在大街上,一种轻巧的愉悦压下了回不了家的恐慌。我对自己笑笑:就这样,好好看看这个城市吧。

天津的路,无论哪儿都是宽广大道,大得让人感到渺茫。几辆车紧靠着人行道一字排开,其中有一辆车是红色的,睡在幽暗的树影下,像偶尔飘落的半幅旧春联。轻轻地,如火柴擦亮的一声轻响,小红车开走了,我朝它远去的地方在心里挥挥手,觉得无比亲切。路边有几家简单的店铺,店主围在一起,用地道的天津话闲侃,说的大多都是政治内容,每个人对最近发生的大事都有独特的见解,我不禁汗颜。

走离了小店,前方是遥不可及的尽头。走啊走,我就这样从早晨里穿过,现在走进了下午的尾声,而且还看到了黄昏的头发(余华),最后竟还让我给走了回来。又回到了大都市的车水马龙,心中仍然被刚才美妙的际遇填充得满满的。一个幸运的旅人,看到了天津平凡温和的一面:她也是一名锦心绣口的女子,守护了一条搁浅的船,那么温润,那么典雅。可是就那么一小时,又怎么能望得尽天津呢,我不该忘了,天津的白河口、大沽炮台曾是中国近代史的起点,她承载了中国太多的耻辱,也见证了无数正义的反抗。但一座向诗意靠近的城市,一座有文化点染的城市,一座有着沉甸甸历史资本的城市,她不但应有战火与反抗,还应该有温和的生活品质,安静得可以掐出水,晶莹得可以望得见童年——这样的城市,我想,是能够寄托梦想的。

回　家

回家了,带着两座城市的记忆,同过去关于它们的印象融合、交会。天安门的白鸽依旧无拘无束,十八街的大麻花依旧香酥可口,那些过去流传下来的故事依旧会流传。只是,游人一轮轮过,又有几人能真正读懂它们?

要读懂,实在太沉重了。

于是,我只选择做过客,挥挥手,以轻快的方式告别。

告别铁轨下一块块远去的土地,告别几天来走过的点点滴滴,它们就这样留在了我忙着记忆的岁月里,安静地睡着,躺在流年里只属于它们的时光。

西藏之蓝

苏小次

7月底与父亲一道开始一场旅行。林芝、拉萨、日喀则。11天的旅程很短暂却也很漫长。

11天里,走在西藏纯净得令人不忍玷污的蓝天之下,心里拥有一片前所未有的宁静。那些旷野上自由奔跑的生灵,那些磕长头的藏民,那些早已流浪在外挣钱的孩子,他们都深深地震撼了我。我渐渐知道我忧伤,是因为心中的信念单薄得无法负荷哪怕一点儿灰色。

在火车带着我渐渐远离那片蓝色的时候,我在轻微的颠簸里握紧手中的黑色水笔,一字一字地捕捉着逐渐远去的记忆。

那断断续续的句子,拼凑成了最初的《西藏之蓝》。而当敲下这篇前言时,漫长的暑假已趋于尾声。

那是我无比珍爱的故事。现在,我呈与你看。

——前言

我站在取款机前,看着一张张红色的纸币流水一般哗哗地接踵而来,沉默地将它们一股脑儿地塞进巨大的登山包。我凝视着手中的银行卡,光滑的卡身,印着中国银行的字样。那是一个月也见不到几次的父亲塞给我的。他说,小年,尽情玩儿吧,钱不是问题,我只要你开心。

真的,钱不是问题,那张卡里10后面是4个0,足够我去世界的任何一个角落。我浅淡地笑着,在早上10点的阳光下,疾步而行。

光明甜茶馆位于北京东路往大昭寺的路上,屋内光线暗淡,烟雾缭绕,黑压压地坐满了人。几乎看不到女子。

我在角落找了个位子坐下,把散钱放在桌子上。一个胖胖的笑容和善的女子手提铜壶,身着白褂,为我斟上一小杯甜茶,然后从桌上拿走3毛钱。我想她应该就是网上很多朋友亲切念叨着的阿佳。我静静地感受着这一刻的安然，初进门时的不自在早已烟消云散。

我轻啜下一口甜茶。这样的茶，甜美得恍如入夜的梦。

记忆中的鹿曾用微笑的眼睛看着我说，小年，若以后有机会去拉萨，记得去光明甜茶馆。

那时，站在阳光下，穿米色衬衣暗蓝色牛仔裤，踏一双洗得干干净净的白色板鞋的鹿，有那样长的纤细而密的眼睫，嘴角上扬的弧度很柔和，眼神清亮得令我不敢直视。

他仰头注视着灰蓝色的天空与洁白的云朵，沉默了很久说，西藏的天空是湛蓝湛蓝的，明媚通彻。在那里，喝一杯酥油茶或甜茶，然后，就算立即死掉，也是件幸福的事情吧。

那时我惶恐地抬头仰望着他。彼时我是这样怯弱的孩子，即使是听到，也会不由得畏惧死这样尖锐的字眼儿。他轻轻抱我在怀，我的耳际传来他的笑声，低低的却格外好听。他说小年，你就像个小孩子，真好玩儿呢。

深吸一口气，可我努力了好久的微笑终究达不到眼底。四周坐的大多为藏民，却并无意想中的喧嚣。阳光温暖地斜窗射入，人们都在安静地聊天喝茶，对着朋友，笑容明朗而充满默契。

这时，有人在我身边坐下，把我的散钱拿了一些过去放在他的前面，然后对我说，嗨。

我不理会他。

我没零钱了，不介意请我喝杯甜茶吧？他笑着问。

自便。我说。

他的面前很快也有了一杯甜茶。他立刻端起杯子喝了一口，说，总算热起来了。

我这才认真地注视着他。他理个平头，有一张高原紫外线辐射下的紫红色的脸，还算好看的五官。穿一件藏青色的线衫，笑容明亮。

我问，你在西藏很久了吗？

待了几个月吧，就晒成这样子了，侬讲，阿拉像不像个正宗西藏人？

我惊讶地抬头，你是宁波人？

四啊四啊，被侬发现嘞。他带着点儿调侃地说。

我不由有些惊喜，我说，阿拉是老乡。

这也是种缘分吧，我们相视一笑。

他问我，还适应吗？

嗯，来了3天了，高原反应总算缓和了。我微笑。

呵呵，我叫白杨，正好这几天有空，就陪你这老乡溜达溜达吧。

那太谢谢了。嗯，叫我小年吧。

从大昭寺按顺时针方向出来后，我就失了神。身边的白杨笑着问我，感觉如何。

我望着依然在寺前黑压压地跪着或磕头的藏民们，说，我对寺庙其实没什么感觉，但大昭寺是前来拉萨朝拜的人的首选，我始终不明白，是什么样的力量，带他们来到这里。

身边的白杨沉默了很久，终于说，我在西藏的朋友曾告诉我，一个藏民的一生起码要磕10万次头。他们在临死前是一定要去拜谒的。他们之中的一部分，甚至远在四川、甘肃、青海。他们三步一拜，衣衫破坏，却心怀无比的肃穆与虔诚。少则一年，多则数年，磕长头的藏民才可能抵达这里。

在路上，一定有很多人死去了吧。

是的，有很多很多。后来的人就取下他们的一颗完整的牙齿，继续磕着长头，努力将他们的牙齿带到这里。这样就意味着，即使他们在路上死去了，他们也依然来过这里。

人可怕起来真可怕，不是吗。

所以，其实每个人都可以做好想要做的事情，也都应该努力去做。因为心中所存的信念，远超出想象，并会由此带给你无尽的力量。

我仰头望着白杨。阳光下，他眼中有那样平静深远的目光。

我忽然笑了，我说，白杨，忘记问你，你是做什么的？

登山的。

他看着我惊讶的样子，也笑了，说，有什么奇怪的，不可以啊？我来挑战珠峰，再过几天就要去大本营做准备了。走吧，趁我有空，现在带你去八廓街转转吧！

我在八廓街数不胜数的小摊中流连。比比皆是的天珠、红珊瑚、绿松石、藏刀、藏饰构成一幅令人迷醉的画面。我的左手腕上已经戴了5个不同的藏式手镯。我几乎抬不起我的左手了。我拉着白杨，笑着问，好不好看。

他恶狠狠地说，好看死了，花钱如流水的小姑娘，这条街上买东西不砍价的是傻瓜。

我也恶狠狠地说,钱算个屁。

他哈哈大笑。

我忽然就难过起来了。我想起鹿以前也总是这样恶狠狠地对我说,你这个花钱如流水的小姑娘,怎么总是买镯子呢,也没见你戴过几个。

我总是笑嘻嘻地说,我喜欢呗。

然后他就会把我抱起来,继续恶狠狠地说,以后不许你乱花钱,你喜欢镯子,我给你买。

我遥望着记忆中20岁的鹿和16岁的自己。其实鹿一直都不知道,我只是想花掉那些父亲给我的钱罢了。唯有花掉那些钱,自母亲过世后始终忙碌的父亲才会安心。而镯子,恰巧是我唯一喜欢的首饰。

5年后的我站在八廓街的出口,在阳光下无比费力地抬起我的左臂。那5个镯子就沉沉地顺着手臂磕磕碰碰地坠落,直到臂弯处方止。

我从口袋里摸出那一对戒指。我的手指格外纤细,白杨陪着我试了一街才找到合适的尺寸。那对戒指一大一小,样式古朴简单,印有祈福的六字箴言。我在左手中指上套上那个小的戒指,也没有想过各个手指于戒指的意义。

我想了想,把另一个大的扔给身后的白杨。我说,送你吧。

他显然没回过神,良久,才听到他啊了一声。

我没有回头。我又一次抬起我的左臂,在阳光下轻轻念诵着戒指上的六字箴言。

唵。嘛。呢。叭。咪。吽。

我仰起脸,任热烈的阳光照射着。

在邮局寄出我为父亲挑的藏刀后, 站在吉日旅馆门口, 迎着轻柔的风,我说,白杨,明天有没有空儿?

有啊,想去哪儿玩儿?

他已经从刚才收戒指的惊讶中缓了过来。其实连我也觉得不可思议,为什么会把戒指送给白杨。

或许是在买下它的那一刻,我已经知道,它已经失去了意义。

我对着白杨微笑。我说,我想去纳木错。

第二日的早上8点我见到了开车的许,四川人,一张脸棱角分明。他和他的丰田越野已在西藏飞驰了5年。

我拍拍白杨的肩，笑道，不错嘛，办事利索。

嘿嘿，那是当然。他笑得像个孩子般得意。

车在青藏公路上驰骋。

我沉默地望着窗外。不知名的大鸟划过湛蓝的天宇，大团的白云低低缠绕在远远的山冈。零散的牦牛成群的绵羊悠然自得地啃着草。与公路平行的青藏铁路，此时没有火车经过，像极了旷野上暴晒着的伏着背的兽。

白杨拍拍我的肩，小年，你傻啦？怎么不说话。

拉上的帘子挡住了强势的日光。我把头靠在车窗上。我说，白杨，我昨儿很晚才睡着，累死了，我现在睡会儿。

我听到他温柔地说好。我闭上了眼睛。

白杨和许聊着天，刻意压低的声音模糊得仿佛一场呓语。黑暗里的世界静谧且温柔，我终于放弃了抵抗。

13岁的小小女孩儿眼睛睁得大大的望着新搬来的邻居哥哥做作业，哥哥说我叫鹿，声音好听笑容漂亮。

14岁的小女孩儿站在18岁的少年面前绝望地哭，少年蹲下身，抱紧她。他说，小年要乖，不要哭，不然妈妈在天堂里也会哭的。

15岁的穿堇色裙子的女孩儿，羞涩地低着头，手指紧张地蜷曲着。她望着少年的白球鞋，轻轻说，嗯，我也喜欢鹿哥哥呢。

16岁的少女逐渐有了动人的轮廓，她捧着少年赠予的雏菊，笑得那么欢喜。

我想此刻我的嘴角一定牵起了讥诮的笑容。原来固执二字便是这般书写，小小女孩儿会成长为少女，少年却是永远的少年。

原来我始终坚持，鹿是我不老的少年。

朦胧醒来时发现车已停了，我的身上盖着白杨的外套，两个男人却不知去哪儿了。我下了车，才发现这是在山顶上。凛冽的风吹得格外狠厉，我裹上白杨的外套，那外套暖融融的，有股令人安心的味道。很man。

小年，来这儿，我们合张影吧。

我转过身，看见白杨冲我挥着手。

我走过去，和他站在一起。我的左边是一块大石头，上面有红色的刻字：那根拉山，海拔5190米。

许按下了快门。

拍完照后，白杨递给我一瓶水，说，坐车挺累的，我们休息5分钟。

我站在那根拉山山顶，凝视着底下连绵的群山与低回的谷。呼呼的风灌入耳朵，在身体内部拉扯开一片空洞。

鹿。鹿。你只知我最喜欢王菲的《花事了》，却不知其实我只是喜欢那其中的一句歌词：让我感谢你，赠我空欢喜，记得要忘记。

我忍着强烈的窒息感闭上眼睛，看见17岁的少女眼神澄静。她说，我等你回来。

小年。我听到白杨在身边轻轻唤我。

我嗯了一声。

小年，你看。

我睁开眼睛，看见白杨伸过来的粗糙的左手中指上，戴着我送他的戒指。

他说，小年，在你沉睡时我戴上了这枚戒指。我想，我可以确定了。

我没有说话。我说不出话。我只是本能地低下头，可那枚藏式戒指钝重的光芒还是刺痛了眼睛。

我听见自己轻轻说，白杨，对不起。

我知道你会拒绝，他苦笑出声，我只是想说出来，让你知道。

他双手扶住我的肩，温柔却也困住了我。他说，小年，看见你的第一眼，我对自己说，这个安静的姑娘就是你想找的人。

我抬头，眼泪不受控制地掉下来，我大声冲他喊，可是白杨，我有喜欢的人的，我有的，你知道吗？

我知道，他安静地凝视着我，看见你的第一眼我就知道。可是他让你不快乐不是吗？小年，知道我为什么放弃安逸的公务员位置而选择登山吗？因为登山时的心是单纯的，它会引领我，一步步靠近仿佛触手可及的梦想。越往高处窒息感越强，求生欲与征服欲也随之增强。那一刻生命会成为最想把握住的东西。那一刻无须学就懂得了原谅。

你是想让我懂得原谅吗？我擦掉眼泪朝他微笑，我说，白杨，你知道吗，那就是我来西藏的目的。

虽然早在网上看过照片，可当纳木错真实地呈现在眼前时，我还是心神俱醉。无际的湖水由绿过渡到深蓝，如此清澈，仿佛与天连在一起。大片白云朦胧地遮掩了碧空，在遥远的视线尽头，又如花般安然地盛放于湖面。湖畔水草丰茂，游客和商贩往来众多，又为这片安静增添了热闹的烟火气。

有牵牦牛的藏民操着熟练的汉语问我,姑娘,骑牦牛吗?

我笑着拒绝。然后离开。

我找到一个宁静的角落坐下,人们的嬉笑声已是遥远。

我从背包里拿出那封信。准确地说,那是一张洁白的 A4 纸。日期是 2006 年 8 月 9 日。那上面只有 3 个字,对不起。

一年之后的我望着那 3 个字,眼里终于不再有泪。

昨夜吞了两片安定依然无法入睡,是因为明白,这一天终于到来了吗?

我拿出黑色水笔,在下面亦加上自己的 3 个字,用那张纸折成一只洁白的小船,凝视着它在一片碧蓝之上轻盈远去。

那 3 个字是,鹿,再见。

再见。你看,这就是我的救赎。

而从今以后,遥远的大洋彼岸,你也要好好照顾自己。

4 年后。

我和宁远是在朋友的婚宴上相识的。他安静俊秀,工作出色。我们就像所有都市中的男女那样平淡地交往,为结婚做着准备。

一年后,装修奢华的西餐馆里,他向我求婚。他双膝着地,右手持一个黑色天鹅绒的小盒,里面是一枚做工精细的钻戒。

他的声音并不响亮,却足够令我听得清晰。他说,小年,你是否愿意,和我从此共度一生。

我没有回答。我只是低下头,凝视着素净的左手。心里又有隐隐的抽丝般的疼痛,我听见自己轻轻说,远,你是否愿意听我讲一个故事。

他唔了一声,左手腕上的秒针滴答走过。

我说从前有一个女孩儿,她年少时倾尽所有力气企图抓住的温暖终究流失。她不甘又绝望。她愤怒又迷茫。她去了西藏,希望能获得救赎。她在那里遇见一个天使,天使并不完美,却有一颗足够宽容的心。后来,天使说爱她,并且愿意等待。

我停了停,宁远依然安静。

我闭了闭眼睛,压抑着翻滚叫嚣的忧伤。我说,可是女孩儿终究来不及爱上那样好的他啊。

我的抽屉底层有一个相册本子,里面只放有一张照片。

那根拉山山顶的风,吹乱了白杨和我的头发。我们的身后是随风飘扬的五色经幡。

只是我已生活安定，照片中的另一个主角却已在珠峰的某一处永恒沉睡。3年前一场突然爆发的雪崩永远带走了他。甚至直至今日，他依然沉睡在那一片终年不化的洁白里，无人寻着过他。

时针在不知不觉间就向前挪动了一格。我听见自己最后说，远，你知道那女孩儿是谁吗？

他沉默良久，轻轻拥我入怀。他说，小年，我仍是那句话，你是否愿意，和我从此共度一生。

我在宁远温柔的拥抱里痛哭失声。我知我终究觅得了良人。

3年里第一次纵情地哭泣，终于花光了所有力气。

我在宁远身上萦绕的淡淡烟草味中渐渐睡去。最后的最后我看见那个有着健康笑容洁白牙齿的白杨，那个让我相信信念的天使，他沉睡于西藏湛蓝通彻的天宇之下。

我对着那无际的湛蓝微笑了。

宝盒里的前朝月光

（我们的幻想）

燕 歌 行

易子伊

1

待燕国杨花落下时,渐离先生谱了那年第一首曲子。花瓣落在琴座上,暖春慵懒的气息充溢其间,渐离先生独自奏着曲,刹那间泪流满面,泪水顺着琴弦滴在红木上,随后再无踪迹。就在那细弦划过肌肤的疼痛,我想起那人似曾相识的凛然及沧桑。

我只是个哑女,为高渐离抚琴的哑女。在集市上、河畔、宅院都为了他抚琴,因此遇见了他,他叫荆轲。我叫鸠。

荆轲先生神采奕奕地走来,在3月早春的阳光下很开朗地笑,渐离先生喜欢同他喝酒,而我则为他们抚琴。随兴而奏,时而欢快时而感伤,荆轲先生总会在曲毕后流泪,杨花落在酒杯里,他再也没拿起,只是轻轻转向我:"鸠,你总是让我很感动。"只见一道清痕和一种属于剑客的沧桑,我点头。却看杨花漫天。

琵琶行

荆轲先生敛起笑容,面无表情地说:也许后天就会走,刺秦会很艰难,不过我总会回来。渐离先生什么也没说,拨弄着弦,"秦军已取赵,必攻燕,我不得不去。"荆轲先生凛然的寒气充斥于每个角落,我猛地一颤,崩断了琵琶弦,血流不止,十指连心。

风萧萧兮易水寒,壮士一去兮不复返。

已是深秋,琴弦格外纤弱,轻颤,荆轲先生在白马上英姿飒爽,有着最为熟悉的炯炯双瞳,也许长剑更适于他,剑客的生命也必然用剑来诠释,渐离先生击着筑,我弹着琵琶,泪水自脸颊而下,在寒风中似冰钻地疼,渐离先生轻轻吟唱着，随即行军之人均轻轻吟唱，唯有荆轲，一言不发，眼眶发红，而我早已泣不成声。荆轲先生终于与渐离先生告别，最后一刻，他看着我，轻轻地笑了，或许只是我的幻觉——鸠，你总是让我很感动。

他终于还是消失在深秋的迷雾中。

长恨歌

燕国的杨花来年又开放，有着熟悉的味儿，不知又是几日，渐离先生谱了新曲子，我依然为他抚琴。只是昔人不在。

荆轲还是消失于我的生命，即使他从未来过，可那一声“我总会回来”又是那样记忆犹新。

鸠，将这些全都烧掉吧。

渐离先生如此说，那是为荆轲所谱的歌，后山野花依旧，我将曲谱随落花一同葬下，连同我的年华。我只不过是个哑女，一个叫“鸠”的哑女。

而他叫荆轲。

燕国的杨花落尽，地面像咳出血红。

2

鸠站在陶然亭里默默地望断最后一只南飞燕，然后又出神地望着深秋庭院里的满地金黄，日光柔和而安静地将地面照射得炫目，她不由得心一紧，想着曾几何时的一张灿烂而温柔的笑脸。

这或许是自己在蓟城看见的最后一个午后了吧，她想着。又听到身后传来熟悉而悠扬的琴声。渐离先生一身雪白，柔顺的长发随意披散在身后，修长的手指柔和又不失力度地揉颤着一根弦，那颤音清幽得如同青烟缕缕，又像阵阵和风，融于灿烂的金色中。

鸠静静地望着他，望着他平静的面庞，想起渐离先生多年不曾露过的笑容，那个时候，渐离先生是很喜欢笑的，那个人经常来，他们一起笑，那人笑得灿烂而温柔，他们一同唱，渐离先生奏着新谱的曲，那人在旁和着，杨花花絮落在酒觞里。那人的样子在鸠的印象中越来越模糊而梦幻了。只记得那时他轻轻在自己手上笔画着，温柔的触感直传到心里，他写道：我叫荆轲。

6年前的春天，燕国杨花落尽，他死了，死在冰冷的秦国宫室里，再也没有回来。不知他葬在哪里，不知他死时是怎样痛苦。6年间，秦国出兵攻赵，又进而攻燕，燕国太子丹死了，燕国国君被俘，秦灭了燕，统一天下。秦王终于做了天下的皇帝。他一直都通缉着荆轲的门客，渐离先生也因此过着隐姓埋名的生活。

离开蓟城的那一天，渐离先生的随行异常的少，一把琴，几件衣，一些盘缠，仅此而已。他站在深秋飒飒的烈风中，对鸠笑了笑，说：

对不起，鸠，我只能陪你到这里了，接下来，我要去咸阳。

鸠吃惊地望着他，眼神瞬间变得痛苦无比，不，不，请别留下我一个人。她无声地在他手心上笔画着，她多希望自己能发出声音留住他。

渐离先生温柔地一笑：

带着这些钱，到东门找到常到我这儿拜访的姬扬皓，和他一起离开。我此去非常危险，你不能和我在一起。

鸠的眼泪簌簌流出，她无声抽泣。渐离先生将她收养，教她抚琴，无数的日日夜夜都从她眼前流过，他此行去秦国，也许会同那人一样。

"我会回来的。"他望着她，轻轻抹去她的泪，"或许在燕国杨花开得正盛时，我就回来了，你一定要好好活着。"

"好好活着"这几字重重强调着，渐离先生消失在燕国寒冷的深秋中。

鸠慢慢地蹲下来，静静地哭了。

高渐离在深冬时节来到了咸阳。那儿比他想象中更冷清荒凉，他踩着厚厚的积雪，雪花肆意飘落在他的黑发上。

早春时节，渐离在咸阳开了一家琴室，客人渐渐多了，人们对这个身怀绝技的年轻人既好奇又赞赏，他们沉醉在一曲又一曲哀怨忧伤的琴韵里，慨然涕下。人们都说，咸阳城里来了一名奇男子。

始皇听闻此事，命令人将他召至宫中。

当渐离听到召文时，微微笑了一下，什么话也没说。

他稍稍束起披散着的黑发，平静地走上金碧辉煌的大殿，带着他的琴，一袭白衣，站在文武百官、帝王将相面前。

有人突然"啊"的一声，忙跪下说："陛下，此人万万不可接近啊，他就是天下第一乐师高渐离啊！"

高渐离略有吃惊地看着跪着的人，是当时自己的门客。

始皇皱着眉，念着："高渐离，高渐离，高渐离，荆轲，高渐离。你就是高渐离？”

高渐离望向始皇，气宇轩昂的皇帝，一个霸气十足的霸王。

“来人，快将他绑起，带上前来！”始皇怒喝。

渐离第一次近距离看着始皇，始皇凝着眉看着他。

“你比寡人想象中要年轻许多啊。”

“……”

“你是荆轲的挚友，你不相信寡人会杀了你吗？”

渐离眉头皱了皱，“我相信。”

“那你为何敢来见寡人？想靠你那单薄的身子行刺吗？”

渐离沉默了一会儿，轻轻说：“我只是个乐师，来这儿只为了奏琴。”

始皇沉默地望着他，过了良久，说：“你眼睛真美，但太傲气，为何你在万人之上的寡人面前还如此镇定？你对寡人太不敬，你的眼神说明你没有诚心，来人，把他拖下去，弄瞎他的眼睛，再带他上来。”

渐离带着一丝绝望的神情闭上眼，在被近卫士兵拖下去的最后一刻，他望了望青色的苍穹，望着划天而过的飞鸟，望着粉红带着温暖感觉的桃花，望着这个世界最后的色彩。

始皇没有杀高渐离，他把他留在宫中做宫廷乐师。

始皇望着他无神的双眼，心中有些许遗憾，因为那双眼睛确实十分美丽。

他还会沉醉在那醉心的琴韵中，甚至泪流满面。

“渐离，你的琴声是寡人听过的最美的。”始皇言道。

渐离顿了一下，他想起多年前，有人也说过同样的话。

渐离，我听过的琴声中只有你的最美。

燕国，杨花，清酒，和风，鸠。

一切都不复存在，只因眼前这个男人。

渐离在咸阳城里待了一年，始皇对他很是喜欢，常把他叫到宫中奏琴。

渐离不饰官服，雪白的衣裳，在宫中十分打眼，遭到许多大臣的不满，但也仅仅一曲来自燕国的杨风古韵足以使他们折服。

没有了光，渐离听着帝都清脆的滴水声，自屋檐到青石板上，每声清脆总蕴涵着令人窒息的沉默，像是剑拔弩张般的，灭了人气般的……

又是一年艳阳天，渐离坐在琴室的后院，听着竹间的清风飒响，他自袖间摸出一把短剑,精雕细刻着一朵杨花,渐离闻了闻剑身,古檀木的香味像是儿时经过的一间又一间木作坊,又像他一生所依靠的琴。

那一天,始皇单独召见高渐离,让所有人都退下,要独听他奏琴。

“渐离,你的琴总能使寡人心平气和,神清气爽。”

渐离不答言,只是醉心于琴韵中。

“这曲叫什么名?”

“《听风》。”

“渐离,告诉寡人,你奏琴时想的是什么?”

“故乡的杨花,故乡的人,故乡的风。”

“哦,原来你也思家了,也难免。”

“故乡的杨花三月盛开,每当那时,臣的友人便会与臣共同饮酒奏琴歌唱听风,臣只是想念而已。”渐离低声说,又陷入长时间的沉默。

始皇饶有兴致地看着他修长的手在琴上优雅地跳动着, 他像一时起了玩心,抓起他的手,说:“渐离啊,你也教寡人奏琴吧。”渐离抬头,用一双无神空洞的眼睛望着他,虽然什么也看不见。

就是这个时候了。

渐离吸了口气,拔出短剑,向一个黑洞刺去,他感觉划破的触感和血腥。

“渐离,你这是干什么,放下剑,寡人不想杀你。”

渐离刺伤了始皇的左臂,满手是血,他像是疯了似的用短剑刺向秦始皇。

“嬴政,世间我只恨你一人,你嗜杀成性,把天下弄得生灵涂炭,民不聊生,你灭6国,灭了大燕,灭了我的故乡,你还杀了他!”

始皇惊愕地望着他,望着他空洞无边的黑眼中噙满泪水。

渐离突然残忍地笑了,“你就这样,刺伤他的左腿,刺左臂,刺头部,刺了八处,让他躺在冰冷的大殿里,我现在就要如同你杀他的那样杀你。”

一阵风过,几把长剑划破空气,刺在渐离的胸口上,鲜血染红他雪白的衣襟,渐离慢慢地滑倒,捂着疼痛的胸口。

“为什么你会负我?为什么你们都负我?!”始皇没有用“寡人”,绝望地尖叫。

渐离微笑,轻轻地吃力地说:“那是你……应得的……”

渐离滑倒的最后一刻, 手重重地跌落在琴上, “铮”的一声, 发出沉重的钝音。

死真的十分痛苦,你当时也是如此吗,荆轲?

公元前220年，秦始皇杀死高渐离，终生不再接近诸侯国的人。

燕国杨花又如期绽开，鸠站在琴室中的杨树旁，望着北去的飞鸟。

杨花盛开了，他仍然没有回来。

鸠默默地抚着琴，奏着一曲《听风》，那是渐离先生教她的第一首曲子。

鸠的眼泪顺着琴弦掉落在紫檀木上，又随即擦干自己的眼泪。

荆轲，高渐离，这两个她生命中最重要的人，都远离了她。

杨花开了又尽，子规回巢了又啼。

你，我，是否人死而魂不灭？

离谱

陆叶

筝声如珠落玉盘，嘈嘈切切，余音绕梁。曲声动人心弦。但凡有幸听闻一回，便永世不能忘。

女子抚筝，男子吹箫，于树木掩映的凉亭。珠玉之音，繁花之景，俊俏美艳的男子女子，此景已绝美。

男子常常停下箫声，对女子些许不满：天儿，你又随性弄筝，又离了谱。

被唤作“天儿”的女子微笑，妩媚倾城：磬，只要你懂我的筝，离谱又何妨。

男子常叹息，却无可奈何。

天儿，你如此下去，定然无法练就筝咒到极致。到时，如何完成使命？

何必练到极致？如今，有磬在身边，天儿已很好。我何苦将动人的琴声变作夺人性命的利器？

谱上之音确太凌厉，不似女子琴声。但天儿弹筝原本就非仅为雅兴之乐。仅因她绝色倾城之貌，她被音亡教选作圣女，以她纯阴之体练就凌厉筝咒——预他日以此夺去武林盟主独子慕聆钟之性命。

慕家在武林太强大，慕家几代单传的男子都蝉联了盟主之位。慕聆钟若仍接任其父盟主之位，定然会秉承其父之志，铲除因渐渐强大而成为江湖人人心头之患的魔教——音亡教。故音亡教唯有先下手为强，杀死慕聆钟。

江湖人尽皆知，当今武林盟主独子慕聆钟武艺无双，智慧才华皆出类拔萃。但其有一大弱点，便是风流。

怜香惜玉的男子总会对美人毫不设防，怎会料到美人的琴声中暗藏杀机？其实如此死法已待他太好。慕聆钟定然会含笑道，此生死于繁花下，纵失性命又何妨？

但圣女天儿却不愿按琴谱练筝。她如花美眷，怎愿将青春流年付与凌厉琴咒？

可是,磬出现。

白衣胜雪的男子,手持玉箫,面庞俊美无俦,声音温婉细腻。尤其,箫声美极。见到磬的第一刻,天儿就已沉沦。为他的俊美。

磬以内力试出天儿体内已被音亡教下了独门奇毒,悄悄告诉天儿,让她乖乖练筝,换取解药。他教天儿弹筝,以箫与之合奏。他为天儿改却了凌厉的琴谱,琴声婉转柔和,却杀机更浓。

磬道,如此,乐曲定能夺去慕聆钟性命,你亦不会受到一丝牵累。

天儿道,只要事成,拿到解药,我便与你海角天涯。

磬微笑,俊美如莹雪:天儿,我等你。

若不是天儿体内被音亡教暗暗下了毒,若无解药便时日无多,她定然立即追随磬而去——天涯海角,仙乐飘摇。

如今,她唯一的出路,就是杀死慕聆钟,取得解药,以自由之身追随磬。

但她每每提及此意,磬的眉间便会染上抚不平的忧愁。磬定然不知,天儿愿用自己的一生去抚平磬的忧伤。哪怕失却性命。

此短短几月,于清晨或月下,只要筝声婉转之处,必然箫声悠扬。箫声永远沉静悦耳,空灵曼妙。而筝声却或喜或悲,仿佛那抚筝之人只是随心随性而奏。随性而得之曲,纵如天籁,却早已离了谱。

终于,短短的幸福时日过去——天儿身上的毒药到了限期。

这天,她若取不到慕聆钟之命,音亡教定然不会给她解药。那么她就会毒发身亡——苍白虚弱而死。从此,无法用那纤纤玉手抚出曼妙筝音。

此日,磬却未出现。

他总是如此踪迹不定,时隐时现。他对天儿自称为教内派遣前来教授她筝咒之师,却从不与教内人士碰面。天儿也从未听闻,音亡教内有如此白衣胜雪倾国倾城的男子。

不管磬在何处,今日已是天儿的最后限期。

最后的,孤注一掷。

在胭脂飘香的"静脂阁"绝色倾城的艺伎——闻天籁,天儿,正为武林盟主独子——慕聆钟抚筝弹奏。

慕聆钟悠闲地坐在轻纱内,帐外是倾国倾城的艺伎天儿,为他轻抚古筝,奏出一曲曼妙。

慕聆钟向来风流自负，美人之约从不推辞。即使明知暗藏杀机，他也欣然赴约。

筝声婉转，美人如玉。慕聆钟痴醉，轻柔微笑。

女子弄筝许久，慕聆钟却未闻杀气。他竟俊眉微蹙，沉声道，姑娘，不履行你的使命吗？

这丫头，弹筝时又随心随性，离了谱吗？

静然间，有泪珠滑落的动静。

天儿哀怨的声音：慕公子，我是奉教中之命前来取你性命，以此，换得我体内的解药，我便可与心上之人，天涯相伴。

慕聆钟微微惊怔，仍沉声道，那缘何你的琴声中听不出一丝杀机？

白衣，因为慕公子的白衣。天儿答道。

慕聆钟怔然。

磬也是白衣胜雪的男子，他会秉持着玉箫与我合奏。他会教我，为了自己的解药，牺牲慕聆钟这无关紧要的人。他会用手指轻抚琴弦，教我如何藏住琴声中的杀机。他会在我说杀死慕聆钟时，眉间显现出无力的忧伤。

天儿声音沉静。

为何与我说此事？

慕聆钟怔然不解。

因为，天儿一直都是知道的。天儿自小就阅读了诗句，万籁此俱寂，唯闻钟磬音。

天儿镇静回答。慕聆钟早已惊怔不已——她，竟知道？

天儿眼角又有泪珠，她的声音轻如叹息：钟就是磬，磬就是钟。慕聆钟，就是磬，不是吗？只是，为何我一次次弹筝离谱。如今，我与你的相遇相爱，也是如此，错得离谱。

你终究，还是知道了？

慕聆钟终于不再沉声，恢复了温婉细腻的嗓音。尽管，声音无奈苍凉。

是。天儿一直知道自己所爱的磬，便是奉命要杀死的慕聆钟。所以，此次天儿根本没打算活着回去。只愿，磬，你可以一直一直，记得眼前这个，错得离谱的天儿。

琴声转急，杀机渐浓，杀气却是针对弹筝人而去。

不可以！

一向沉着自负的慕聆钟此刻竟声音慌乱。他迅速走出纱帐，拿出玉箫，与天儿之筝合奏。箫声悠扬,竟逐渐制住了筝的凌厉。筝声逐渐婉转。

何必,磬,你何必如此?

天儿凝望着他俊俏沉痛的双眼,心痛如刀绞,道,若不是为我,你根本不会来赴这个约。你原本已是甘愿被我杀死。但,你怎忍心,以自己的性命,换取我的安全——却留我一个人孤独在这世上?

不忍。正因不忍。

当初听闻音亡教在栽培一绝色女子对付自己,一时好奇,偷偷去了该女子住所。当时,在树木苍翠的凉亭,她尽情地弹筝,筝声未曾有一丝杀机。树木掩映她如花的笑靥,琴声中正是绝美的天儿。

那一瞬间,慕聆钟已知道,这个女子将是他一生的伤。

但他不忍她为他耗费性命。他甘愿,死于她手。

所以,他白衣胜雪地出现在她面前,教她弹筝,以箫声与她合奏。筝箫共鸣,婉转悠扬中已是幸福无比。

万籁此俱寂,唯闻钟磬音。

所以,他让她叫他,磬。

他为她改了琴谱,他愿意在婉转悠扬的筝声中,幸福地死去。

原本他就不愿继承盟主之位,他爱自由,不愿受束缚。且接任盟主之后,他定然要奉父亲之命,灭音亡教。可是,他不爱杀戮。但,父命不可违。

而音亡教,亦视他为心腹大患,欲除之而后快。

原本向往持箫一生,自由一生的他,早已受不了如此生活。遇到天儿,已是劫中之幸。所以,他愿意死于她手,无怨无悔。

可是,天儿怎会知晓他的身份?天儿怎么如此固执,宁愿毒发失去性命,也不愿伤他分毫?

所以,不可以了。

他不可以自私地只想牺牲自己成全她,因为她已决心追随他生生世世。

婉转悠扬的箫筝合奏中,他偷偷使用了箫咒。

箫声比筝声更加柔和,更加难以察觉出其中的杀气。

箫咒,可解百毒,却会夺去每一个听者的性命。听者,将极尽美艳,含笑而死去。

他不忍她毒发,苍白憔悴而死,自己却无法解她的毒。

唯一的方法,就是陪她一起死。一起,极尽完美地死去。

天儿，你应该是最美的，不是吗？都是我慕聆钟害了你的一生，不是吗？

磬，不，聆钟，的确是你害我一生。但你却不知，我天儿从不后悔——遇见你，爱你如此之深。

天儿的眼角又有止不住的晶莹泪水。

泪珠落在筝上，却化作更美好的声响。嘈嘈切切错杂弹，大珠小珠落玉盘。

心神俱伤，天儿筝声转怨，转为深情，经久不止。

慕聆钟轻叹，这丫头，又是这样随性弄筝，又离了谱。

筝声只为君，离谱又何妨？

一夜之后，筝箫仍不止，婉转悠扬，如珠落玉盘。俊俏的男子，妩媚的女子，一直含笑凝望对方。直到梦灭，直到二人的性命随着这天籁之音，油尽灯枯。

天儿与磬的相遇相爱，原本就是一个错。原本应刀剑对峙的两人，却死得如此完美。虽这段情感错得如此离谱，却皆无悔。爱得那样轰轰烈烈，虽赔上性命，却解了那抚不平的仇怨。一切，已是完美。

天儿与聆钟皆不知，夺去二人性命，却使他们如此快乐的箫咒，又名，天聆咒。

天儿与聆钟，弹奏与吹奏时都离了谱，却使，万籁此俱寂，唯闻钟磬音。

一直一直，天儿与聆钟，与磬，都是错得如此离谱。却谱下了如此完美如天籁的乐曲。这世上之人，但凡有幸听闻一回，便永生永世，不能忘。

修 罗 月

李 婷

1

云雾弥散在晨曦的光华中滴滴淌淌，蜿蜒的曲道引向的前方是每个人梦醒后的归属，他们一生都在做一个梦，得到的，告别的，全部羽化成一所无边无际的囹圄，它是他们永远无法离去的牢笼。

风起的时候，我总是拉开面纱的一层，滚滚的黄沙铺天盖地飞来，拍打得人睁不开眼睛，倏忽间，一阵骆驼的蹄音渐近，驼铃摇晃的丁冬声夹杂着风声，飘荡在这广袤的黄沙大漠中，一种莫名的情愫侵蚀心头，我的双眼竟滚落着几滴晶莹的泪珠。

罢了，又是寻刀的人，所有人来此处都是为了寻一把刀，传言拥有此刀的人即可得到永生。

我转身回到岩窟，端起画笔，为墙上的辟支佛画完了最后一笔。后面有人静静观看，我转过头来，他竟毫不闪躲目光，似乎在等着我发话。

我抛下笔，问道："来者何意？"

陌生人笑道："你是于淡唊？"

"修罗洞中还有另外的人吗？"轻轻收拾好画具，我打开了洞窟的栅栏，好让强劲的风风干尚黏稠的油墨。

"在下柳忆，特来拜访修罗洞主。"

"我就是。"

"啊。"他有些惊奇，半晌后问道："那于修罗于洞主呢？"

"去年染风寒，过世了。"我面无表情地说道。

"……原来。"他的脸上划出一条怪异的弧线，似在思索什么，"那小姐是……"

“你不是知道了吗？我就是于淡唊。”我轻哼了一声，嗤笑他说话没头没脑。

“嗯，我是特来寻画的。”

“画？”我冷笑道，“来这儿的人不都是寻刀的吗？”

“我对修罗刀没兴趣，只想寻一幅遗失了的画。”

“什么画？”

“《干钵文殊.图》。”

“这画唐末就已经绝迹，如今更无处可寻。”

“非无处可寻，只是看要在什么地方寻。”

“哼，有形之物，何足挂齿？神物一旦得到了便也成了庸物。”

“我并非想将此画收为己有，只要能一睹其神采便足矣。”

“这画不在我这里。”

“那在哪儿？”

“神影殿。”我头也不抬地说道。

“小姐可引我去寻此画？”

“你认为我有可能答应？”

“不是有可能，而是一定。”

“何以见得？”

他笑而不答。月光下，目若滴星。

2

男子早已看透了我，从我画那笔辟支佛开始。人最不愿看到的是自己的贪欲，所以想要一样东西总是找各种理由，所谓神物庸物之论，不过是牵制自己的借口。

他知道，我比他更想得到《干钵文殊.图》。毫无准备地，我随他出了荒漠。

“你是如何知道的？”我淡淡地问。

“从你的收藏。”

“何以见得？”

“你收藏了几乎所有尉迟乙僧的画，连失踪已久的《降魔变》都有，你又怎么甘心《干钵文殊.图》流落室外呢？”

“原来是同道中人，见笑了。”

“那小姐可有一颗佛心？”

我沉默片刻，道：“何谓佛心？有佛心又如何？无佛心又如何？”

他笑道：“信佛便有佛心。凡画佛者大多都是虔诚的佛门弟子，每次挥笔，都须默默祈祷。刚才见小姐画辟支佛时神色冷清，不像是信佛之人，若不是信佛之人，又何必画佛？”

“佛亦是人，只是相比凡人超脱了生死，同为人我为何要信仰他，而不观他赞赏他呢？”

柳忆笑了，笑得十分赞赏，又极为云淡风清。“能说出这样话的人，心中肯定藏有一个大得不得了的秘密。”

“你想多了。”我心中微微震了一下。

“拥有大秘密的人心中总是很骄傲，不是吗？”他转过头，背手而站，月光照在他下巴那条细细长长的伤疤上。他缓缓地吁了一口气，那话像是说给我听，又像是说给他自己听。

“你准备何时取画？”我问道。

“今晚便是。”

“完事后——”

“第一眼归我，画归你。”他抢着说。

“那我们走吧。”

3

神影殿的大厅，云破月来花弄影。

柳忆摊开一张图，上面画满了密密麻麻的通道及标注。

我微微叹了口气：“你早就知道《千钵文殊.图》在神影殿，又何必找我，我一旦知道了画可得，便一定要将画拿走的。”

“我说过，我只要看一眼就够了。”他神色恬然，像是叙述一件不关己的事。顿了顿，又补充道，“但一定要是第一眼。”

“那又何必找我来取画？”

“这画只有你能拿到。而我的能力只能探测到存放之地。”他指了指被标注的一间画室，“就在这里，被榆木箱锁着，箱里浸泡了毒药。而此箱的锁只有……修罗刀……才能劈开。”他的双颊竟古怪地红了。

我不语，轻轻打开了包袱，抽出一把雕刻精致的刀，刀柄首端呈扁圆环形，刀背微弓。他猛地一怔，然后静静凝视了会儿，说道："你不该这样轻易地拿出来。尤其是在你不熟悉的陌生人面前。"

"你早就知道我带着它了，不是吗？你要拿，早就拿走了。"我掏出一块印有素花的手绢，缓缓地擦拭刀身。"天下人都想要它，你不稀罕吗？"我笑得很轻蔑。

他别过头，沉寂了一阵子，突然又笑道："天下人都想要的东西，恐怕只是祸。你竟然能将这把刀守到现在，不愧是于修罗的女儿。"

"那你呢？你又是谁？"

"闲人。"他嘴角牵动，隐隐约约朝着笑的神态渐近。

"今晚是我独身去，还是你同我一起去？"我无心探究他的身世，只想快点儿拿到画回修罗洞。

"你不怕我武功弱扯你后腿吗？"他戏谑地问。

"你不像。"我想了半天，只能找出这样一个理由。

"告诉你，我不是武功弱，而是丝毫不会武功。"

"无论如何，你不会让我一个人去吧，如果我拿到画后就远走高飞怎么办？"听到他不会武功，我微微有些惊异，但很快便被拂去。

"你不会的。"他肯定地说。

"为何？"

"你不像。"他说完这3个字，便隐入了房后的屏障内。半晌后没了声迹，我知道，他离开了。

我轻巧地避开各个巡查的家丁，径直奔向柳忆所指的画室。正要飞身落地，偏巧拐角处过来一队护院，为首的人神色异样，走到一半便打转离开了。于是我光明正大地推开画室的门，几柄冷箭射了过来，一散一纵，轻巧避开，走到房尾，果然找到了那樽被仔细安放的榆木箱。推开锁后，我用事先准备好的丝线轻轻钩出画卷，笔墨已模糊不清，然仍可辨认出骨瘦如柴的苦行僧，散发着清俊的光芒。

我笑了会儿，心中暗暗道，真不巧，第一眼被我看了。然后坦然地站起身来，等待天罗地网。

周围静得如沉浸在水中一般，门外清冷的风摇曳着婆娑的树枝，透着一股凉意。

等了许久，不见预料中的夺刀人。我猛然想起那柄无须用修罗刀劈就自动开了的锁，突然发觉遗漏了什么，重新铺开被卷起的《千钵文殊.图》，果然在画的左下角细细写了一行字："我说过，第一眼是我的。"再仔细审查，此图竟然是赝品，而且达到了以假乱真的程度，翻过画来，是一幅从此房间出殿的密道图。我琢磨着，嘴角不禁上扬。

不容多想，只能再信他一回。我小心翼翼地卷起那幅赝品，同时将修罗刀抛到了地上。月光标记了那幅画，画上有淡淡的影痕。

夜已深，世人几许醉，几许醒。

4

重新回到修罗洞，月光竟斑驳了几回。我摊开那幅赝品，3 夜未眠将它描到了洞壁上，莲花座上，佛拈花一笑，仙葩万千，飞天起舞，曼妙多姿，只是眼神空洞。传说中的画龙点睛并非无稽之谈，然我一直不愿动笔，生怕须臾间破坏了这份停止的永恒的美。即使毫无生气，在这样静止的时间里，它也是绝美的，带着悲悯的笑容安详地望过来，直直穿过我的身影，看向远方那片缥缈的极乐之地。

我就那样在悲悯的笑容里度过了接下来的 10 年，而且在这样的凝视下我越发觉得自己可怜了，我必须要守住一个又一个的秘密，有些人天生就是秘密的守护者。

盗画后一年，柳忆来过一次。问我能否同他离开修罗洞，他会帮我毁掉修罗刀，然后我们去过那与世无争的日子。我自然摇头。他有些挫败，明知道会是这样的答案却仍暗求着转机。

他轻轻地说："你知道吗，我要刀是为了偿情。"

"我知道。"一开始我就认出他是柳恪收养的义子，柳恪和父亲是交好，我在 7 岁时曾见过柳忆一次。再见时，他已经颇有名望了。

"你若知道又为何同我出大漠？"

"柳叔叔是君子，他等我爹过世后才开始夺刀，我为何不让他做一会儿梦。"

"所以你把假刀给了他？"

"我若不留下假刀，你放我走后又怎能全身而退？"

"你如此肯定我会放你走？"

我笑笑，"我告诉你，我还知道出大漠时你就有心放我走，所以我什么也不怕。"

他也笑笑，嘴角漫起一道平和的弧线，似乎能把所有的事与愿违抚平。然后他离开了，似月光一般，走得云淡风清，我站在原地，远远望着越来越小的身影，满眼尽是骆驼扬起的黄沙，遮住了他离开的脚印。一片朦胧中，慢慢的，连这些黄沙也消散不见，只有接天连地的荒芜。

5

“娘，为何你总是望着远方？”宁婉扬起她那张天真的稚颜，问道。

“因为远方有要等的人。”我声色平和地说。

“是爹吗？爹为什么不回来？”宁婉委屈地嘟起小嘴，“我从未见过他。”

我轻轻抚摸着宁婉的头，让她躺在自己怀中，大漠里的星星洒在没有云雾的天空中，似乎要跌落下来。“我等的是修罗刀的主人。”

“修罗刀不是被柳叔公拿走了吗？”

“他拿的是假刀。”

“那真正的修罗刀呢？”

“真正的修罗刀还在等着他真正的主人。”

7年前，我嫁给了公子宁婴，然后便有了宁婉。

室外青砚台，公子本无双，天下的男子无人能敌宁婴的剑，女子无人能挡宁婴的笑容。宁婴娶我时，世人都道修罗刀已流落到柳恪手中，也少了些流言蜚语。而柳恪，近几年不问家事，成天抱着刀在练功房琢磨，同时，柳府也成了刺客出没最多的地方，天下人只要修罗刀，管它是在于淡啖手中还是柳恪手中，刀在何处，何处的夺刀者便络绎不绝。

柳忆走后，我才发现自己太累了，世上只有我一人知道修罗刀的真相，而知道真相的人必定要承受真相的折磨，我就如同错误的时间里醒来的失眠者，周围的人都睡着，我却游弋在无边无际的永夜。

于是我嫁给了宁婴，我告诉了他关于修罗刀的真相。

我以为，宁婴温柔的笑容可以承受住真相，然而他却疯了，他成天喃喃自语，终于有一天跃入滚滚黄沙，再也没有回来过。

公子毕竟是公子，他早就看出柳恪手中的刀是假刀，他来到我身边，就是想找出修罗刀的真正下落。

原来，一切的一切又是关于修罗刀，我心如刀绞。

我恨修罗刀，更恨真相。如果他不知道真相，他还能和我守着宁婉白头偕老，他还会做着一个关于修罗刀的好梦，他还会是神采奕奕，谈笑间樯橹灰飞烟灭的公子。我紧紧抱住宁婉，那双幽黑的眼眸单纯得容不下任何杂质，我绝不能让她重蹈覆辙。

驼铃渐近，黄沙满天。也许是又有人发现柳恪的刀是假刀。

我抛下笔，端着灯盘走出洞窟。脚步声传来，我看过去，不远处，一群西域服饰的人似是无意间闯进窟内，正在惊讶地欣赏石壁上的诸神，赞叹之声不止。黄沙大漠附近有一片绿洲，之前也有一些游牧民族或是商贩途经，便在此落脚。我生性不喜与陌生人接触，向来是避而不见，他们也知趣，从不打扰。只是这次，似乎这些塞外人热情洋溢，一见到我，便飞奔而来。我来不及躲开，被为首的那个一把拉住，他激动得有些语无伦次，又或者汉语本就说不流利："这些，你画的？"

"是。"见不是夺刀者，我突然生出一分好感。

他兴奋不已，同身边的人说了些什么，复又大笑道："我们想住下来，可以吗？"

我没有回答，只是紧紧盯着远处一个隐约的人影，虽穿着塞外的礼服，却是黑发墨瞳。

我静静地看着他的出现，一切那么自然，好像是其他人退开，他从他们中间显现，又好像他一直就站在那里，站了很久很久，从我在这里的时候他便在那里了。

"我们去中原经商，中途遇到风沙，可否恳请阁下行个方便，留我们在此？"他问。

他走到我身前，近在咫尺，我甚至能看见他的双目清澈见底。我收紧了十指，狠狠拽着长氅，努力控制自己，我淡淡地道："就一晚。"

他笑了："也好。"他将我的话告诉给同伴们，他的同伴们还在欣赏壁上的佛画，便开始整理行囊准备过夜。

独自回到内室，听得外面陌生的语言喧哗的人声，仿佛那是另一个世界，隔绝的不真实感于我已毫无关系了。我陡然大笑起来，喃喃道："原来如此。"

我走出门，看见他在逗宁婉玩儿，宁婉坐在他的膝上，正兴奋地打量着他送给她的项链。

他见我，不好意思地放下宁婉，谦和地笑笑："这孩子，似乎以前见过。"

我道："也许不止见过，还有过纠葛，人世蹉跎，谁又说得定呢。"

他怔了怔,脑中有什么让他回想起来的轻思片羽在拼命冲破桎梏,一点一滴慢慢凸显。然而却是徒劳,他眼里有一丝挣扎的惊鸿,一瞥之后终归复于古水般静谧,他无奈地道:“我们以前见过吗?为什么我对这里的一切都那么熟悉。”

见我不语,他急忙解释道:“5年前,一群塞外商人途经此处,搭救了在黄沙中奄奄一息的我,带我去了他们的国家,当我醒来,我失去了从前的记忆。我在那里安家落户,学习他们的语言,学习他们的习俗,虽然平淡却也幸福。只是我一直不知道从前生活在怎样的地方,所以这一次我随他们来到中原,想看看我的故乡到底是什么样的,却没想到遇见了你,真奇怪,你和那孩子都让我好生熟悉。”

我感到一种歇斯底里的悲哀,原来,重逢是以失去过去为代价。我望着宁婴宛若月光堆砌的面容,宁婉亲昵地偎在他身旁。他们的目光如一缕浮云,缓缓飘进我心中,然后温柔地包容了我。我笑着,恍惚间竟以为佛交还了5年前我失去的幸福。

我答道:“你初见中原人,当然觉得很熟悉啦。没有什么好奇怪的。”

我隐着痛,然后看着他释怀。

此情可待成追忆,只是当时已惘然。

6

半夜醒来,突然发现手脚都被捆绑得严严实实。宁婉还在熟睡,不曾察觉周遭的一切。

我抬头一看,壁上的画已被整块搬走,空留光秃秃的石块,无声地诉说着凄凉。

我叹了口气,想要支起身,却无法动弹。

洞外突然有人影在闪动,一名男子静静地站在那儿,好像一直站在那儿,看着一切发生,又看着一切结束。

久违的人,久违的步履,久违的笑容。

我大声喊道:“来了为何不进洞坐一坐?”远方滚滚涌来的风沙打在石壁上,发出惊心动魄的嘶哑叫声。

他不急不缓地走进来,站在我面前,毫不闪躲我的目光,宛若当年,等着我发话。

“何时到的？”我问。

“同那群商人一起到的，只是一直站在门外。”柳忆道。

“为何不进来？”

他没有回答，只是直直地看着我，问道：“为何不告诉宁婴你们的过往？”

我笑道：“告诉他他以前为修罗刀疯了吗？还是告诉他他处心积虑地娶了我来探听修罗刀的下落？他好不容易失忆抛弃了不光彩的过去，我何必打扰他的重生呢？”

他静静地帮宁婉松了绑，将她抱到榻上，盖上背子让她安稳地睡下，她不曾知道发生过的一切。接着缓缓说道：“你还是这样咄咄逼人。”

我没有理睬他，径直走到光秃秃的石壁前，惋惜地抚摸着一块块失窃的位置。

我问：“你为何不帮我阻止他们盗画？”

他笑着说道：“你说过，神物一旦得到了便也成了庸物，我是帮你将庸物变成神物。再说，对于一个画家，最好的事莫过于自己的画被人欣赏。”

“所以你就任他们拿走了画？”

他的嘴角扬起一道温柔的弧线：“盗画的行当，我们又不是没干过，何必打扰同道中人呢？”

我叹道：“美好的东西染上贪欲，便都成了庸物，佛画是，修罗刀亦是。”

“义父研究了7年的修罗刀，每日醒来，神色癫狂，成日什么事都不做，只是抱着刀喃喃自语，完全不是当年的柳恪了。”他叹息道。

“你为何不告诉他那是一把假刀？”

他沉默了一会儿，轻轻地吐出几个字：“那样他会疯掉。”

倏然间，什么东西融掉了，埋在心灵最深处的痛苦一点点外泄，我望着柳忆的脸，一遍遍地问自己，终于可以说出守了二十几年的秘密了吗？泪水毫无顾忌地从我眼中倾斜下来，止也止不住。柳忆慌了，想要用袖口擦我的眼泪，又不便，只好手脚无措地站在那儿，温柔地说道：“好好的，怎么又哭了呢？”

我瞪着迷蒙的泪眼，一字一句地说：“世上根本没有修罗刀，也根本没有永生。爹爹炼成天下第一的武功后，自觉寂寞，便四处寻找永生的法子，修罗刀就是他最后一段日子里编出的自欺欺人的谎言，江湖上人人对永生和至高无上的权力无比渴望，这样荒诞的谎言竟然被说成了真的。”

柳忆怔了怔，双眼不经意地流露出失落和恐惧，不过只是一瞬间的事，下一秒,他的眼神顿时清澈了,如7年前初见般,眸子里印着淡淡的月痕。

他不再顾及,轻轻地拉起我的手,轻轻地道:“就是这个秘密让你这么痛苦吗?傻丫头,说出来不就行了。”

我没有答话,我听任泪水向下流。我的头脑变成一泓清水,滴滴答答地流出来。一会儿后,果真舒坦了。我问:“你能够接受吗?”

他神色柔和地说:“为什么不能接受,人活完属于自己的一辈子,什么都经历了,再活下去,不会腻吗?而且亲人都死了,那该多孤独啊。”他小心翼翼地擦去我的泪痕,道:“有时候,死亡只是另一场未知的冒险。”

我问道:“你很久就想明白了吗?”

他笑着说:“不,刚刚看到你才想明白,或者说是在观看关于修罗刀的漫长的争夺才想明白。”

我也笑了,佛说:法界无尘心月满。

原来修罗刀早就找到他的主人了,而我,也顿然解悟了生命里面,那一束最美丽的月光洒自何方。

7

若得辟支佛道证,彼一切知四圣谛故。何等为四?谓知苦圣谛、知苦集圣谛、知苦灭圣谛、知苦灭道迹圣谛。

我喃喃地念着佛经,把上面的字拓在刚画好的一个个辟支佛旁,大漠的夜来得很快,天地孤寂,连绵的黄沙延续至天边,只有月光,仍是淡淡地倾斜在黄沙上,温柔得不可思议,仿佛亘古以来便是如此。

转过头,柳忆正抱着宁婉教她识字,我的心中溢满了安宁。

他抬起头,迎着我的目光,问道:“我还是想不明白,你为什么不将修罗刀的真相昭告于世,免去那些纷争?”

“那样太残忍了,就好像人家刚起了一座房子,你却把他的地基锯掉。”我缓缓地说道,脸上是琢磨不定的笑容,石壁上那些沧桑凋零的色彩浮动着,我拿着笔,给佛的眼里添上了两道墨色,浮光掠影间,佛睁开了他普度众生的双眼,眼神轻轻一扫,投下一片悲悯的雾气。

“况且,永生古往今来便是人们的美好愿望,存有愿望不总是好的吗?”

只愿今生

陆叶

江南第一才子若枫娶他的丫鬟侍吟为妻时，整个江南为之轰动。

人们都说，若枫该娶个门当户对的小姐，而不是一个丫鬟。纵然她倾国倾城，也不过是个丫鬟。

别人不了解，只有侍吟知道若枫爱用怎样的墨，怎样的笔，只有侍吟能在若枫填完词的上阕时，写出下阕。只有侍吟能读懂若枫的曲。

每晚，若枫挑灯夜读时，侍吟总默默地为他披上一件挡风的衣。若枫完成的诗稿，侍吟总会反复地看，常常为他修改。侍吟改过的诗词，都成了脍炙人口的佳作。

若枫提笔，侍吟便为他磨墨；若枫弹筝，侍吟便细细聆听，阖首微笑。

尽管不是门当户对，却无比幸福。

若枫和侍吟的故事，成为大街小巷传遍的佳话。

侍吟写了一组句子：千古梦，月明独自倚阑干，思悠悠。纵有情，来世焉能长相伴？

若枫不忍侍吟过于多愁善感，便在句子末尾加上一句：相思无语，但求今生。

在诗稿上，浑然不同的两种字体却凝聚成一样的感受，爱。

侍吟问若枫，如果有来世，我们还能在一起吗？

若枫答，会的。没有什么能把我们分开。

一年后，侍吟病重。弥留时，侍吟对若枫说，要等我，等我。

又过了一年，江南梁员外家出生了一个绝美的女婴，叫梁诗茵。

人们盛传着江南第一才子在妻子去世后殉情而死，其实若枫没有。只是他不再做诗填词，在人们的视线中销声匿迹。他开始四处寻找侍吟。若枫要等侍吟的转世，他要和她结为连理，永不分离。

15年后，当若枫的名字已渐渐被人们遗忘时，梁员外府上的小姐诗茵已长大成人了。诗茵在每个月光皎洁的夜晚，总会莫名地流泪。她常常会念，千古梦，月明独自倚阑干，思悠悠。

直到有一天，她见到这首词的作者，若枫。

诗茵不明白，为什么这个男人在见到她时如此激动，为什么这个男人总喜欢叫“侍吟”，为什么自己在见到这个男人的那一瞬间，心就有种悸动的感觉，如此熟悉，如此亲切。

诗茵从不反感这个比自己大25岁的男人对自己的举动。那个叫若枫的男人常常来找她，常常牵着她的手，漫步在湖畔。若枫对诗茵说，以前，你最喜欢我带你走这条路了，记得吗？

以前？是什么时候？诗茵不过才15岁而已。但是诗茵从不会开口问若枫，因为她能读懂若枫眼里的期盼。握着若枫的手，诗茵常常有很安全、很亲切的感觉。

若枫早已不再年轻英俊，眉宇间常常透出沧桑的痕迹。他却依旧轰轰烈烈地追寻着自己的真爱，像年轻时那样。他知道，15岁的梁诗茵，是侍吟的转世。只有侍吟，才能散发出那样的气息。生死轮回，一切都可能面目全非，但只有周身散发的气息，无论沧海桑田，恒久不变。

若枫告诉自己，他要陪着诗茵，一点一点重拾前世的记忆。他相信，侍吟会回来的。一定会的。

然而若枫和诗茵都忽略了一件重要的事情，时间。

当诗茵的眼光不再迷离，当诗茵能读懂若枫的曲，当诗茵一脸愧疚，如一个孩子般抱住若枫，已是10年后了。

10年间，诗茵拒绝了父亲安排的婚事，为了若枫离家出走。冥冥之中有一种力量，怂恿诗茵一直跟随若枫，重拾一切的记忆。

但当诗茵恢复侍吟的记忆，已是10年后了。

若枫已是知天命之年了。他后悔了。他不该耽误诗茵的青春。他还是不惑之年，诗茵还是三五少女的时候，他就该想到，他们是不可能在一起的。

他凝望着诗茵，念到，千古梦，月明独自倚阑干，思悠悠。纵有情，来世焉能长相伴？

诗茵像个妻子般抚摩着若枫历尽沧桑的脸，念出后一句：相思无语，但求今生。

她对若枫说，如果不是你，我怎能记起前世刻骨铭心的爱？如果你放弃了，我一生都不会快乐。

若枫知道，诗茵不想他自责——忘记前世，顶多是迷茫。而记起前世，却会耽误一生的青春。

不久后，若枫病重。他没有告诉诗茵，在侍吟去世后，他就因为饮酒过度染上了肝病。这些年来，找回侍吟成了支撑他活下去的力量。现在侍吟回来了，他便要离去了。

弥留时，若枫对诗茵说，你不要等我。不要。

诗茵失声痛哭。她明白，前世自己太自私，只想让心爱的人等她，却不知道，自己耽误了若枫的一生。

诗茵哭泣着，断断续续地说，相思无语，但求今生。

若枫慢慢合上的眼，化在无尽的思念和不舍中。

找回前世的记忆又怎样？不如让她在今生再爱上你一次，创造更绚烂的记忆。只要你还在，就要用尽生命爱你爱的人，而不是苛求她回忆起过去爱你的时光。

相思无语，只愿今生。

夕照河的眼泪

张牧笛

很小的时候,我就预感到,有一天我会在刺骨的冰蓝色中死掉。

就像一片细雪,荡进无穷无尽的深海,尘埃在我身后飞舞,浓密的世界溢满轻轻的香。

然后,我的纹路会复苏在你的掌心,沿着你内心深处鲜活的血液,直抵阳光的巢穴。

在那里,我听不到神悲伤的预言。我什么都听不到,静静的,我将做回我自己。

我自己。一只在刀光剑影中游弋的鱼。

浅　流

浅流,终有一天我们都会离开吗?

是啊,就像这条静静的河。

我分不出小河与湖泊,我的鸟说它们都是天空落下的晶莹的泪。我问,那为什么我的泪流不成河?

因为你还不够悲伤。我的鸟掠上苍穹。

它逃开了,瞬间,便消失在一片温柔的蓝色里。它的迅疾,让我想到了流星。

我站在江南的烟雨中,大红的裙衫,紧衣宽袖,明眸皓齿,苍白的腕上,几颗碧绿的玉珠玲珑作响。

我的身上,没有那种所谓风情的东西。

我的身体是痛苦的,我的心灵因被痛苦的身体压抑得太深,也变得麻木。在痛苦和麻木之间,有那么一段光明。它看起来总是稍纵即逝,这让我恐慌。我不知道,光明与黑暗,哪一种才是永恒的状态。

河边，我跪下来，将一袭长发散开。纷纷绕绕的纤细的乌丝在我的四周披落成雨。妩媚的莲花被茫茫的水波漾着，兴冲冲地向我奔来。

我看得入神，直到，你从树上跳下来，蒙住我的双眼。

你笑道，你可知道我是谁？

我的手轻轻抚上你的手。你的右手，赫然有一道深深的疤痕。

你有着世上最温暖也最冰冷的体温，还有，一个好听的名字。

我当然知道你是谁。我淡淡地咬着嘴唇，你是，夏痕。

聪明的女子。你放开手，身形一晃到了我的面前，注视着我说，你就是那个会弹箜篌的姑娘，浅流。

你浓烈的眉毛和狡黠的眼睛，让我有些不知所措。

我庆幸，在你的眼里，我是会弹箜篌的女子浅流，而不是，被名医断言活不过20岁的女子浅流。

浅流，浅流，我一遍遍默念着自己的名字，忽然之间，就坚强起来。

你坐在一旁，从怀里摸出酒，一口气灌进嘴里，然后，回过头来看我。

我冷艳地玩弄着花瓣。

像是叹息，你说，这般的良辰美景，少了销魂的乐曲，真是可惜啊。

你想听？我的眼睛幽深如井。你已经染了太多的血腥，又岂是一段乐曲所能洗刷得了的？

我将头扭向一边，轻轻地咳着。我知道我本就暗淡的面庞此刻一定更是苍白得吓人。

我从未想过要洗掉血迹，那些血溅到身上，就再也洗不掉了。但是，浅流，我杀过很多人，也救过很多人，它们是对等的。那些恶人总是要死的，不如就死在我的手中吧。我不能有负于我的刀。

我不会为一个杀人者奏乐。孤寂将我的心紧紧攥住，拖着它向未知处坠去。我的心在大声呼喊，无人听见，我体内泄漏出来的，只有几丝冰冷。

我小心翼翼地维护着我，一个乐师最后的骄傲。尽管，尽管我愿意相信你说的每一个字。因为，在你的眼神中，没有形同利刃的冷酷，没有邪恶，没有霸气，没有漠然。我只看到清澈的我的影子。

你微微一笑，牵起我的手，指向50米外一棵雪白的花树。看着，浅流，刀，也可以这样用的。

飞刀，从你手中飞出去的刀，凛冽地割破风的尾巴。

我甚至没有看清，那刀，是如何发出去的。漫天飘起洁白的花。它们唯美地旋转着，华丽地歌唱着。它们多么像我，像我的生命，因用力承受着未来的创痛，而喘息未定。

泪如雨飞。

其实我愿意，为你弹琴。

你怔怔地望着远方。我不知你在看什么，循着你的目光，我也看不出那里有什么。

我又开始咳嗽。几滴殷红的液体，润湿了泥土。但你回过头的时候，我已将它们，悄悄地埋在了足下。

你，喜欢箜篌吗？

你没有回答。反问道，浅流，终有一天，我们都会离开吗？

是啊。我沉默半晌。我们都会离开，就像这条静静的河。

你离开了。带着曾为我射下漫天花雨的刀。

你留了张字条给我，要我等你。5 年，还是，10 年？我又有多少时间呢？

我不想离开，也不愿存在。我夜夜失眠，也听不到你呼唤我的声音。

我终于在琴弦上寂寞地死去了，在 20 岁生日的那天。

是的，我们都离开了。

我们以不同的离开，让故事走到了相同的尽头。

暖　橙

寒冷的雪山。我抱着一棵葵花，有如抱着一弯橙色的闪电。

那些泡沫似的冰雪自我脚下飞快地流逝。我不知道是因为天气暖了，还是我的葵花融化了它们。

每当师傅离开的时候，我的世界总是寂静得可怕。我抱着我的葵花，哭着笑着闹着，最后沉默下来。我的葵花也以同样的沉默注视着我。

它本应多么的明亮快活，但是它此刻，却偎在我的怀里。我和我的花，都是寂寞的。

我的师傅，更是个寂寞的女人。她所以远远地超越着我，是因为，她比我更耐得住寂寞。

每次我下决心离开这里的时候，都会听见师傅温柔地呼唤我的名字：暖橙，暖橙……

这样的呼唤是一股暗流，没有缘起，也没有终结。它以温柔又强大的声势，阻截了我的念头。

我想我命中注定是要守着师傅，还有我的葵花过一辈子吧。

我没想到我还会离开这里。我离开是因为我的师傅要我离开。她握着我的手，紧紧地握着，她说，暖橙，我要你去杀一个人。

我的身体猛地颤抖了一下。杀人？我下意识地抓紧了我的葵花。

我从未见过师傅这样残忍的眼神。我的心又开始痛了。一下一下，有节奏地撞击着我的雪白的世界。

远方的雪在坍塌。我的师傅，她多像雪，我以为轻盈的、柔化的、美妙的雪，一旦崩溃，竟积郁着如此强悍冷酷的力量。

我说，好。

一片片地，我从葵花的花盘上撕掉漂亮的花芯。我把我的十指涂成炫目的橙黄色。我说，我的花，我们都死在这片冰冷里吧。从今天开始，我们一起握刀。

我离开了这里。没有回头。我不会再回来，我的性命已经被师傅做了赌注。我根本不可能胜他，那个一身雪白、见血封喉的剑客。我从师傅口中听到了他的名字：雪也。

她说，他从剑锋上经常吹落的是血，不是雪。好在它们同样的冰凉。

我不明白。为什么师傅眼看着我去送死而毫不怜惜。我不能想。一想我就心痛。

我换下常穿的如雪的长裙，剪断了长发。我像任何一个普通的少女，粗衣，短裙，银饰，赤裸着脚，细碎的黑发上罩着蓝色的印花头巾。

唯一不同的是，我在手臂上系了一朵葵花。那上面沾了雪山的告别，还有师傅的眼泪。

我会一直一直戴着它，那样，即使是我的灵魂，也会记得回家。

我飞快地奔跑起来，逆着风，逆着阳光，逆着师傅的身影。

我带着我的花，它在我的手指上绮丽地摇曳。我说，我们终于要去外面的世界了。拥挤，喧闹，活着的世界。我们的世界。

我突然遭遇了一块凌空飞来的石头。

我笨拙地躲闪，重重地撞在一个人身上。一个男人。我的脸迅速地红了。我低声说，对不起。

那是个凶悍的大汉，他死死地盯了我一会儿，忽然把我提了起来。

我哆嗦着去摸我的刀。我的葵花，无声地安慰我，说，暖橙，不要怕。

是啊，我不怕。我把玉珠从手腕上捋下来，收进怀里。然后，苍白着脸去扼他的喉咙。

他从鼻孔里轻蔑地发出哼的一声，手一松，我就被他的掌风推了出去。

我咬着嘴唇，努力地把身体的敏感度降到最低。猎猎作响的风，不合时宜地对着我抒情。

我在落地的时候没有感觉到一丝疼痛，难道是我的骨骼碎裂了，失去了知觉？我鼓足勇气睁开眼睛，却看见两旁的景物飞一般地掠过。

我竟然躺在一个人的怀里。这是我自出生以来遇见的第一个好看的男子。雪白的长衣，黑发，面容俊朗，他的身上散着一股淡淡的花香。

他的轻功绝对一流，甚至，在我师傅之上。不，是远远地在她之上。

眼前是一片竹林。他忽然收住了脚步，把我放在地上。

这里已经很安全了，你可以走了。他转过身，冷冷的口吻，再没有花香袭来。

我点头，说，谢谢，然后，我看到了他身后的剑。

那是一把真正意义上的好剑，锋芒毕露，寒气逼人，最重要的是，我看到了刻在剑柄上的字。我失声道：你，你的名字是……

脚步稍稍停顿了一下，他丢下两个字，雪也。然后闪电般消失不见。

我怔怔地坐在地上，眼泪打湿了我的花。

我问花，欠下的东西一定要还吗？

那么，我欠他一条命，如何偿还？

师傅说，我的暗器是天下最快的，但伤不了他，因为我们是敌人。对于敌人，人的警惕性永远是最高的。他是杀人不眨眼的剑客，而我，是不曾染半点儿血腥的女子。我奉师傅之命来杀他，但我并不想杀他。所以，我拿的是刀，而不是冰冷的淬了毒的暗器。

没有人是生来该死的。我也一样。

但我的骄傲我的灵魂我的冰雪之山我的花，都不允许我承认，世间用刀剑无法斩断的，是丝丝缕缕的痴心。

我想不出理由爱他，就像，我也想不出理由恨他。

为什么为什么为什么，我拼命想着的，是他的味道他的怀抱，还有他的背影。

我的泪滴成了蓝色的湖。我的花颓然地从我的指尖脱落，溺死在湖水里。

“由爱故生忧，由爱故生怖；若离于爱者，无忧也无怖。”

远方是迷惘的雾。它给了我一种不可抗拒的暗示。

我睡过去了。我就像一片轻薄的雪，融化在一片茫茫的白中。雪，野野地吼，在灵魂不知的深处。

我消失了。

从此，世间的爱与恨都与我无关。

念 念

从混沌之中醒了过来，一切景物都陌生。

一个精致到妖娆的女人，用华丽的绸缎包裹住我的身体。不断地有高大的人走过来，笑着，还伸出手摸我的头。

我哇哇地哭着，内心布满慌张的情绪。女人一副漠然的神情，拿起一杆焦炭似的墨笔，反复地描我的眉。

我恨我的眼泪为何不能倒流。冲洗掉这虚假的令我不快的黑色，弄脏她的手。

于是，我不止一次哭着祈祷，让我出生时的记忆都消失吧，只从遇到他开始。

我如愿了。

5岁那年，漂亮的母亲带我去穿耳洞，但不允许我像风尘女子佩戴硕大的耳环。我说大的耳环在走动的时候一悠一荡很好看。

母亲就生气了，她说，你是大户人家的女儿，怎么可以像烟花女子一样，戴那样粗劣的首饰。她不由分说地把两颗小巧的耳钉穿过我滴血的耳洞。我痛得几乎流下泪。疼痛总是要来的，为何不让我称心地哭呢？

我有了自己的房间和空荡荡的院落。我的房间从来不是整洁的，案台上的文房四宝毫无秩序，墙角的古筝积满灰尘，窗前的两面铜镜，除了空白，还是空白。我的院落，清冷得让我无法描述。

母亲说念念你很瘦，穿什么都好看。

可是，绫罗绸缎，凤冠霞帔，香脂胭粉，我任由它们落满灰尘。我不爱装扮，不爱做有钱人家的女儿。

打开令人眼花缭乱的首饰盒，我只中意一条冰雪般剔透的珠链，长长的，一圈一圈地缠在腕上，紧紧地，箍出几条浅红色的印痕。

我给自己裁过一条欧式的长裙，维多利亚风格，飘带，蕾丝，花边袖口，衬得我的面庞苍白娟秀。我一天到晚穿着它，睡觉也不肯脱下来。

那些侍女瞪大了眼睛，喃喃唤道：念念小姐，念念小姐……

我听得烦了，就把她们全部赶走。我是与这个时代格格不入的女孩儿。我宁愿一个人生活，一个人寂寞，打扰我平静的人，我都讨厌。

然而，他选择了在这时出现。

他的气质很特别，兼具名门望族的高贵和江湖草民的落拓。他穿着干净的白衣，微微卷曲的头发，很自然地遮住他细长的眉毛和清洌的眼睛。事实上，他当然是个阔家子弟，否则，我又怎可能见到他。但他不喜欢修整自己，这点与我相像，我还喜欢他的笑容，温和，好看，带点儿玩世不恭。他的手里没有拿着折扇，他的手也不像一般少爷应有的手。他的手刚劲有力，似乎还受过刀伤。他右手的中指上戴着一枚退色的白金戒指。

那戒指并不适合他，我看到他被勒得发青的手指。我低下头看我的链子，它似乎也并不适合我。

我们都让自己受了伤，那又是谁，伤了我们？

寒离，你回来了。母亲走了上去，却不是温和的口吻，似乎还带着某种嘲讽。她盯着男孩子的脸看了一会儿，忽然笑了，说，江湖很适合你嘛，好像长大了。

师母，男孩子恭恭敬敬地说，我这次回来，有事相求。

什么？母亲挑起眉毛，华丽的衣衫和名贵的发钗越发显得刺眼起来。

我要娶凌家二小姐，凌念念。男孩子深呼一口气，仰起头，一字一顿地说。

空气一下子凝固了。母亲的脸苍白得像纸一样。半晌，挤出三个字：不可能。

男孩子不讲话，就那样缄默地站立着。

母亲轻叹一声，说，我的确曾经把念念许配给你，但没想到，你最终还是选择沦落江湖。你配不上念念。最后这几个字，母亲说得斩钉截铁。

那就请念念小姐亲口告诉我她不愿嫁给我吧。男孩子笑笑，沉静地望向我。

我的全身开始颤抖。我的耳洞，还有我的手腕忽然都像针扎般刺痛。我漂亮的长裙子水一样的冰冷。我的双腿定在原地无法动弹。我的呼吸，似乎要滞住。

我……我……我的眼泪怔怔地流了下来。

我一下子跪在地上，解脱似地痛哭。不，不，我愿意，我愿意，我要嫁给你。

所有的人都惊呆了,我终于理解了死寂的含义。

寒离,带我走吧。

好。他抱起我,是像抱婴儿那样的姿势,轻轻地把我暖在怀里。

走出家门的时候,我们都义无反顾。

没有声音,全世界都静悄悄的。只有他俯在我的耳边说,眼泪是可以倒流的。

他一下子把我倒提起来,我的泪,湿了他的手。

他哈哈大笑,念念,你真是个爱哭的小丫头。

然后他把我带到客栈,给我洗脸,描眉,让我戴上他那枚退色的戒指。

我手指上的血脉晶亮,眼前的光、影、声、色都变得异常生动和谐。

我忽然发现曾经令我厌恶的一切,今天,我都可以笑着接受。

我以为这一世我终于可以等到了幸福。

然而,火。我从客栈的窗子里看到一团团燎人的热。

我惊慌地跑出房间,四周,都是淋漓的灼烧。我被烟呛得喘不过气来。是谁放的火?我哑声呢喃着,大声咳嗽着蜷缩在他的怀里,像婴儿一样。

已经没有逃跑的可能了。我们其实都明白,既然留不住我的心,那么就把我们一起毁掉。母亲本就是这样的人。

寒离突然哭了。这是我第一次看到男人的眼泪,一滴一滴地落在我的脸上,模糊了我的脂粉。

一切,都要结束了吗?

我的意识开始模糊。恍惚间,他问我,念念,你愿意嫁给我吗?

是的,我愿意,我永远愿意。

他轻轻地吻了我一下,把衣襟撕成绳索,飞快地用棉被把我从头到脚包裹起来,结结实实,像浮肿的粽子。

窗子被打开,他大叫一声,念念来了!我就被从高处丢了下去。

我以为我会摔得粉碎。但是,没有。下面有网接住了我。或者说,是余留的母性挽留了我。我听见了母亲的声音——寒离,你去死吧。

寒离,我的手指好痛,我的心好痛。但我不哭。我很勇敢。我是你的妻子。

永昼。永昼。挂满夜的空间。

美 苏

我划破了手指，那枚晶蓝色的宽大的灵戒竟然没能保护我。

刀落在地上，殷红的液体如同落红的碎屑。

我抬头看天空，一如既往的澄澈、安详和好看。

但我的世界却在温暖的麦地里摇摆不定。一次次颠覆了我之前的笑容和思考。

苏，你怎么这么不小心，手可是大自然的精灵啊。

坐在一旁画画的姐姐匆匆跑过来，把我滴血的手指放在唇边，温柔地哈着气。血很快止住了。

我傻傻地笑着，快乐地享受着姐姐眼中心疼的成分。

然后由衷地赞叹，莲，你真美。

阳光下姐姐眉目舒展，长发垂在腰际，肤质晶莹似雪。

姐姐，是天下最好的化妆师啊。姐姐轻淡地笑着，冰封的小河仿佛都在瞬间暖了起来。

姐姐是最优秀的化妆师，但她从来不为自己化妆。姐姐唯一的饰物是耳上的两颗珠子，无论白昼还是黑夜，都闪烁不定，流光溢彩。

姐姐是莲，我是苏。

苏，你以后一定比姐姐好看得多。姐姐一边说，一边习惯性地为我整整衣角。

我忽然就问了天下最傻的一个问题：姐姐，你有喜欢的人吗？

我感觉姐姐拉着我的手重重地颤抖了一下，我慌乱地望向姐姐，几滴滚烫的眼泪溅在了我的手心，又飞快地弹开。

姐姐摸摸我的头，没有说什么，眼底波光粼粼。

莲，我最亲爱的姐姐，她的心里，终于还是住进了我以外的人。

释然地把我的手按在她的眉心。那么，姐姐，记得要幸福。

我是在一个狂风肆虐的夜晚遇到了他。

当时他背对着我，并且，他在杀人。他的武器不是刀，也不是剑，是线，纤细得像发丝一般的线。能恰到好处地让人窒息，又不至于死得太难看。

剩下最后一个人了。我隐约听到他轻笑一声。出于对血腥的贪恋吗?

我不知哪来的勇气,一下子跑过去抓住他的手。

请不要杀他了。无论是谁,都无权决定别人的生死。

你是谁?他挑挑眉毛。我要杀谁是我的自由。他们侵犯了我,所以,我要他们死。

我的脖子忽然就被扼住了,几乎丧失了意识。

记住,我叫安堂。以后,别出现在我的面前,不然,和他们一样。

我倒在地上,耳边是他飘忽如同鬼魅一般的声音。

最后的画面是他由于靠近而突然清晰起来的一张脸,最漂亮的女子也不过如此。微微苍白的脸色,精致的五官,冷峻的目光。

他高挑的身影和过肩的长发一闪即逝。我昏死过去。

醒来的时候是在床上。明亮的光线在雪白的被单上簌簌抖动着。我的手放在了姐姐的手里。莲……我轻轻叫着姐姐的名字。

疲惫的姐姐微笑着回应,伸出手臂抱住我说,苏,把不好的事情忘掉吧。外面的世界太复杂太危险,你还是个孩子。

我闭上眼睛。姐姐的身体散发着淡淡的花的甜味,让我深陷梦幻的臆想中无法自拔。姐姐的美好,我的平庸,在何时起,就已注定了悲伤?

我忍不住想起那个叫安堂的男人,在我的生命中掀起了惊涛骇浪。我竟然开始模仿他的神情,想念起他的离开。

既而安慰自己说,特别的到来,就该平淡地逝去。

我的生命里有姐姐就够了。

苏是从黑暗中醒过来的孩子。她始终坚强任性得不像话。

但在一个芬芳晴朗的天气里,我又忍不住偷偷地想,就让我做一次姐姐吧,那样清涟温和的美丽,我只要一次就好。

于是,莲亲自为我化妆。我望着镜子里属于我的东西渐渐褪去,深灰的眼影,微翘的长发,眉心的天芝星,取而代之的是姐姐的舒展的影子。

细长的眉,细长的唇线,小巧的耳钉,精致的坠物。

姐姐是像湖一样秀美的女子,而我,是海。

海是永远成不了湖泊的,无论阳光,沙滩,帆船,都拦不住它内心的汹涌。

从家里走出,我对自己说,我是莲,美莲。

我又一次遇到他,是在高得可以触到星星的山顶。他侍风而立,衣袖猎猎作响。他的身上依然带着血腥的味道，长的头发飘起来，有一种说不出的诡异。

但我还是走上去，站在他的身旁。他的衣服上落满了星星。姐姐曾说，与天空接近的人，绝不会是坏人。

出乎意料的，他没有把武器朝向我，没有像上次那样凶狠地说，不要再出现在我的面前，反而是深沉地看了我一眼，目光竟变得温柔起来。

流光逆转，他温和的目光带着一种说不出来的澄澈。

我挨着他坐下来。他沉默地望向苍穹，群星之上，银河之旁。

我侧着头望他的脸。我笑笑，说，安堂，你好像女孩子。

我甚至看到了他左耳吊着的星象的耳坠，被几缕长发掩盖，闪露着奇异的光芒。

从小大家就说我长得像女孩子，他的声音寒冷得恍如隔世，仇家在夺去我父母的性命之后，竟然怜悯地对我说，放过你吧，杀一个女孩子不值得。

然后，他们在我的面前离开，看也不看我一眼。

我在父母的血泊里坐了两天，直到想清楚了我今后的道路，直到，我的全部泪水已变成殷红的雨珠滴下。从那以后，杀戮对于我，成为生存的必需和快意的安慰。

我的眼泪融在透明的群星的影子里。我试着碰了一下他的手，冰凉冰凉的。

我从来不知道，冷酷的外表下也可以是这样深的痛苦。

我说，安堂，仇恨是会毁掉一个人的。你看，今晚的星光多美，美好的事物会让人在不知不觉中变得辽阔和柔软。

我把我的项链摘下来，挂在安堂的脖子上，沉沉的。

然后我忽然感觉到一股呼啸的寒冷，是柄刀，贴着我的面颊飞了过去。

我迅速转过头，是一个年轻的女孩子，似乎受了伤，但她望向安堂的目光却是说不出的仇恨，显然，她不是冲着我来的。

我不知道她和他的关系。但我知道，他一定会让她死。

在这样美好的夜，没有人是该死的。

我和安堂的丝线一并冲了出去，义无反顾地挡在了女孩子的面前。

那些线，顷刻间洞穿了我的身体。其实，并不是很痛，只是，有些恍惚。

我隐约听见安堂无限痛楚地叫我，莲，莲……

我勉强笑了一下，我想说，我不是莲，我是苏。我不是温和美丽的姐姐，但我对你的爱不比她少。但我只来得及说，安堂，不要再杀人了。

我的左边是一片蔚蓝,右边也是。

我听不到任何声音,我到了一个无声的世界。我变成了一条鱼。静静游弋,轻轻呼吸。

我的记忆里有4个女孩子的脸,她们都为爱奋不顾身。

我曾经是她们,正像她们曾经都是我。

偶尔我也会想起刻在她们心上的那几个名字,他们也都曾刻在我伤痕累累的心上。

想他们的时候我就大声哭泣,反正,没人听得到,也没人看得到。

在他们狭窄的目光里,我,只是一条鱼。

一条无声无息独来独往的鱼。

凝胭脂·怜红泪

风萧索

红泪这一生亦无所求，只盼与他相知到白首，哪怕一生只陪伴他复日做胭脂，哪怕他心中从来不曾爱过她，她亦是无怨的。

一袭白衫端坐于湖泊之边，面若冠玉，笑如春风，专注的神情犹如对待最心爱的情人一般，制作着一种名叫“花颜”的胭脂，这叫红泪如何不倾心于他？

在以前，她便爱上他了，当他为她取名时，那抹淡淡的笑意，她永远都忘不掉，他说，“倾国倾城恨有余，几多红泪泣姑苏”，从此后，我便唤你做红泪可好呀？

自从那日，红泪便一直都不曾忘记，她记得。

他说，红泪，把红兰花给我。红泪依言照做，而此时的有琴寻却不看红泪一眼，这个时候的他，只爱面前如美人般的胭脂，如花娇容。

红兰花摘去黄色，即鲜艳欲滴，配成花露蒸成，是胭脂。

亦是……牵绊。

她不解，便问，寻，为何你从不让我做胭脂？

他笑着，便答，只有我做，才有意义，红泪，你不懂的。

不懂，不懂，红泪明白，她当然明白，她懂，只是有琴寻不知道她竟是懂的，只是她想听，想听有琴寻，那个理由，是不是因为那个……她？

终有一天，有琴寻的“花颜”得到了皇宫进贡的机会，这一天，他非常高兴。

不在乎金银珠宝，不在乎绫罗绸缎，不在乎如花娇娘，他始终相信，那个人一定可以感觉得到他在做胭脂时的那种思念愈深，肝肠寸断的心情，而她，也一定会回来的。

红泪一直都知道有琴寻并不爱她，甚至，拿她，只当成是妹妹，他爱的人始终是胭脂，胭脂，一个从来不曾出现过的人，却抵消了红泪的存在。

是夜，很深很深。

有琴寻喝了很多的酒，一向温文儒雅、云淡风清的他竟然喝得烂醉，如美玉般的面容上满是愁苦，是相思，红泪抹了抹泪，收拾着酒桌上的残羹剩酒，此时，他一把抓住红泪的手，低声吟唤，不要走，你不要离开我……

两行清泪无声地滑落，若花瓣凋零，那汪春水刹那间起了涟漪，红泪心中一阵狂喜，盼了几年的情，他……了解了自己的心意吗？

有人说，伤心的时候，人的泪水是苦的，红泪哭了，那泪水，却是甜的。

胭脂，胭脂……不要走，不要离开我。

胭脂……两个字，如同雷击般打在了红泪的心口，让她的心一下子如同从天堂坠落进地狱，那是怎样般的一种折磨？红泪知道有琴寻会选择做胭脂，只因为他爱的女人叫胭脂，没有别的什么，只因为他喜欢，他愿意，这就足够了。

即便是在有琴寻把红泪当做胭脂的时候所流露出从未有过的深情时，红泪的心狠悸了一下，心中痛苦得快要死掉一样，她还是一如既往地爱着他，爱着那个从来不曾爱过她的男人。

他的爱，在她看来……遥不可及，而胭脂却可以轻易地得到，她嫉妒胭脂，甚至渴望胭脂不存在于这个世上，可是，这……可能吗？

终于，她有机会见到胭脂了。

锦王府中。

红泪凝视着面前柔柔怯怯的女子，她是王妃，也是那个她爱的男人牵肠挂肚的女人——胭脂。

她终于见到了有琴寻朝思暮想的女人，可是，这次她真的迷惘了，胭脂的柔柔怯怯就连红泪都忍不住去抚惜，她赢不了胭脂，是啊！一开始她便败了。

而胭脂旁边正襟危坐的男人，便是胭脂的丈夫，也是锦王爷楚峥。

凤目微挑，褐色的瞳孔中泛着淡淡的光，那副懒散的神情，仿佛不似一个至高权力的王爷所有，那俊美的笑容仿佛是一种毒药，一种让人百看不厌，百尝不烦的瘾子。

楚峥盯着红泪如雪的面庞，轻佻地问，你叫什么名字？

红泪。

红泪？好，以后锦王府的胭脂，全由你来送。楚峥说这话时的温缓的语气，让胭脂不由得心中一颤，曾几何时，他也会用这种语气说话了？

是的，胭脂一直都爱楚峥，而有琴寻对她来说，只不过是她结识楚峥的一枚棋子而已。

楚峥见到红泪应下，面容浮笑，淡淡道：我还有事，就先走了，胭脂，你和红泪姑娘聊吧。

楚峥走后，胭脂拉过红泪的手，说，红泪，他是不是在附近？

红泪微微心悸了一下，淡然地说，王妃在说什么？胭脂看出红泪的反应，柔声问着，红泪，你是爱他的，对吗？我说的对吗？

红泪无须否认，胭脂便幽幽道：那你便好好爱他，一生一世都不要离开他。

红泪真是不敢相信自己的耳朵，你为什么要这么做？她原本想，如果胭脂愿意回到他的身边，或许有琴寻就不会如此痛苦了，那么他不痛苦，自己也就欣慰了，可现在……胭脂竟然要自己去爱有琴寻？她真的不明白了。

却无人知胭脂所想，她不会让有琴寻撼动她与楚峥的感情，她好不容易嫁进锦王府，当了楚峥的妻子，她如何可以为了有琴寻去放弃这大好的前程与富贵？

红泪所想，胭脂自然了解，所以她便劝红泪，红泪才不会轻易死心。

出了锦王府，红泪仰头向天，竟然有些眩晕，一双温暖的手接住了红泪的纤腰，那双手的主人，竟是楚峥。

她低头说，多谢王爷。

楚峥轻挑起红泪精致小巧的下巴，他魅惑她，说，红泪，抬起头来。

她微扬头，却对上了一双摄人魂魄的眸子，王爷？红泪错愕，慌乱地逃掉了。

他的唇畔浮出一抹微笑。

只是，谁也没注意，王府阁楼站着粉缎绸衫的胭脂正冷冷地看着一切，那怯弱的面容，已然不复存在。

回到湖泊，迎面正好遇见怒气冲冲的有琴寻，他满面恼火地看着她，红泪呆住了，这是她第一次见有琴寻发这么大的火，而这股火是为……

胭脂。

他质问她，为何瞒着他，独自去锦王府送胭脂？红泪无言以对，她是瞒着有琴寻偷偷去王府送的胭脂，她不希望有琴寻和胭脂再次相见，因为到那时有琴寻是否还记得她是红泪？

她粲然一笑，只道是：我不希望你见胭脂。

声音之坚决，态度之肯定。

有琴寻的心犹如一根琴弦，被人拨动了一样，好半天都说不出来一个字，他知道，红泪爱他，才愿意一直在这儿陪伴着他，他一直都知道的，只是若这层窗户纸被捅破了，红泪，就再也不是红泪，有琴寻就也非有琴寻了。

一夜惆怅，如此委婉。

雨落地，千刃霜。

爱已碎。

红泪离开了，楚峥也怒了。

楚峥在寻找，有琴寻在夜夜买醉，胭脂在痛心，她几年的陪伴，竟然留不住楚峥一颗小小的心。

再次见到胭脂的时候，有琴寻知道，自己终究是会醒来，胭脂脸上挂着一抹凄然，她说，寻，你还好吗？

他愕然，不敢相信自己的眼睛，胭脂，真的是你？

可是，见到胭脂了，却不如当初那般思念得如此热烈。

原来，感情终究是会……淡的。

他还记得，那是很久很久以前了，在湖泊边，他抚琴，她起舞，日复一日，年复一年，原本以为或许就这样一辈子幸福地过下去了。

可是。

胭脂却变心了。

一种相思，两处闲愁，此情无计可消除，才下眉头，却上心头。

寻，找回红泪吧！算我求你了。胭脂如此恳求，她不会让任何人破坏她与楚峥，她无能为力，红泪，红泪，楚峥竟爱上了红泪那个女子。

为何？他如此问。

因为我爱楚峥啊！她如此说。

有琴寻突然觉得自己的心，似乎……

空了。

暖春阁不愧为京城第一花楼，姑娘各个国色天香。

最近，暖春阁来了一位倾城倾国的美人，朱唇一点红，嫣色思胭脂，媚眼如蚕丝，肌如白玉骨，且舞姿堪称一绝，暖春阁中最美丽的女人。楚峥每日都要来，正是为看那倾城美人。

而又有谁知道呢？

那美人，正是楚峥在寻找的红泪。

是谁在阁楼上，凄凉地凝望。

红泪在起舞，化作一片残叶，翩若惊鸿，衣袂翻飞，而楚峥凝视着她绝美的舞姿，沉迷了。

自那后，楚峥便很少回到王府中，他夜夜痴迷，买醉，沉迷这丝丝缕缕的女儿香。

一曲终了。

她的手轻轻地搭在了楚峥的肩上。

他问，是红泪吗？

红泪笑了，妖媚千百转，回答他，是。

那一笑，蕴涵无数凄苦，惆成丝，绕青首。

冰肌藏玉骨，衫领露酥胸，柳眉积翠黛，杏眼闪银星。

春含水波，温香软玉，无人能抗拒，更何况是爱着红泪的楚峥。

微闭水眸，红泪已然清醒，床单上那一畦朱红的芍药热烈而优雅，无时无刻不再提醒着红泪，她竟，她竟与楚峥……

红泪慢慢起身，脸色苍白异常，她恨，她恨啊！因为一时恼怨有琴寻，而与楚峥做出这种事来，红泪知道，自己再也配不上有琴寻了。

想到这儿，红泪拾起桌上的匕首，手颤抖着，千钧一发，一只手准确无误地抓住了红泪抬起刀要刺入自己胸口的皓腕，楚峥啊楚峥，我心一直不曾有你，你这是何苦？

红泪，红泪，忘记他，好吗？

她的眸中一湿，犹如朵朵红兰花绽开凋零，那泪，是楚峥的。

楚峥一直都知道有琴寻的存在，当初娶胭脂时，他就知道了。

他可以娶胭脂，只当胭脂是一件来讨母亲欢心而娶的工具，因为母亲喜欢胭脂，所以他便娶胭脂。

而对红泪，他却舍不得一丝一毫的伤害，他永远不会伤害红泪，那是因为他第一次见到红泪时，便心系于她。

那惆怅哀婉的模样，让楚峥在第一眼，便不知不觉间沉沦了。

他问红泪，你可不可以忘记他？红泪说，10年了，忘不了了。他又问，那，可不可以留个位置给我，哪怕一点儿也好。

不，我不值得。

爱仍是当年的爱，红泪，却不是原来的她。

此时的锦王府，风风光光地迎进了一顶花轿，血红血红的喜布，锣鼓喧天，喝彩不断。

凤冠霞帔，红纱垂首，点点妖娆缠绕于眉间，青丝如瀑，盘如凤髻，此时坐于喜轿中的人儿……

是红泪。

脸上无喜无忧，雪白如玉，朱唇一点红，摊开手臂，朱砂痣已然不见，她是楚峥的人，纵使她还爱着有琴寻，过了吉时，也是锦王府的人。

此生亦不可变了。

红泪感叹，人生并不是都如意的，就如她爱有琴寻未果一样。

红泪笑了，多么可笑，她爱有琴寻，有琴寻却爱胭脂，而胭脂却爱楚峥，可是，楚峥却偏偏爱上了她。

绕了一圈子，爱楚峥的女子，在他的身边。

而不爱他的女子，也在他的身边。

大红花轿经过，有琴寻就站在街角处，长长一叹。最终还是没有出去，他还有什么资格可以求得红泪的原谅。

当楚峥掀揭开来那块火红火红的喜帕时，红泪那无喜无忧的眼神直刺着楚峥的心。

红泪已是他的妻子。

但是，楚峥真的怒了，无法容忍心系的女子竟然执恋别人如此之深。

满萦头，绕白首。

是夜。

洞房内外，充斥着无尽的浪春之声，亦冉，也有弄弄的哀愁，萦绕在一个人的心间，那个女人最悲哀。

胭脂在哭，胭脂在恨，胭脂在怨，红泪终究还是嫁进了锦王府啊，胭脂知道自己失势了。

楚峥已有十余日未来胭脂的别苑了，对她来说，如同过了百余年之久。

京城内外，都知道暖春阁第一美人嫁进了锦王府，从此地位显赫，荣华富贵，取之不尽。

有琴寻依旧做着胭脂，只是既为胭脂，也为……红泪。

意外的是楚峥并未加罪有琴寻，依旧让他供应着锦王府的胭脂，因为他知道，他爱的女子红泪，需要他做的胭脂。

当窗理云鬓，对镜贴花黄。

轻挑指尖，一点朱赤，凝于掌心。

楚峥不曾为胭脂这样过，却为红泪如此。

化在面颊，粉粉淡淡的。

红泪凝视着铜镜上腮若桃花，肌若冰雪的女子，不同的是却无喜色。

有一日，红泪不知不觉地步入了原先住过的地方，她曾经以为那是她与有琴寻一生的家……

然，事事无常。

她本不该去见胭脂的。

看见日渐消瘦的有琴寻，红泪的心，像针扎般，隐隐作痛。

有琴寻摇晃着站起身子，却见红泪立于面前。

她笑，你显然过得不好。

红泪王妃体恤百姓，实乃草民之福。

红泪心惊，曾几何时，她与他竟然如此对话？

你。她讪笑，讪笑自己，有琴寻的目光闪了闪，终究是他害了红泪啊！

胭脂，你心心念念的人是胭脂，10年，你心亦不曾有我，我爱你，很爱，很爱，却也，很恨，很恨。

今生，来世，我永远恨你。

直至天地毁灭。

有琴寻怔神，那么一刹。

在那一刹，红泪的唇便吻住了有琴寻的唇，唇合……

红泪的泪，滴在了有琴寻的脸上，有琴寻呆坐在地。

红泪奔走而出。

良久，食指沾泪，含入唇中，原来竟是，咸的。

唇边勾起一抹弧度，那笑，比鸩毒还苦，还涩。

一道寒光掠过，直取红泪后心，却在那么一秒，千钧一发之际，一只手巧妙地握住了那柄直袭的刀。

这只手，是第二次救下红泪了。

叫她如何报答？

楚峥面色转冷，何人想杀红泪，其实他一直跟着红泪，刚才不是碰巧救下，世上没那么多的碰巧，楚峥纵然有百般心痛，也得含齿入腹。

有一面镜子，一旦破了，就再也无法修复了。

而楚峥愿意自己去承载。只是红泪不知道。

黑衣杀手见是楚峥救人，连忙想抽身离去，却不料身中楚峥暗器。

黑影毫无抵抗之力，拉下面巾，竟是一张平凡普通的脸。

是谁派你来杀红泪？楚峥隐怒问道。

黑衣人不语。

楚峥执起地上冷刀，架于杀手颈前，好久，杀手才道出答案。

听见答案，红泪错愕，楚峥眼中杀意一闪而过，如流星闪过，只是那么一闪而已。

胭脂在抚琴，指尖是滴滴的鲜血，绘成一幅一幅的蔷薇，她不记得了，不记得自己独守这空闺多少日了，不记得楚峥路过她的别苑多少次了，只是，次次路过。

每一次，她都打扮得美美的，却都无用而归。

最让她痛心的是，他，竟然看都不曾看她一眼。

她握紧纤纤十指，取出一把匕首藏于袖中，冲向红泪的别苑，他一定在那里。

屋中，传来阵阵琴声，哀婉惆怅一直是红泪曲中的精髓，而胭脂的琴声，却蕴涵着，无数的哀怨妒恨，无义。

果然如同胭脂所料，楚峥在为红泪盘髻，而红泪在为楚峥抚瑟。

胭脂的突然闯入，和谐美好的气氛瞬间打散，不存分毫。

楚峥愠怒，胭脂，你这是干什么？

红泪沉默。

胭脂冷笑，楚峥，我胭脂可曾有做负你之事，你为何这般对我？你心爱的女人背着你做过何等苟且之事，你又知道吗？

红泪心中有羞愧，那抹羞愧此时被挖掘了出来，似洪水般蔓延着她的心。

楚峥嘴角抽搐，他本以为自己可以忘记的，却被胭脂提了起来，那是他的伤疤啊。

他淡道，知道。这两个字，顿时使红泪如同坠入了冰窖般，再也暖不得了。

胭脂亦同。

如今日你不来闹，或许我可以当无事发生，既然你提出来了，账便算清吧。

胭脂心虚起来，他知道了什么？

一声铮鸣，胭脂的脚前是一柄闪着寒光的刀，刀上还沾有些许血迹。

是楚峥左手上的，胭脂一进门便注意到了，她为何没多想？

你还有何解释？

蓦然，她一把拉过红泪，将袖中匕首抵于红泪颈上，这一变化，是楚峥万万没有想到的。

楚峥，既然你无情，就休怪我无义了，即便是死，我也会拉着她！

楚峥神色焦急，反之红泪神色淡淡，死就死吧，反正活着，也是……孽。

胭脂身形蓦然顿住，错愕地回首，不敢相信地看向自己的身后。

刚才那柄刀，被人拾起，插入了胭脂的身体中。

3人万万想不到，那人，竟是有琴寻。

胭脂倒地，至死，都不知道这是为了什么，为了红泪？谁又知道呢……

那柔弱怯怯的样子再度浮现在有琴寻的脑海中，他轻轻抱起已气绝的胭脂，向门外走去。

有琴寻原本是来送胭脂的，却不由自主地来到了红泪的别苑，刚好看见了胭脂要杀红泪的那一幕。

杀胭脂，很果断。

惊魂未定，红泪掩面痛哭。

谁知道她在哭什么？谁又能知道呢？

楚峥悲戚地长叹一声，事情原本不是如此的，变了吗？

他说，罢了罢了，你终究心念于他，便随他而去吧，我们从此无瓜葛。

是啊，是啊，早该如此了。

你该好好对胭脂的，楚峥，错，都在你。

是谁在轻声诉说着？

胭脂，你我终究都是苦命人。红泪站在胭脂的坟前，轻叹一声。

这坟是有琴寻立的——爱妻胭脂之墓。

红泪黯然离去，谁也不知道，红泪其实想过回头，只是，晚了。

胭脂死了，有琴寻走了，楚峥伤了，红泪呢？

不见了。

谁又知道，她去了哪里？

景依然是当初的景，人却已非当初的人。

楚峥很爱很爱红泪，因为爱，

所以愿意……放手。

此时此刻，能否感觉得到？

胭脂红，凝胭脂。

红泪殇，怜红泪。